■ 长篇纪实文学

抢救"非遗"

——国家级非遗达州安仁板凳龙系列传统文化抢救纪实

申君 著

四川文艺出版社

图书在版编目（CIP）数据

抢救"非遗"：国家级非遗达州安仁板凳龙系列传
统文化抢救纪实 / 申君著. -- 成都：四川文艺出版社，
2022.12
ISBN 978-7-5411-6565-8

Ⅰ. ①抢… Ⅱ. ①申… Ⅲ. ①纪实文学－中国－当代
Ⅳ. ① I25

中国版本图书馆 CIP 数据核字（2022）第 251238 号

QIANGJIU FEIYI ——GUOJIAJI FEIYI DAZHOU ANREN BANDENGLONG XILIE
CHUANTONG WENHUA QIANGJIU JISHI

抢救"非遗"——国家级非遗达州安仁板凳龙系列
传统文化抢救纪实

申君　著

出 品 人	张庆宁
责任编辑	茹志威　邓艾黎
封面设计	张涛英
内文设计	张涛英
内文照片	申　君
责任校对	段　敏
责任印制	易　涛

出版发行　四川文艺出版社（成都市锦江区三色路 238 号）
网　　址　www.scwys.com
电　　话　028-86361802（发行部）　　　028-86361781（编辑部）

排　　版　成都惟文文化传播有限公司
印　　刷　成都市兴雅致印务有限责任公司
成品尺寸　170mm×240mm　　　　开　本　16 开
印　张　15　　　　　　　　　　　字　数　210 千字
版　次　2022 年 12 月第一版　　　印　次　2022 年 12 月第一次印刷
书　号　ISBN 978-7-5411-6565-8
定　价　98.00 元

目录

阡陌无处不桃源　极目皆是水云间

　　群山逶迤之处，彩云飘荡，清风徐徐；峰峦叠嶂之地，牛肥水美，溪流潺潺。神秘古寨，风格各异，屹立经年，坚若磐石，像在述说远古战事，又像在翘盼久别亲人；历代宗祠，散居浅丘，历久弥新，百看不厌，像在演绎纷繁历史，又像在见证时代变迁。数百个传统院落，尺椽片瓦，屋楼叠榭，碧瓦朱甍，飞阁流丹；数十个碧水池塘，星罗棋布，水光相连，垂柳依依，鱼翔浅底。迁徙百姓，淳朴厚道，日出而作，日落而息，代代繁衍，与世无争；喜逢节日，男女老幼，倾城而出，耍狮舞龙，自娱自乐，纵情欢歌。清晨，云蒸霞蔚，牧童成群，追逐春风，笛声悠扬；傍晚，夕阳暮鼓，犁牛晚归，炊烟缭绕，山歌互答。这方面积不到30平方公里、人口只有1.3万，语言自成一体，习俗另成一派，"五里不同俗、十里不同音"的几乎与世隔绝的偏远之地，便是拥有达州市非物质文化遗产、四川省非物质文化遗产和国家级非物质文化遗产项目的达州东部经开区安仁乡。

　　安仁，其名取自孔子《论语·里仁第四》中的"仁者安仁，知者利仁"。安仁建乡已逾千年，是典型的融合了巴楚特色文化的移民之乡。明末清初，战乱频仍，民不聊生，尤其是大西政权建立者张献忠大举入蜀之后，人口锐减，十屋九空，十地九荒。昔日天府之国杂草丛生，罕见人烟。于是历史上最大规模的集体迁徙移民"湖广填四川"在清政府强力有序的推进下展开，历时百年，终见成效。从清朝康熙皇帝起始，成千上万的人们从湖北、湖南、广西、广东一带，拖带家眷，扶老携幼，背井离乡，迁入巴蜀。于是乎，安仁这片三面环山、交通闭塞、虎豹成群、森林密茂，原住民几乎消失了的边远之地终于在四百年前又迎来了人群繁衍，牲畜共息，逐渐恢复了耕种迹象。

人口西迁，湖广填川；繁衍生息，世代相传。本想安分守己，不料纷争不断。恰逢彼时，清军贪腐盛行，横征暴敛，暗无天日；安仁乡亲，生灵涂炭，民怨沸腾，草木凄怆。仿佛一夜之间，白莲教旗遍山飘荡，男女老少揭竿而起。尖山坡旌旗猎猎，插旗山关口堵塞，顺水寨隘口难守，明月江截断外患。只求太平不为己，撼动清廷三千里，安仁乡亲举家投入这场抗击清廷的战斗。虽然中国的农民起义几乎都以失败告终，但是安仁子民不畏强权、智勇双全的豪迈气节，争取自身利益不胜不休决不妥协的果敢态度，最终为他们争取到了不少的权利，也为这方子民的世代安康赢得了宝贵时机，奠定了坚实基础。

图1.1 恬静祥和的安仁

尽管是极易被忽略漠视的边远小乡，安仁却从不妄自菲薄，亦从不在乎别人的看法，以其深沉厚重的文化底蕴、与众不同的风土习俗、仗义疏财的巴人秉性、自立自强的勤劳品格，像崖缝中的小草般拼命地生长着，竭尽全力向世人展示着它旺盛的生命力以及无与伦比的气质风采。

　　"苔花如米小，也学牡丹开。"名不见经传的安仁，在经过浴火之痛后，凤凰涅槃，尽情绽放，不经意间囊括了一个农村小乡几乎不可能享受的诸多荣誉。细看今朝，春雨滋润，国泰民安，正气浩荡，百业兴旺。安仁，正以前所未有的力量，展露风姿，蓬勃发展，吸引着外界羡慕的目光。

图 1.2　柚子丰收，果农们乐开了怀

　　有人说，安仁是诠释乡愁最好的地方，因为它足以媲美太多城市文明。由谭显均等人精心提炼、高度概括、竭力传承的"安仁三绝"文化近年来更是风靡当地，火遍达州。"安仁三绝"的每一样绝活儿都名声响亮、非同寻常。安仁长沙话，源自湖南湘中一带的新派方言，周围十里无人能懂，作为达州市非物质文化遗产历经 300 多年仍原汁原味，保存完好。安仁柚，作为地域性非常明显的特色农产品享誉全川，被评定为国家地理标志产品。此果味道独特，口感纯正，脆嫩化渣，有止咳化痰、润肠通便等作用，药性特佳，迁往别处种植则口味突变，苦麻掺杂，难以入口，弃之如敝屣。安仁板凳龙，在湖南流行了千余年沿袭至今，经过安仁乡亲们 300 多年的历练、创新、发展，早已"青出于蓝而胜于蓝"，2021 年更是入选为国家级非物质文化遗产项目，成为全国各大重点文体活动竞相邀请表演的保留节目。而与安仁板凳龙一脉相承的，还有一个藏于深闺人未识的四川省非物质文化遗产，那就是"谭氏子孙龙"，这个从清康熙年间就引入安仁的文化遗产，在安仁乡同样是家喻户晓，妇孺皆知。

图 1.3 达州市委书记邵革军对 2022 年农民丰收节上展出的观赏性"安仁板凳龙"赞不绝口，爱不释手

很难想象，一个弹丸小乡竟然斩获了如此多的殊荣。2011 年 2 月，安仁乡更是被命名为"四川省民间艺术文化之乡"。然而，如此珍贵的移民文化和传统文化，此前在外界却无人问津，少人知晓。

几十年后的今天，如同受到某种催化剂的作用，安仁文化一夜间声名鹊起，美名远播。这得益于一个神奇人物的出现，他就是担任乡文化站站长一职长达 30 多年的本土文化名人谭显均。

1954 年 6 月出生的谭显均，在安仁当地简直就是文化教父般的存在。他 6 岁开始，师从安仁板凳龙第八代传人、祖父谭孝荣和叔祖父谭孝善兄弟俩，操练板凳龙这种民间技艺。他边练边悟，不断创新，不断挖掘，至今 60 年来从未间断。板凳龙在湖南中部的安化、新化一带盛行了千余年，传到安仁亦有三百多年的历史。板凳龙的传承有两条铁规：传内不传外，传男不传女。谭孝荣和谭孝善，膝下有子孙十余人，他们选来选去，最终把聪明伶俐、吃苦耐劳的谭显均确定为安仁板凳龙的第九代传人，然后毫无保留地悉心调教。

图 1.4 制作板凳龙是谭显均夫妇最大的乐趣

为了强身健体，谭显均 10 岁就开始习武打拳。他夏练三伏，冬练三九，无论多苦，总能坚持。练拳舞棍增强了谭显均的体质，更为其日后练就板凳龙表演绝技打下了非常结实的身体基础。他对板凳龙的研习尤其痴迷，胜过一切。只要有闲暇时间，他都在比画舞龙翻凳的姿势，思考每个动作的含义，研究关联动作的转换，达到近乎走火入魔的程度。因为喜欢，所以执着；因为坚持，所以成功。筚路蓝缕六十余载，此生无怨亦无悔；专情痴迷大半生，"龙的传人"不虚传。

年少好学的他，精力充沛，见一样学一样，而且一学就会。吹拉弹唱样样都行，作词谱曲无师自通。对音乐的独特悟性亦为谭显均表演板凳龙掌握节奏提供了巨大帮助，使得他在板凳龙的制作、乐器、表演等方面全面进步，相得益彰。

沉寂多年无人问，一朝成名天下知。终于，在谭显均的悉心传授和大力普及之下，安仁板凳龙这个难登大雅之堂、只在乡野流行的"下里巴人"瞬间比肩"阳春白雪"，雅俗共赏，城乡共乐，直至被推送到了央视大舞台，成为无数观众喜闻乐见的视觉盛宴。

谭显均从 26 岁开始担任文化站站长直至退休，职位从未改变，一直坚守传统文化的传承，让安仁板凳龙走出四川，全国闻名。他归纳提炼出"安仁三绝"文化，并以时不我待、务求成功的紧迫意识，挨门逐户，四处奔走，让濒临失传的传统文化得到挖掘、传承、创新和发展。

2021 年，安仁的名号已经闻名遐迩，同时传递出三重惊喜。这一年，安仁板凳龙在经过国务院长达三个月的公示后，正式被确定为国家级非物质文化遗产代表性项目，在达州受到更为广泛的关注。而安仁板凳龙的鼻祖、历史更为悠久的涟源板凳龙，至今尚未进入大众视野。

2019 年，安仁遇到了区划调整的最好时机。面对全国性的撤乡设镇区划调整，曾经在县辖区、区管乡年代设区的麻柳（安仁曾归其管辖），兼并了之前所辖八个乡镇中的七个，成为川东北名副其实的第一大镇。而人口、面积、经济都不占优势的安仁乡，却在麻柳片区鹤立鸡群、单独存在，让几个已经被兼并、人口达到两三万的实力乡镇甚为惊叹。如今看来，这样的调整，当然合情合理。因为，安仁长沙话总不能称为"麻柳长沙话"，安仁柚总不能叫作"麻柳柚"，安仁板凳龙更不能称之为"麻柳板凳龙"。

刚刚经历一番努力幸运保存的安仁乡，在单独运行半年之后，再次迎来了新一轮发展良机。随着中央"万达开川渝统筹发展示范区"国家战略实施，以及达州市第五次党代会"奋力打造成渝地区双城经济圈北翼振兴战略支点"准确定位的出台，安仁乡连同另外三个大镇，从之前的达川区整体划入最新组建的达州东部经济开发区，腾飞之际再添羽翼，新征程上快马加鞭。

面对接连不断的发展良机，安仁人倍感骄傲和自豪。可是视艺术为生命的谭显均，却并未放慢奔跑的脚步。乡村振兴战略要求在经济发展的同时，文化事业同样要并驾齐驱，只有物质文明和精神文明共同发展，才符合社会主义新农村的实质要求。所以，已经退休的他，比以往任何时候都更注重"安仁三绝"文化的弘扬和传承。尤其是对安仁板凳龙文化的挖掘创新，可谓倾注了满腔热血。

图 1.5 安仁板凳龙雏形

板凳龙作为以板凳为道具的一种地方传统舞蹈，并非安仁独有，它在湖南中部一带历史非常悠久，流传上千年。随着"湖广填四川"这一庞大移民工程的开启，板凳龙明末清初时期从湖南安化、新化等地由湖南籍移民引至如今的安仁乡，世代相承，不断创新，最终演变成今天的"安仁板凳龙"。龙，在中华民族历来是吉祥的象征。古人认为，龙是传说中行云布雨的神，具有翻江倒海的力量和呼风唤雨、消灾除疫的本领。所以，对龙的崇拜，几乎贯穿了整个中华民族的发展历程。人们用各式各样的龙舞、龙灯，表达对龙的敬畏、尊崇和期望。

　　根据史载，龙舞又称为"舞龙灯""耍龙"，流行于我国南方的很多地方。经过长期的发展演变，舞龙形成了许多不同的流派，主要有龙灯、火龙、布龙等，耍法不尽相同，技艺风格各有特色。龙灯是流行最为广泛的一种龙舞，这种龙由竹篾条扎成龙首、龙身、龙尾，上面糊纸，再涂画色彩。龙身有许多节，节数可多可少，但必须是单数，这基本上是各个地方龙灯的共同点。但是安仁板凳龙，却堪称龙文化中的精品和绝品。安仁板凳龙作为扎根安仁乡以板凳为道具的一种民间舞蹈，迄今已有300多年的历史，因其主要用稻草扎制而成，又有人叫它"草把龙"。安仁板凳龙既不同于盘旋蜿蜒、气势磅礴的彩龙，也不同于灯烛辉煌、恣肆狂欢的龙灯，与其他地方的板凳龙也有很大差异，看似外形单调却韵味无穷，看似动作简单却很难学精学透。

　　关于板凳龙的来历，版本甚多，众说纷纭。但是，谭显均在调查整理资料和查阅史料的过程中，发现安仁板凳龙居然还有着一个感天动地的凄美传说。相传很早以前，安仁等地连年遭受严重旱灾，田地每年绝收，百姓食不果腹，生存困难。当地人以为，导致这一情况的根源是龙王爷故意为难凡间，没有降雨，为了发泄对龙王爷渎职的愤怒，安仁人在道士的指点下，把农作物的秸秆等绑扎在长条板凳上，扎成龙的形状，让一壮汉背着匍匐爬行，周围的人则拿起劳动工具使劲追打，其他人则拿起碗、盆、瓢向其泼水。这招果然灵验，安仁很快就下雨了，百田滋润，五谷丰登。原来，板凳龙是东海龙王丢弃在凡间的龙子，龙王心疼儿子被打，便私自布雨，东海龙王在拯救龙子的同时，也拯救了黎明百姓。但是，因为触犯了天条，东海龙王被玉皇大帝斩成数段，投放人间，致使其永世不得复生。

　　上天给了龙王怜悯之心，却没有给他解救众生的能力，明明力不从心，却还见不得这人间疾苦。东海龙王自然知道自己最终的下场，但是他义无反顾。

图1.6 村民们折磨东海龙王的儿子逼迫其降雨

知恩图报的安仁百姓为了报答龙王的恩情，每当秋收之后就自发聚集在一起，用多种农作物的秸秆在长条凳上捆扎成龙的形状，载歌载舞，纵情欢唱，庆丰收、感龙恩。数条板凳龙组合在一起，形成一条长长的巨龙，还原东海龙王的躯体，祈祷他的重生。安仁百姓铭记恩情不忘回报的举动感动了上天，东海龙王竟然得以复生。劫后余生的东海龙王被知恩图报的安仁百姓深深感动，反过来又竭尽全力庇佑着百姓，使得当地百姓终于过上了风调雨顺、安居乐业的幸福生活。于是，寓意非凡的舞板凳龙表演习俗就这样流传至今，甚至愈来愈受到当地男女老幼的欢迎,即便是中小学生也能在老师和家长的引领下身姿矫健地起舞。

图 1.7 农民用安仁板凳龙庆祝丰收节

在达州本地,流传着这样的说法:"万源的菌、安仁的凳。宣汉的巴山号子,安仁的长沙话。"这里的"凳"就是指安仁板凳龙。安仁长期受移民文化的熏陶,板凳龙被当地百姓舞得风生水起,风靡数代,并辐射到周边的20多个乡镇,形成了独具特色、自成一体的移民文化。

安仁板凳龙工艺非常原始,初看起来十分简单,但是却有很多的诀窍,其制作、选材、表演可归纳为"543"。它的形状和制作与其他龙不同,通常以长条木凳为基础,在其上用竹篾条弯制成龙头、龙身,以稻草、玉米壳、小麦秸秆、高粱秸秆、苎麻秆等作为制作材料编制成龙的模样,象征五谷丰登;以板凳的四只脚作为龙腿,寓意四季平安;每条龙由三名男性表演,取意三阳开泰。它形状古朴而奇特,似龙非龙,如狮非狮,神态温顺,憨厚可爱。原生态的板凳龙扎制完成后,是不加任何修饰涂染的。近些年来,才开始有彩绘之举,即在制作板凳龙的稻草、玉米壳等上面涂上颜色,红、黄、绿相间,显得更加绚丽夺目。

图 1.8 当地老百姓自发集中制作板凳龙

安仁板凳龙一般由三名男性表演，伴奏不用乐曲，乐器只配锣鼓；演出方式灵活，可单龙独舞，也可多龙共舞；演出场地不受局限，可在乡村院坝进行，也可在街头、广场、舞台表演。舞龙的人随着激昂的锣鼓声，舞动板凳，翻滚腾跃，矫健洒脱，充满阳刚之美，很受广大群众喜爱。

因为板凳有四条腿，所以曾经有人尝试由四位汉子表演，但是四人表演在穿插、翻转、跳跃等动作发挥上受到极大限制，不利于操作，同时也因为触犯了"三阳开泰"的祈愿而作罢。后来市县领导在观摩表演后，发现三个人表演时，剩下的那条腿很容易击伤旁人，便提议将板凳龙的板凳改为三条腿，也就是前面两条、后面一条，既美观也便于操作，同时还可以减轻龙的重量，舞姿更为轻灵，结果遭到安仁乡民的一致反对，说此举违背了老祖宗的规矩。所以，安仁板凳龙至今依然是由三个人掌管着四条腿。

图 1.9 安仁当地村民组织的传统板凳龙表演

　　板凳龙的表演很讲究技巧，舞动时前面两人各自侧手执一条板凳腿，后面一人双手执两条腿，按照规定套路，踩着鼓点，有规律、有节奏地舞出各种花样。安仁板凳龙有追、赶、跑、跳、翻、滚、蹿、爬等基本动作，表演者在不停的奔跑中，一边翻滚跳跃，一边舞动手中的板凳龙，不断变换队形和姿势，以表现出龙戏水、龙摆阵、龙蹿珠、龙抱宝、龙配凤、闹龙宫、跳龙门、龙归巢等不同场景。表演者刚劲有力的舞姿，变幻莫测的动作，充分显示出男子汉的强悍、敏捷、灵活和矫健。

　　比较奇怪的是，安仁板凳龙一直以来都是男人们的专利，以前妇女是不能参加的。表演时，舞龙的人赤裸上身，肌肉紧实，粗犷豪放，舞姿刚劲，动作矫健，身手敏捷，男人的阳刚之气尽情展露，与"三阳开泰"完全吻合。近年来，一些青年妇女提出抗议：男女平等，凭什么不准我们女人耍板凳龙呢。今年68岁的周宗玉就开诚布公地说，她就是板凳龙表演的第一个"造反派"。

　　按理说，周宗玉对板凳龙是没有什么感情的，她出生和成长都在重庆市开县，20 岁的时候才嫁到安仁乡，既不会说长沙话，也不会舞板凳龙。但是"嫁鸡随鸡"的周宗玉不到两年就学会了安仁方言，在一次板凳龙表演的时候，事先确定的那位"龙头"大哥突然因病无法参与表演，这可急坏了带队的谭显均。谭显均当时在周宗玉家开的小食店吃饭，他的闷闷不乐引起了周宗玉的注意。

"谭站长，这个有啥子发愁的嘛，这几年我看都看会了。如果确实差人，下午安排我去顶替就是了。"危急时刻，周宗玉自告奋勇主动请缨。

周宗玉是整个场镇上特别能干麻利的"巾帼女杰"。她聪明，能说会道，做事利索，又里里外外都是一把好手，小食店生意兴旺红火。谭显均眼前一亮，大腿一拍道："对啊，就是你了，你是最佳的替补选手，明天就上场表演！"

就这样，此前从来没有碰过板凳龙的周宗玉临时登台，上演了一出好戏。这场表演下来，周宗玉体力充足，动作协调，配合绝佳，堪称完美。这下可不得了，自从表演大获成功之后，周宗玉就像着了魔似的，整天缠住谭显均，要求分给她一个长期表演的角色。

为了有足够的理由说服谭显均，周宗玉一旦有空就操起凳子在屋后的院子里按照规定的动作要求翻转舞动，乐此不疲。丈夫杨成烈看到妻子对板凳龙如此痴迷，也积极支持，甚至按照表演凳的规定尺寸专门给妻子做了两条木凳，作为道具供其演练。

可是，这边的谭显均却犯难了。因为板凳龙历来有"传内不传外，传男不传女"的规矩。可是周宗玉就是"不依不饶"，每次见到谭显均就要求舞龙。这还不够，周宗玉知道谭显均的妻子郑娟耳濡目染也有非常扎实的板凳龙基本功，便撺掇起郑娟，让号召力更强、也更为年轻的郑娟发动街道更多的家庭妇女参与到板凳龙操练的队伍中来。郑娟其实早已掌握板凳龙的表演技巧，听周宗玉一说，立马表示赞同。

图 1.10 男女共舞板凳龙团队

图1.11 专心排练的女表演者

　　就这样，在郑娟的发动下，自愿参与板凳龙表演的女性达到数十人的规模。每天傍晚农活忙完后，郑娟就把姐妹们召集到场镇外面的空坝里，亲自教学。大家都觉得板凳龙节奏紧凑，气氛热烈，能够强身健体，活动筋骨。在郑娟的影响下，女性参与板凳龙表演的热情空前高涨，各个村的妇女主任也派出了妇女代表参加练习，全乡练习板凳龙的妇女最多时达到四五百人。

　　终于抵挡不住一群妇女的"纠缠"，尤其是无法抵挡"枕边风"的压力，在大家的默许下，女同胞得以参与到板凳龙表演的队伍中来，这才出现了今天男女混舞的安仁板凳龙，并创造了一个崭新的舞蹈动作——龙配凤，把安仁板凳龙推向了一个新的阶段。1984年，安仁板凳龙代表麻柳区参加达县人民政府组织的春节慰问团，向达州地、市、县人民拜年演出，出人意料地获得了一等奖。这是安仁板凳龙第一次真正意义上走出大山，面向大众，极大地提振了表演者们的士气。

　　这次表演过程中还出现了一个插曲。谭显均带领的板凳龙团队到县委大院表演时，第一条板凳龙的表演者为了增加表演效果，在龙嘴里放了一只"冲天炮"，等到表演高潮时，点燃了引线，谁知爆竹落到了院坝角落的一筐鞭炮里，引燃了整筐烟花爆竹，整个大院瞬间响声震天，表演者和观众都惊慌失措。有人趁机对领导说这板凳龙的表演很不靠谱，安全风险大，今后应禁止参加正式表演。时任达县县长的周登全知晓后，立即站出来为板凳龙正名，认为发生事故的原因是组织者把鞭炮随意摆放在空旷的坝子里，安仁的表演队伍没有过错，他们的表演非常成功，应该继续给他们更好的舞台和更大的空间。

转眼到了 1993 年春季，达县首届"民歌、民舞、民乐"调演即将隆重举行，当时的行政体制还是县管区、区管乡，一般以区为单位参与县上的各种比赛与活动。那一年，县委领导对这次调演活动特别重视，表示要通过这种形式的演出充分挖掘地方传统文化，各个区都是铆足了劲儿。可是，麻柳区委、区公所却犯难了，因为在这片土地上，除了传统的山歌对唱、车车灯、金钱棍等可以搬上舞台，其他的没有什么能够拿得出手。可是这些表演每个地方都有，根本无法突出地方特色，与领导的要求相去甚远。而铁山以西的石梯、石桥、堡子等片区，却有"翻山饺子"、大花轿、洒铁水、浇火龙、二胡、唢呐等独门绝活。

图 1.12　板凳龙进入室内场馆演出

图1.13 谭显均决定改变安仁板凳龙外观粗糙的形象

心急如焚的区委领导亲自召集各个乡镇的文化专干一起讨论，甚至提出了跨乡组建混合表演团队的想法。大家你一言我一语地献策，不知不觉已经到了晚上，可是依然没有商量出一个办法来，某个乡的领导甚至直接提出了退赛的建议。就在这个时候，一直没有发言的谭显均唰地站了起来，所有人的目光都聚焦在了他的身上，区委领导对这位小有名气的文化专干也充满了好奇。

"各位领导，我想让安仁板凳龙代表麻柳区参加这次文艺调演，希望领导能够给我们这个机会。"谭显均大胆接受挑战，此前板凳龙还从来没有在室内表演过。

"小谭啊，这怕不行哟，板凳龙是在空旷的坝子上翻滚舞动，而这次要求的是舞台表演，节目形态和表演场地就受到了限制。"领导语重心长地道出心中的担忧。

"既然领导有顾虑，那我今天就立下军令状，我不仅要把板凳龙搬上舞台，创新表演形式，给板凳龙赋予更多的舞台元素，而且一定要让节目获奖。"谭显均的承诺马上让大家吃下了定心丸，县文化馆的同志也觉得谭显均有这个实力，力推板凳龙。于是，在大型公开场合鲜有露面的安仁板凳龙再次代表麻柳区参加调演。谭显均特别编排了打击乐器，充分发挥自己业余木匠的手艺，亲自定制板凳，在制作板凳龙的过程中融入了很多时尚元素，彻底改变了安仁板凳龙平淡无奇、刻板老套的形象。

不出所料，这次演出相当成功，而且获得了特别大奖。这次表演的视频还被四川电视台春节联欢晚会开幕式采用。安仁板凳龙迎来了崭新的高光时刻，领导们也更加重视对这一传统文化节目的弘扬。

荷塘柳絮年年有，春来枝条日日新。随着视听节目和手机互联网的日益繁荣，一些崭新的娱乐节目和电视栏目如雨后春笋般集中亮相，《快乐女声》《超级女声》《加油！好男儿》《中国好声音》等见缝插针地抢抓人们的视觉，传统文化节目由于创新速度太慢，形态单一，可视性差，渐渐淡出了人们的视野。曾经辉煌一时的板凳龙，同样难逃此运。

谭显均深知，在人们对文化作品要求越来越高的今天，传统的板凳龙表演已经很难找出亮点，除了老一代的舞龙人逢年过节在街头表演一下，年轻人对此根本不感兴趣。安仁场镇的曾凡安老人很喜欢这个玩意儿，但是随着表演伙伴的相继离世，孤单的他再也难以拼凑起哪怕是半支表演队伍来，要想凑足一支表演队伍就必须再教会几个徒弟，好不容易找到几个身体条件不错的年轻苗子，别人一看舞动的是如此简陋的板凳道具，练完一次就不再参与。谭显均是板凳龙表演的高手，但是他也遇到了同样的难题，曾经因为观看板凳龙表演拥挤得水泄不通的场面一去不返，传承者面临着青黄不接、后继无人的尴尬局面。

谭显均判断，人们不是不喜欢板凳龙了，而是厌倦了板凳龙长久以来固有的简单刻板的表演形象。如果不能提升板凳龙的美观程度，

图 1.14 创新后的板凳龙舞极具观赏性

不能追赶时尚、与时俱进，让更多有文化、懂欣赏的年轻人参与其中，这种传统文化节目，哪怕历史再悠久，也很难引起人们的关注，甚至可能面临失传的风险。作为安仁板凳龙第九代传人的他，突然觉得自己肩头的担子重若千斤，自己有责任有义务担负起板凳龙创新发展的重任。因为，他是文化站的站长，是文艺使者，是老百姓心中最懂群众需求的"文艺青年"。

要么因为理想而升华，要么因为平庸而沉寂。从那时开始，而立之年的谭显均决定做一件有意义的事情，那就是探寻板凳龙的历史渊源，规范板凳龙的制作流程，明确打击乐器的组成部分，丰富板凳龙的表演风格，让古朴刚劲的板凳龙更有生机、更有美感、更有灵气。

图 1.15 改良后的安仁板凳龙

首先，道具制作方面要更加规范。过去几百年，民间艺人们各自为政，沟通不畅。他们既不在选材和制作上严格规范，也不满足受众的差异需求。只要保证板凳上有五种农作物的秸秆，大差不差就行，似龙非龙，外形美观程度参差不齐。板凳的材质也是形形色色，有的是樟木，有的是柚树，有的用杂树，导致轻重各异，部分板凳龙重量悬殊一倍以上。至于板凳龙的尺寸，更是无人规范，高矮长短五花八门。谭显均对板凳龙的木质进行了认真研究，通过反复试验，觉得用松木和柏木作为原料最为合适，尤以松木更佳。这样龙身的重量适中，经久耐用，不易吸水，即使雨天表演也不会过多加重龙身重量。而在用于捆绑的固定绳具方面，有的人为了简便直接使用麻绳或者铁丝捆系，铁丝不仅容易生锈，而且容易在收凳过程中出现划伤表演者手指手臂的情况。谭显均作为文化专干和传承者对此作了统一要求，固定板凳与"五谷"，只能用篾条。竹子在使用前，必须用水浸泡两天以上，以免虫蛀。板凳的尺寸更是严格规范：长 98 厘米，宽 10 厘米，高 23 厘米，重量一般控制在 30 斤左右。

图 1.16 谭显均编制的板凳龙栩栩如生

其次，打击乐器方面需更加明确。根据祖先传下来的规矩，安仁板凳龙表演时没有伴奏和唱腔，只能依据民间的锣、鼓、钹等演奏出来的曲牌变换各种招式。而每一个打击乐器的曲牌，无法记谱，只能凭师傅们口口相传、死记硬背，极不利于流传和普及。谭显均综合考虑了安仁数十支板凳龙队伍的表演详情，通过耐心细致的搜集、整理、研究，将表演乐器扩充为大鼓、堂鼓、小鼓、锣、钹、腕锣、包锣、马锣等，不仅完整记录了谱子，而且还按照总谱分配到了每个演奏者手中。

初闻不知曲中意，再听已是曲中人。于是，每个表演者都知道了自己应该在哪里变换队形，应该什么时候穿插、奔跑、起跳。所有的动作统一连贯起来后，板凳龙就有了自己的标准节拍。

最后，队伍表演方面需更加成熟。板凳龙过去一般在院坝、街头表演，动作简单，每个动作没有惯用的名字。谭显均把安仁板凳龙表演分为舞台表演和巡游表演，每种表演的动作、时长、节拍各有不同。表演者通过追赶、跑跳、翻滚、蹲爬等基本动作和不断变换的队形姿势，生动鲜活地表现出龙戏水、龙摆阵、龙蹿珠、龙抱宝、龙配凤、闹龙宫、跳龙门、龙归巢等不同场景。表演者刚劲的舞姿、整齐的队形、欢快的节奏，将劳动人民的强悍敏捷，以及勤劳质朴的品格表现得淋漓尽致。

图1.17 安仁乡乡长程燚（左一）耐心听取谭显均夫妇关于安仁板凳龙的介绍

传统文化的弘扬，经验在老一辈，希望在下一代。传统文化传承，必须从青少年抓起，所以谭显均把培训重点放在了学校。在达川区文广局和教科局的指导下，谭显均专门编制了安仁板凳龙的传授教材，从各方面对板凳龙的传承进行了规范。板凳龙得以进入校园，孩子们从小就受到熏陶，表演人才源源不绝地涌现。

"他就是板凳龙最热心的义务辅导员，三天两头就往学校跑，利用节假日、体育课、课间操、放学等各种时段，精心挑选有一定身体素质和良好乐感的学生作为安仁板凳龙表演的后备人才。有的女孩子害羞，觉得舞板凳龙不像跳舞那样优美文雅，就拒绝参与学习；有的家长认为花时间练习这些表演，是不务正业，耽误了学习，就以各种理由阻止孩子参与培训。谭显均就耐心细致地做家长和孩子们的工作，告诉他们舞板凳龙不仅可以强身健体，而且能够很好地传承传统文化。现在，我们学校成了安仁板凳龙最重要的人才基地，大家学习传统文化的热情非常高，确保了传统文化传承不绝、源远流长。"安仁乡初级中学校长邓泽军如此评价谭显均。

图 1.18 制作板凳龙从娃娃抓起

第一章 阡陌无处不桃源 极目皆是水云间

"以前的安仁板凳龙制作很简单，就是一条长约一米的简单的四腿凳，在其腿部缠上布料或者红绸，然后在凳子的头部绑上一个类似头饰的东西，在凳子尾部顺延一个稻草做成的尾巴，板凳龙的雏形就完成了，虽然舞动起来刚劲有力，彰显了巴人和楚人的彪悍和智慧，但是从制作工艺上看，非常简陋，很难适应现代美学的要求。所以，从20世纪90年代开始，谭显均有意识地放缓了板凳龙亮相的节奏，将重点放在了确保板凳龙的精美制作上面。乡党委、政府领导特别重视板凳龙的创新工作，从经费、场地、人力、后勤等多方面予以全方位支持，这才有了如今安仁板凳龙方兴未艾、长盛不衰的局面。"安仁乡党委书记鲁勇如是总结。

图 1.19 谭显均与乡党委书记鲁勇（左）分享新制作的观赏性板凳龙

执笔为剑，写天写地写年华；落凳如子，点兵点将点江山。

谭显均坦承，在20世纪90年代以后的十多年里，他特意收紧了板凳龙的外出亮相频次。这是一个养精蓄锐、韬光养晦的过程，与其遭受质疑，不如潜心完善。这期间，传统文化遭遇新潮文化严峻挑战，借机强大自己、凤凰涅槃，也是谭显均最真实的想法。所以，这个阶段，很多人以为安仁板凳龙消失了，其实它不仅没有消失，反而正在酝酿出新的完美乐章。

等到安仁板凳龙再次亮相已是 2007 年的春节。当时，达州首届庙会在尚未大规模开发的西外棕榈岛一片举行，庙会属于传统文化，市委宣传部文艺科的同志觉得同属传统文化的安仁板凳龙非常适合在这样的场合表演，就向谭显均发出了"英雄帖"。谭显均觉得隐姓埋名、厚积薄发的板凳龙经过十多年的沉寂后已经迎来了较好的爆发点，便欣然接受了邀请。

由于是小试牛刀，谭显均本次仅仅组织了 4 条板凳龙表演，参与乐器表演的只有 3 人，平均每人需要表演 2—3 种打击乐器。但是，他把这4 条板凳龙装扮得非常精美，视觉冲击力很强。连续一周，板凳龙每天都作为重头戏反复表演。虽然很累很苦，但是看到大家高兴的表情，听到观众热烈的掌声，谭显均和表演队员们的心里乐开了花。

这次的表演，直接改变了板凳龙在人们心目中的形象，市民对其有了更高的期盼。创新后的安仁板凳龙，真正接受其他传统项目挑战，还是在 2007 年的 9 月。彼时，达州市首届旅发大会在大竹县盛大召开，为了充分展示传统文化的独特魅力，组委会特别邀请了安仁板凳龙和大竹竹唢呐作为开幕式以及打街巡游的重头戏出场表演。

接到演出任务后，谭显均兴奋得一夜未眠。他心里既喜又忧，喜的是组委会把如此重要的戏份安排给了安仁板凳龙，忧的是唯恐让大家失望。最让谭显均满意的是，乡政府积极承担了本次外出参演的所有费用，所以第二天他便开始组建队伍。这次组团基本是以街道居民、村社干部、学校老师为主，从 100 人当中海选出 80 人，再从 80 人里面挑选出 60 人进行精心排练。考虑到这次表演的舞台较为宏大，谭显均特意设计了 15条板凳龙，表演队员达到 45 人，安排了 7 人表演打击乐器，另外配足了锣、堂鼓、钹、腕锣、包锣、马锣、大鼓等常规乐器，谭显均本人则亲自表演举足轻重的大鼓。

图 1.20 谭显均组织排练板凳龙舞

图 1.21 敲大鼓的谭显均

　　表演场地定在大竹东湖大酒店旁边的广场，其他演出团队都是提前一天入住酒店熟悉场地，但是谭显均为了节省费用，在活动当天才租车从安仁直奔 100 公里外的大竹。9 月的达州，酷阳似火，天气闷热，很多队员都出现了不同程度的中暑，晕车现象十分严重。等到下车的时候，少数队员身体出现了明显不适的情况，谭显均买来藿香正气水让他们服下，只做了简短的动员，就立即开始实施演出前的各项准备工作。

安仁板凳龙的表演安排在东道主大竹竹唢呐节目后进行。第一次经历如此大规模的表演，板凳龙团队丝毫不怯场，甚至把客场当作了主场。其他表演团队的音乐都是事先录制好的，而安仁板凳龙的音乐除了乐器伴奏，现场所有刚劲有力、气势震天的呐喊声都是表演者通过丹田吼出来的。队员们整齐协调的动作、气吞山河的态势，征服了现场的数万名观众，很多人第一次领略到板凳龙的风采，大呼精彩。

根据组委会的统一部署，表演结束后是规模盛大的城市巡游，巡游全程大约 3 公里，边游边演，舞游合一。为了增强现场的视觉美观效果，谭显均专门制作了 9 面主色调为黄色的宽幅彩旗，特意聘请了 9 名身材高挑、容貌端庄的礼仪小姐出任旗手，在参与巡游的板凳龙队伍前面开道，那场面好生威风，好生壮观！

完全进入角色的板凳龙表演者们在谭显均的指挥下，使出浑身解数，超常发挥，让两旁的观众紧紧跟随板凳龙的表演节奏行进。一位在现场执勤的女交警，完全投入板凳龙的表演，竟然情不自禁地跟随表演者舞动起来。由于靠得太近，女交警的额角不幸被一条凳腿划伤，顿时渗出了鲜血。可她只是浅浅一笑，随即跟随队

图 1.22 走村串户的板凳龙

伍，继续执勤。

回到家里，谭显均发现队员们的脚底全都被磨破了皮，有的鲜血直流，甚至无法着地。同时，为了增强声势，大家都随着舞龙的动作一起发出强节奏的呐喊声，结果众人嗓子都嘶哑了。可是，每个人的脸上都写满了快乐和自豪。此次演出的视频在电视上播出后，震惊了整个安仁乡，大家都为板凳龙能够出色完成如此重要的表演任务，赢得满堂喝彩兴奋不已。这次表演的大获成功，极大提振了乡亲们的士气，每逢赶场日，茶馆里大家议论最多的就是谭显均带领板凳龙表演者们为家乡赢得荣誉的事儿。那些之前不同意自己在校读书的子女参与板凳龙表演的家长开始改变主意，主动报名参与板凳龙演练班的学生也愈来愈多。谭显均趁机在各个村社发动村干部组织板凳龙队伍，全乡 13 个村就组建了15 支表演团队，大家一起切磋技艺，一起选拔优秀的表演人才。

名气越来越大的安仁板凳龙激励了全乡百姓的豪情壮志，传播新的正能量，有力推动了各项工作的顺利开展。这种"龙行天下"的精神，也催生了一首在安仁当地中小学学生中广泛传唱的音乐作品《龙唱》。

天是龙的气象，
地是龙的模样，
太阳是龙的开朗，
月亮是龙的端庄！

山是龙的脊梁，
水是龙的形象，
这人是龙的子孙，
这家是龙的故乡！

风起的时候，
我看见龙的翅膀；
雨飘的时候，

我听见龙的歌唱！

歌唱的时候，
我看见龙的兴旺；
舞蹈的时候，
我醉在龙的梦乡！

只是，很多人并不知晓作品的作者——在全省具有一定影响力的词曲作家、音乐制作人吴飞，就是安仁这片热土培养出来的青年才俊和新一辈音乐人的杰出代表。

第一章　阡陌无处不桃源　极目皆是水云间

第二章

男儿有泪不轻弹　只是恰到伤心处

2010 年 2 月 10 日，阴历腊月二十七，雨转雪，户外温度零度。

还有三天就是中国最为热闹的传统节日——春节，年的味道更加浓郁了。达城大街小巷花团锦簇，彩旗飘飘；家家户户张灯结彩，喜气洋洋。

距离"四川十大名节"的达州市元九登高节愈来愈近，56 岁的谭显均此刻却没有半点清闲。元九登高节作为纪念元稹、影响了达州一千多年的盛大节日，其重要性可想而知。然而，被安排为开幕式重头戏的安仁板凳龙表演，近日却百密一疏，突生波折。作为领队、总编排的谭显均，接到达川区文旅局领导布置的任务后，没有犹豫就带领妻子、妻弟、儿子、儿媳以及刚满 40 天的孙女晓晓，驾车从安仁乡出发，马不停蹄地赶往板凳龙排练地点——达州真佛山文武学校，紧急处理和落实相关事宜。

赶到排练现场已是晚上 8 点钟，一行人火速来到摆放板凳龙的地方。谭显均仔细一看，大叫不好！制作精美、摆放整齐的 100 多条板凳龙出问题了！板凳龙头上扑闪发光的彩色龙珠被好奇的学生们悉数挖走，谭显均当即气得七窍生烟。要知道，这龙珠可是他费了好大功夫找朋友从广东文旅用品市场淘回来的。为了增强现场表演效果，谭显均还别出心裁地设计了"金龙吐火"的独门绝技。

他们在每条板凳龙的口中设置了冷焰火，在每条龙最前面的凳腿上安装了一个小开关，表演到高潮时，板凳龙的"舵手"们一齐按动开关，100多条板凳龙瞬间就整齐划一地吐出一条条火舌，可持续10余秒，整个表演现场顿时就会出现百龙齐喷、焰火齐明的奇观。演出团队在排练现场乍一亮相，就赢得了满堂喝彩，大家对即将登台的演出都报以厚望。

　　然而，由于某些环节的管理疏忽，扑闪的龙珠和诱人的焰火突然间不翼而飞，不知去向。眼看春节来临，按照传统习俗，正月初九之前所有商店都不营业，要想在正式表演前买到这些奇幻的摆件犹如天方夜谭。谭显均联系了达州所有可能销售此类玩件的商铺，均无功而返。年关时节，请人维修更是很困难的事情，而且作为祖传手艺，其他人也是外行，难以上手。无奈之下，他只好亲自出马，发动家人，找来之前挑选剩下的有些许瑕疵的龙珠和焰火作为替代，并对损坏的辅助饰件进行逐一修复。

图2.1 志趣相投的谭显均夫妇

　　夜晚的操场，空空荡荡，雪花飘飞，寒风刺骨，格外冷清。谭显均和他的家人们，在空旷寒冷的室外手脚被冻僵了难听使唤，但他们没有一个人停下手中的活儿。他们无暇喝一口热水，更没有时间去享用晚餐，就连才分娩 40 天的儿媳也背着刚满月不久的女儿在操场忙乎。大家一会儿扎稻草，一会儿削篾条；一会儿修龙头，一会儿校龙形，见啥干啥，无所不能，动作娴熟。虽然大家竭尽全力，但是损坏量大，加之技术要求高，所以修复进度非常缓慢。转眼已是深夜，谭显均依然没有收工的意思，直至看到孙女受不了寒气多次呕吐，其他人也都喊撑不住了，他才下令停工休息。

谭显均在城里没有住处。为了节省成本，儿子谭周瑜凌晨 1 时许带着妻子、女儿去了堂哥谭周杨家借宿。而谭显均和妻子郑娟则花 60 元在附近的南城旅社登记了一间简易的房间入住。

图 2.2 谭显均制作的板凳龙非常逼真

旅社条件很差，没有暖气，没有热水。谭显均夫妇拿出一袋自备的饼干和着方便面充饥后便钻进了被窝。寒气袭人，被子冰冷，谭显均睡意全无，心情总难平静，莫名心慌，仿佛隐约感觉到会有什么不祥之事就要发生。

"墨菲定律"真是如此神奇！就在谭显均心烦意乱的时候，枕边的手机铃声骤然响起，那铃声如同春日的惊雷般震耳欲聋，响彻整个房间。

谭显均心里一惊，立马抓起手机一看，竟是儿子谭周瑜打来的。谭显均暗想，孙女刚才呕吐不止，该不会是小孙女遇到什么麻烦了吧？！

按下接听键，谭显均尚未开口，就听儿子哭着说："爸爸，你们马上赶到妇幼保健院来！晓晓正在抢救中，医生说已经非常危险了！"

谭显均夫妇连袜子都没有来得及穿上，就一路狂奔，深一脚浅一脚地赶往医院。此刻，急救室里，几个医生正在紧张忙碌地进行着最后的抢救。只见晓晓面如白纸，口吐白沫，四肢抽动，几近休克。

谭显均"扑通"一声，双膝跪倒在医生面前，声泪俱下："好心的医生啊，求求你们一定想尽千方百计救活这个可怜的孩子，她可是我们谭家盼了五代才盼来的唯一的女孩啊！"

早已哭成泪人的妻子郑娟扶起丈夫后，谭显均又马上握住孙女的小手祈求道："晓晓，你一定要坚强地挺过来！爷爷答应过的，等你上小学后就教你练习板凳龙，爷爷要把晓晓培养为咱们安仁板凳龙的第十代传人呢！"

几乎崩溃的谭显均苦苦的祈求，最终没能感动上苍挽留住谭家人盼星星盼月亮般盼来的晓晓。医生无奈地向在场的亲人们宣布：孩子因为风寒感冒导致半夜呕吐，因发现不及时引起窒息，吸呼困难导致夭折。

听到这个消息，谭显均瞬间扑在孙女的遗体上纵声痛哭，哭声惊动整个楼栋。原来，晓晓正是在他们赶车进城的时候感染了严重的风寒。因为他们赶车进城必须翻越海拔 800 多米的雷音铺山，大山延绵，路陡弯急，加上车速快，当时车里的人都出现了不同程度的晕车，不得不打开车窗透气，幼小的晓晓经不起折腾当即就呕吐了。又因一心忙于修复板凳龙，根本就忽略了幼小的晓晓早已受寒，急需保暖护理。晚上空旷坝子里的寒风吹打，进一步加重了晓晓的病情，最终导致悲剧发生。

面对伤心欲绝的家人，谭显均追悔莫及，痛不欲生，多次以头撞墙，以拳击头。他为自己太过专注于事业导致家庭悲剧发生而伤心难过。如果儿媳和孙女不参与板凳龙的维修，如果早点把孙女送回家里休息，也许就能避免这场悲剧。

晓晓的意外离世，让谭家陷入了深深的悲痛之中，以至于拂晓之时，大家还不知所措。渴望有一个女孩子，是谭家五代人最大的愿望。自谭显均的爷爷那辈开始，就没有女孩出生，父亲谭顺遂特别想要一个女儿，每到节日都去观音殿祭拜赐女，可是接连生了四个儿子也没有盼来女儿，不甘心的父亲索性去抱养了一名女婴，对她百般呵护，宠爱有加，视如己出，可最终愿望还是成空，女孩尚未成年就罹患肺病，不治身亡。谭顺遂仍然不甘心，坚持要生一个女儿，最后如愿以偿，第五个孩子终于是女孩！一大家人欢天喜地，几个哥哥把妹妹宠上了天。妹妹谭显玉也很争气，出落得亭亭玉立，成了远近闻名的美人。后来，妹妹在当地成了亲，组建了自己的家庭，日子过得和和睦睦。

天有不测风云，人有旦夕祸福。让谭顺遂无法接受的现实是，已这么大的一个女儿依然没能躲过老天的妒忌。1996年春节后，谭显玉与其四哥，也就是谭显均最小的弟弟谭显成一起结伴从老家乘坐大巴车去广东打工，结果途中遭遇车祸，双双殒命！这次事故给盼女成功的谭家带来了最致命的打击，谭家人多年没有能够从这场悲剧中缓过劲来。

到了谭显均这代，结果谭显均生下的又是儿子。到了第四代谭周瑜这里，生育一个女儿的使命显得如此光荣又艰巨，可是谭周瑜生下的第一个孩子仍然是男孩。谭显均自然略感失望，他给儿子儿媳许诺，只要生下女儿一定重赏。本不想再生孩子的谭周瑜夫妻在儿子一岁之后，经不住长辈的劝说，便再次怀上了二胎。

对于儿媳所怀的二胎孩子的性别，谭显均特别在乎，却讳莫如深。谭周瑜多次试探着问父亲："这次如果怀的还是男孩，你们失望吗？"

"无论男孩女孩，只要健康就行。"谭周瑜看得出，父亲回答这个问题的时候，还是心有余悸的。长辈们自然是求女若渴。谭周瑜当时80

岁的爷爷谭顺遂就毫不隐晦地说，他有生之年就希望能够看到自己这一脉能够有一个曾孙女诞生。

求神拜佛，如愿以偿，儿媳终于生了女孩！当谭显均得知自己添了孙女之后，激动得哭了，心里对儿媳有种说不出的感激，并亲自给孙女取名为晓晓。晓晓满月之日，谭显均召集本族亲人，在家里筹办了一场隆重的满月宴。他春风满面，发烟递糖，喜不自胜。自此，孙女成了谭显均生命里除板凳龙事业以外的全部。他给晓晓买最好的奶粉，每天回到家里，最开心的事情就是看着晓晓一点点长大。

云月有疏，光阴无别；人间忽晚，山河已秋。幸福的日子总是那么短暂！如今，全家唯一的希望破灭了，谭显均根本无法向80岁的老父亲和所有谭家人交代！

"我是人间惆怅客，知君何事泪纵横，断肠声里忆平生。"天已大亮。就在一大家人全部陷入悲伤时，谭显均第一个振作起来，他知道，自己是主心骨，决不能倒下。他当即把大家召集到一起，开了一个家庭短会："中年丧亲虽是人生最为惨痛的事情，但是，晓晓的离世更要坚定我们把安仁板凳龙传承好的信心和决心，如果我们谭家人不能做到这一点，我们就愧对晓晓这条宝贵的生命。既然晓晓是为我们板凳龙的表演失去生命的，晓晓就是有功之臣，我们就应该永远记住她对板凳龙的贡献。所以，我宣布，我们谭家马上把晓晓接回老家，用最隆重的礼仪厚葬晓晓。"

说着，谭显均亲自抱着晓晓的遗体坐在汽车副驾位置，小车专门在晓晓前夜停留过的学校操场转了好几圈后，才依依不舍地向家乡安仁方向驶去。

归路凄凄，溪流潺潺；雾气升腾，山花凋零。车辆缓慢行进，回家的路好长！好长！山河水月空惆怅，今生此刻已惘然。

回到家里，谭显均抹干眼泪，请来木匠。搬出了老家最为珍贵的木料，让匠人给晓晓现制了一副特大号的棺椁，这副棺木几乎与曾祖父下葬时使用的棺木不相上下。而且，谭显均按照老家传统习俗，邀请锣鼓、唢呐为孙女晓晓热闹了一个通宵，同时还有乡亲们义务表演的板凳龙。他要让浓浓的亲情陪伴晓晓上路，让她感到人世间的无限美好和亲人们满满的爱意与不舍。谭显均知道，这种礼遇先前只有他的爷爷享受过，而今他觉得为了板凳龙事业意外离世的孙女配得上这份厚礼！

弘扬板凳龙的道路漫长且艰苦，只有义无反顾地一路前行，传统文化才会拥有更加辉煌的明天。当时不杂，既过不恋。擦干眼泪，重整行装，再赴下一场山海。

安葬好孙女，已是阴历腊月二十九。一般来说，乡下农村这个时候，外出打工的都从四面八方赶回家准备过年，不会离家出远门了。可是，谭显均这一家却不同往昔，心情糟糕透顶的全家人，没有了往日的欢笑，更没有过年的喜气。孙女晓晓才刚入土，100条毁坏的板凳龙尚未修复，登高节演出的期限又越来越近，面对如此困境，接下来该怎么做？就在大家犹豫不决的时候，谭显均擦干眼泪，收拾好心情，果断决定：谭家的原班人马立即开赴达城继续修复板凳龙！因为，谭显均之前已向县里领导郑重承诺过，想尽一切办法确保正月初九的登高节开幕式圆满举行。

此刻，在达州真佛山文武学校，有一个最为着急的人，他就是学校的体育老师张守郭。张守郭是本次参与表演的学生们的领队和负责人，同时他也是安仁老乡，与谭显均特别要好。本来他对板凳龙受损一事尤其愧疚，这下又得知谭显均最为宠爱的孙女因为来达城途中遭遇风寒而意外离世的消息，更加悲痛和自责。可是，演出时间一天天逼近，残缺的板凳龙却依旧躺在地上呻吟，像是在呼唤它的主人。张守郭知道，能够紧急修复重新赋予板凳龙生命的只有谭显均。可是，如果这个时候打电话催促谭显均父子来完成修复事宜，那简直是残酷无情。他也只能望龙兴叹，枉然惆怅。

就在张守郭一筹莫展之际，一辆熟悉的面包车停在了校门口。张守郭简直难以置信：脸色苍白的谭显均居然带着一家人冒着风雪来到了学校！那一刻，他紧紧拥抱着身旁这位尊敬的大哥，连连致谢。而随后赶到这里慰问的时任安仁乡党委书记葛必君和达县文体局局长李晓波，看到谭显均一家放弃春节前的宝贵时间全力配合板凳龙的重新制作时，敬佩之情油然而生。他们压根儿不知道，谭显均一家尚未走出失去亲生骨肉的伤痛。方才听旁边的张守郭老师说起前两天发生在谭家的事情，与谭显均共事十多年的郭书记感动得语无伦次："您是安仁板凳龙的灵魂和希望，您为板凳龙付出了太多，安仁人民永远会记住您和您为板凳龙传承而失去的宝贝孙女！"

腊月三十日下午6点，经过谭显均和家人昼夜连续的奋战，100条板凳龙全部修复如新。像夜明珠一样闪耀的龙珠、像蛇舌一样吐芯的焰火，终于可以按照预定方案绚丽发光。经受丧亲之痛的谭显均的脸上，终于可以找到一丝欣慰的表情。

回到老家安仁已是晚上8点多钟。整条街道灯火通明，好不热闹，央视春晚已经开始，小品节目让邻居家的孩子们笑得前俯后仰，唯独谭显均家里还是大门紧闭。勠力同心、为梦前行的一家人，在谭显均的带领下，再次共同忙碌了起来：马上燃起火炉，宰鸡烧肉，洗菜做饭。年的味道，渐渐在一家人的温情里弥漫开来。

尽管历经意想不到的波折，但是这个春节，谭显均家依然温馨涌动。斯人已逝，生者如斯。道路依旧漫长，生活还得继续。

元九登高节的开幕式定在巴人广场举行，谭显均暗暗对自己发誓，一定要用尽善尽美的表演告慰因为本次演出而永远告别了板凳龙传承的孙女。所以，他们提前两天就进城启动演出前的各种准备工作。

因为憋着一肚子的劲儿，谭显均对这次演出特别重视，各个细节反复排练，针对容易出现差错的地方，更是多次把队伍单独拉出来强调注意事项，不断查找纠正错误动作。尤其是正月初八下午的带妆彩排，谭显均更是直接将其当作了正式演出。但是现场出现的一个意外情况，差点又要酿成大祸。

在彩排表演"龙抢宝"这个高难度动作时，一位参与表演的学生，从高空跃下后，突然背部着地，整个身子缩成一团，然后像发电机运转似的，不停打圈。谭显均见状，马上大声呼喊他的名字，可是这名学生完全失去了意识，没有任何回应。谭显均怀疑孩子可能是心梗，立即和张守郭老师采取紧急抢救措施：谭显均使出全身力气，用双手交叉重叠按压孩子的胸部，实施心肺复苏急救；张老师则使劲按住孩子的人中位置。这招果然见效，孩子终于有了一点轻微的意识，两人便继续加紧按压。抢救过程中，孩子整个身子呈360度不停转动，谭显均和张老师就跟着转圈，前后坚持了10多分钟。尤其是张老师，按压人中的手指头一刻没有离开过孩子的穴位，直到其完全恢复意识站立起来。当时考虑到这名参与表演的孩子身体很难适应次日的表演，谭显均便决定从安仁街道以前的表演者中临时调派一名村干部顶替表演。

正月初九登高节的正式演出在万众瞩目之下隆重开场，板凳龙外观精美，表演者动作整齐，舞动张弛有度，气势恢宏，赢得了数万名登高市民一阵又一阵激情四溢的喝彩和疯狂热烈的掌声。很多人第一次看到本地原汁原味的板凳龙表演，大竖拇指，赞不绝口。

表演任务顺利完成，大伙儿都松了口气，终于可以好好休息了！可是，身心疲惫、满脸倦容的谭显均坐车回到老家后却不知去向，妻子郑娟突感不妙，四处寻找，却不知所终。邻居说，好像看到他从粮站背后走过，郑娟估计谭显均是想孙女了，便一路小跑奔去。

果然，隔着几条田埂，郑娟隐约看到了立在山头的丈夫。他双手抱头，在一处新坟前长跪不起，而坟里安葬着谭显均日夜想念却天人永隔的孙女。此刻他的内心充满了愧疚，却无法用言语表达。

谭显均喃喃自语："晓晓，那天你看到的那些毁坏的板凳龙，爷爷和爸爸把它们修复得像新的一样，那扑闪扑闪的龙珠，就像晓晓在和爷爷逗玩时眨动的眼睛，那么可爱，那么有神。今天，爷爷来看你，就是要告诉晓晓，爷爷的板凳龙团队表演特别成功！叔叔阿姨们用一场精彩的演出告慰了晓晓！晓晓应该高兴了！"

往事浓淡，色如清，已轻；经年悲苦，净如镜，已静。郑娟静静地站在丈夫的身后，默默无言，她不愿意发出丝毫的声响，唯恐打断了丈夫和孙女的对话。朝夕之间，阴阳相隔。生死两茫茫，不思量，自难忘，后山孤坟，无处话凄凉。唯将事业，拓为世代绝唱。

第二章　男儿有泪不轻弹　只是恰到伤心处

第三章

毕生理想永难弃　生命代价何惧惜

"赶快，不能再犹豫了！现在请马上选择是立即施行开颅手术，还是实施钻孔吸血，10 分钟后务必进手术室！"当达州市中心医院的脑外科专家把郑娟叫到医生办公室时，她难以想象，平常那么强健的丈夫竟然要面临如此艰难的选择。

没有多余的选项，没有更多的等待。

郑娟颤抖着手，泪水直流。那支握在手里的笔，重若千斤，难以落下。泪水滴落在手术签字单上，"签名处"几个字瞬间模糊成了一片。如果说非要她做出选择的话，那么她的选择只有一个，就是祈求上苍惩罚自己来保全丈夫的健康。因为他不仅仅属于家庭，更属于板凳龙，属于生育养育他的家乡。

2019 年正月初六，手术车通过楼道快速驶过，郑娟紧握住丈夫冰凉的手，怎么也不肯松开。意识还没有完全模糊的谭显均从牙缝里挤出几个字："我一定会挺住，我肯定会坚强，我要陪你走过往后的所有时光！"

这是特别敏感的时间节点，郑娟简直不忍心去回顾，因为孙女晓晓就是在 9 年前那个可怕的春节离开的。谭家已经有人为板凳龙付出了生命的代价，这个代价足够惨痛，老天爷难道还不能放过他们这命运多舛的一家吗？

生命中有过的所有灿烂，原来终究，都需用寂寞偿还。手术室的门"哐当"一声关上，郑娟感觉自己的心也被带走了。掏空了灵魂的躯壳，已经不属于自己，面对生死难料的丈夫，她束手无策，痴痴地把脸紧贴在手术室冰冷的玻璃门上，虽看不清屋里的一切，但里面的任何一点声响都牵动着她脆弱的神经。

遇一人，山水有逢；念一人，风过轻澜；执一人，激水之滨；终一人，悱恻至生。郑娟此刻终于明白了"执子之手，与子偕老"的真正含义，她为自己没有照顾好丈夫、没有监督他的工作和休息而深深懊恼。一生很长，走过就是惊心的岁月；人生苦短，迈过就是倾心的模样。

倚在过道的长条凳上，郑娟感叹万千，这长条凳像极了尚未制扎的板凳龙。往事一件件、一桩桩涌上心头，浮现眼际，就像发生在昨天。如此刻骨铭心，又如此令人心碎。

可以说，自从与谭显均结为夫妻后，郑娟就彻底爱上了板凳龙，无可救药。板凳龙的每一次精彩亮相都有她深刻的印记，每条板凳龙的出品都凝聚了她的辛劳和汗水。有时候，她一个简单的建议，却让整个活动升华到了一个更高的水平；有时候，她一个小小的举动，就能让所有的表演者感受到无穷的温暖和力量。

郑娟清楚记得，在大竹参加完达州市旅发大会的巡游之后，安仁板凳龙受到了社会全方位的关注，各种演出机会接踵而至。而恰在此时，非遗文化迎来了最好的发展时机。2007 年 7 月底，谭显均收到了中国首届国际非遗节组委会发来的邀请函，邀请安仁板凳龙组织表演团队参加当年 8 月 8 日在成都举办的首届国际非物质文化遗产节。那天晚上，谭显均兴奋得一夜未眠，与他同样陷入兴奋之中的还有乡党委、政府的领导，要知道这是国际性的大舞台啊，有 50 多个国家的非遗节目参与表演交流，这是之前大家想都不敢想的事情。

在确定好表演人员与排练时间之后，谭显均马上将这一喜讯汇报给了达县文广局、达县文化馆和达州市文化馆的领导。那几天，他就像一个"鸡血青年"四处奔走相告，逢人就把手里的红头文件展示给他们看，那举动像极了得知自己中举后的范进。

谭显均深知，这样的机会实在不多，必须珍惜。而且，要让板凳龙登上更高的舞台，就必须借助这次展演机会让安仁板凳龙获得更多的荣誉和认可。演出排练那段时间，谭显均每天在郑娟的配合下，白天反复练习舞蹈动作，晚上就精心制作板凳龙。谭显均这次特别用心，舞龙的每个动作跳了又改，改了又跳，节奏也快了很多，以前是每分钟 12 个八拍，现在是每分钟 15 个八拍，很多人仅仅是在训练之后就累得爬不起来，而谭显均既要编排跟着跳，还要指导纠正大伙儿跳，手脚不停，嘴巴也没停歇，真的是累并快乐着。

图 3.1 第七届成都国际非物质文化遗产节彩排现场

在确定参演板凳龙的材质和服装时，谭显均更是煞费苦心，绞尽脑汁。首先，他再次充当木匠，专门跑到当地地势最高、海拔达到 1000 多米的梨山包村去采购已经放置了一些年份的松木，现制板凳，使得板凳呈现出最新的亮色，而且重量适度减轻，这样表演的节奏就可以更快一些，翻滚穿梭时就会更加敏捷一些。其次，他让郑娟重新缝制了表演服装。由郑娟亲自设计、亲自买料、亲自缝合，每件表演服上都绣了与龙相关的图案，脚上穿的，也是全部用稻草新编织成的草鞋。在挑选表演队员的时候，谭显均尽量安排 25 岁以上的青壮年，主要选择了教师、乡干部、街道居民。这些表演者都很年轻，接受能力强，基本能够避免出现体力不足的情况。这次的表演者总共只有 16 人，打击乐器仅仅安排了 3 人，但是现场的常规乐器却带去了 8 种，谭显均一个人就包揽了 3 种乐器。

来到下榻的酒店后，所有队员都瞠目结舌，因为主办方的接待规格实在太高！党委书记葛必君说，托安仁板凳龙的福，他是第一次入住五星级的酒店。如此高规格的待遇极大地鼓舞了团队的士气，大家一致表示，一定以最好的状态呈现出最优美的板凳龙表演，让安仁“一舞成名”！

台上一分钟，台下十年功。让主办方完全没有料到的是，投入最少、成本最低、期望值不高的安仁板凳龙成了现场最受欢迎的非遗节目。首次登上国际大舞台的表演者们有种初生牛犊不怕虎的胆识，彻底放开表演，大家特别兴奋，尽情地陶醉于现场表演中。他们刚柔并济、落落大方，每个动作展示得恰如其分，仿佛他们身上有用不完的力，心里有抒不完的情。郑娟觉得，这是历次表演中动作最协调、指挥最省力的一次，大家都在享受舞蹈带来的快乐。

现场来了很多外国朋友和记者，表演时他们对安仁板凳龙节目饶有兴致地拍摄个没完。那些已经表演结束的国际非遗友人，也赶过来凑热闹，更有甚者，直接汇入表演队伍，和着锣声鼓点，一同起舞。虽然他们没有演练过，但是动作却出奇地一致，原来舞蹈就是最好的交流语言，融会贯通，心领神会，竟是如此容易。

图 3.2 安仁板凳龙在第七届国际非遗节上大放异彩

　　表演结束后，下一个表演团队却很长时间难以登场，因为安仁板凳龙压根就无法谢幕，国内主要媒体和外国记者一再请求他们站在原地配合拍摄相关动作和表情。等到终于可以离场了，外国友人却提出了一个令人哑然失笑的请求：他们希望获得表演者脚下的草鞋作为留念。这可难坏了团长谭显均，因为大家从酒店出门时就直接换成了表演鞋，如果把草鞋留给他们，队员们岂不是要光着脚回去！

　　善解人意的队员们早已看懂了谭显均的苦衷，纷纷表示愿意把草鞋留给国际友人作为纪念。最终，16 名表演者赤脚步行了三公里才到达酒店。有的队员的脚被刺破，血流不止，从舞台到酒店的路上留下了一串醒目的红脚印。可是，这一点儿都不影响大家的心情，每个人都笑得那么灿烂。当然，最开心的还是团长谭显均，他无法想象，老祖宗留下的、在当地土得掉渣的板凳龙，竟然受到如此尊贵的待遇，获得如此广泛的关注。

　　"今天晚上我私人请大家涮火锅，大家敞开肚皮，一定吃够喝好！"

葛必君书记的话，顿时让团队炸开了锅。那天晚上，大家十分尽兴，纷纷向最辛苦最可爱最用心的团长谭显均敬酒，以表达内心的尊敬和感激。

"各位兄弟，今天晚上如果你们一定要敬我酒的话，我建议你们就敬我的妻子，她是幕后的无名英雄，为了缝制服装，她三个夜晚没有合眼，白天还要继续和大家一起参与排练。昨天晚上，为了缝制郑主任崩破的那件表演服，我妻子一针一线缝到天亮。"谭显均的话先是让现场鸦雀无声，但是很快就响起一阵欢呼，大家转而全部去答谢"师母"。郑娟不胜酒力，两杯下去就晕晕乎乎，但是心头却乐开了花。

图 3.3 安仁板凳龙在 2018 年四川优秀传统体育文化展演展览活动中风光无限

谭显均说的没错，每次表演结束后，最累的那个人不是他，也不是舞动龙头的人，而是既担任演员又担任后勤服务队长的妻子郑娟。因为所有人表演结束后，服装、道具、乐器都留在了原地，手勤的队员还会帮忙收捡一下，更多的人是换了服装卸完妆就直接走人。而郑娟就得把服装逐一叠好，一件一件地装进纸箱，拖到指定的地方或者直接搬到车上去。大家吃饭的时候，一般都看不到她，这时谭显均就会等候妻子，要不就给她备一份饭菜。善良豁达的夫妻俩，长期如此恩爱默契，大家都已习以为常。

一目山水十年冬夏，一幕长情百年好合。每当看到丈夫如此在乎自己，如此肯定自己工作的时候，郑娟的心里总是泛起一阵阵的温暖。现在，那个疼爱自己、和自己志同道合的男人突然病倒，被推进了手术室，叫她如何不伤心，如何不难过！

物极必反，乐极生悲。郑娟觉得，正是 2007 年的首届国际非遗节害苦了丈夫。人怕出名猪怕壮，那次意外的成功，把谭显均推到了风口上，此后的演出一个接着一个，很少间断，达州本地每次举办文体活动，板凳龙几乎都成为主打节目。不仅如此，连续七届国际非遗节，除了安仁板凳龙因为特殊情况仅仅放弃了一届，其余都悉数登场，而且获得的好评与日俱增。之后，安仁板凳龙持续受邀参加了联合国教科文组织举办的第五届国际民俗摄影人类贡献奖年赛颁奖典礼以及巴渠民间艺术展演活动。2011 年 6 月，安仁板凳龙参加中央电视台中国共产党成立 90 周年大型献礼节目录制，大获成功；2011 年 7 月，安仁板凳龙节目在央视七套《乡村大世界》栏目首次亮相荧幕，引起全国关注；2012 年 9 月，安仁板凳龙参加全国第二届新农村建设文艺展演，获得组委会极高评价，后来连续四届参与新农村建设文艺表演，好评不断。

图 3.4 安仁板凳龙欢庆党的 90 华诞

2018 年 7 月，四川省省运会组委会举办的以"品味传统文化·感知体育魅力"为主题的优秀传统体育文化节展演在广元举行，安仁板凳龙再次被点名参与表演。而此时，谭显均出现了非常严重的疲惫无力、头昏脑胀、嗜睡怕累现象，但是为了把节目表演好，为了做到精益求精，他全然不顾自己身体已经拉响警铃的现实，昼夜潜心研究板凳龙，刻苦训练板凳龙队伍。在表演前两天，谭显均在训练现场突然晕倒，被大家扶起，立即灌了一碗白糖开水后，略微清醒一点的他再次"亡命"地投入了训练。

郑娟清楚地记得，到了广元体育馆彩排的当天晚上，因受风寒影响，谭显均的双臂几乎无法张开，颈部、背部无法伸展，被迫坐在靠椅上休息。谭显均咬牙对自己说："这个时候我决不能倒下！"

他叫身旁的队员强行把自己的背部扳直，使劲把自己的双臂拉开，在坚持了三分钟后，他大呼一声："各就各位，立即排练！"于是，疯狂的快节奏排练再次启动，直到深夜 1 点，他们才回到酒店休息。不用说，此次表演堪称完美。

"这次的板凳龙表演，完美地演绎了巴人文化，极好地代表了达州市的形象，非常成功。你们是一支了不起的敢拼敢赢的团队，达州传统文化前程光明！"时任达州市文化馆党支部副书记吴胜在表演结束后的总结会上如此评价。达州市著名非遗专家吴胜也特别感谢了郑娟的艰辛付出，如果不是郑娟最后时刻的一双巧手，那些不太合身的表演服肯定会让表演大打折扣。由于临时替换上了几名小个子队员，以前的表演服就显得大了一个号，好几个队员在奔跑中摔倒。这个细节恰恰被郑娟捕捉到，当天晚上回到酒店，郑娟就把这几件表演服收齐，亲手缝制改小，一直忙到夜深了都没休息。次日的正式演出，大家穿着合身的表演服登台，一下子就显得精神抖擞、虎虎生威，劲头十足，郑娟的细微举动为演出成功提供了坚实保障。

图 3.5 火红的舞台 激情的表演

此后的谭显均，就像陀螺一样转个不停，各种邀请纷至沓来，各种荣誉不请而至。沉寂了多年的安仁板凳龙，终于迎来了厚积薄发、释放能量的最佳时机。广元市的表演尚未缓过气来，一个月后的 2018 年 8 月，安仁板凳龙作为一种工艺美术品，再次接到了参与"首届全国工艺美术作品展"的展出邀请。此时的谭显均极度疲惫，即便是走路也会出现胸闷气喘的现象，郑娟也劝丈夫休整一段时间再出发。但是，谭显均深知好不容易才让安仁板凳龙小有名气，要么在沉默中消亡，要么在奋进中爆发。这求之不得的在全国亮相参演的机会，岂能轻易放弃？

几乎没有任何犹豫，谭显均在向行业主管部门汇报后，立即在网上报名。"首届全国工艺美术作品展"由中国美术家协会和上海市文学艺术界联合会主办，中国美术家协会工艺美术艺术委员会、上海市美术家协会、上海美术学院、上海龙现代艺术中心承办，上海市创意设计工作者协会、上海市工艺美术研究所协办，规模很大，在业内反响非常强烈，大家都拿出最好的作品积极参赛。本次参展的要求相当高，组委会先是对在全国范围内收到的 2191 件工艺美术作品进行海选，初选出 1000 件，再从1000件作品中精选出260件入围作品参加展出。

　　本来，安仁板凳龙历来只注重现场表演，在谭显均规范板凳龙制作工序之前，安仁板凳龙的制作较为粗糙，"重表演、轻制作"是本地民间的惯例。这样的现状引起了谭显均的担忧，如果板凳龙的包装不能与时俱进，那么它永远无法登上大雅之堂。深谙只有精益求精才能让板凳龙走得更高更远，谭显均决定静下心来，当机立断，大胆创新，"和完美相伴、与粗糙绝缘"，从美化板凳龙的形体入手，然后让板凳龙焕然一新、展露新姿。

　　正是因为坚守这样的理念，谭显均决定以参加"首届全国工艺美术作品展"为契机，下足功夫改变板凳龙的外观形象，让板凳龙的表演出类拔萃、出新出彩，让板凳龙的制作精致漂亮、打动人心。谭显均推掉了所有工作，沉下心来，闭门修关，安心编制板凳龙。每一道工序，都做到亲力亲为、丝丝入扣。就像呵护刚出生的婴儿一样精心创新着板凳龙。当3条崭新的板凳龙摆放在达川区文化馆办公室主任谭蕾面前时，她兴奋尖叫，叹为观止。她没有想到，原来粗犷豪放的板凳龙可以做到这么绚丽精美。

图3.6 谭显均向专家学者介绍安仁板凳龙的前世今生

　　谭显均不知道评委们对安仁板凳龙的评价如何，反正安仁板凳龙最终是以第9序号入选展出，总共展出的美术作品有260件。在上海龙现代艺术中心为期一个月的展出中，安仁板凳龙每天都刷爆抖音和朋友圈，深受工艺美术专家们的赞扬。很多人以为这个"安仁"是湖南的安仁县，抑或是成都大邑县的安仁镇，有谁知道它居然是位于川东北边远山区的一个小乡。同年底，安仁板凳龙入选《首届全国工艺美术作品展作品集》，该书由中国美术家协会编著、上海人民美术出版社出版发行。

图3.7 入选"首届全国工艺美术作品展"的安仁板凳龙

　　这次展出结束后，沿海的收藏家对安仁板凳龙特别感兴趣，一位广东的收藏家要出4万元收藏这3条板凳龙，却被谭显均一口谢绝，他觉得它们应该有更为重要的去处。所以，参展的板凳龙回到达州后，谭显均就找到达州博物馆的负责人，表示要将这3条板凳龙捐献给博物馆，让更多的达州人认识安仁板凳龙，了解这段不为人知的移民文化。如今，谭显均和弟子们来到博物馆，看到出自自己之手的陈列品接受众人的参观，听到那些发自内心的夸奖时，他们都会特别激动和自豪。

图 3.8 安仁板凳龙成了美术课优质道具

图 3.9 通川区实验小学制作的板凳龙
获得全国大奖

安仁板凳龙取得的荣誉，让达城的中小学生十分向往和好奇。通川区实验小学校长胡逐云主动联系谭显均，希望谭显均老师能够亲自到学校传授板凳龙制作技术，让更多的学生喜欢上非遗文化。谭显均欣然接受邀请，自带材料、颜料、工具等来到学校，每天利用课余时间给师生们传授板凳龙制作奥秘，学校掀起了一股"崇尚非遗、科技创新"的热潮。2018 年 8 月，在第 33 届全国青少年科技创新大赛中，该校申报的"安仁板凳龙"科学探究活动荣获一等奖；2019 年 3 月，该校此项目再次荣获第 34 届四川省青少年科技创新大赛一等奖。

在安仁板凳龙制作受到欢迎的同时，其表演形式也备受热捧，其中通川区第四小学更是首创了小学生将安仁板凳龙舞带上全国性舞台的先例。2019 年 10 月 29 日，夜幕下的莲花湖畔如诗如画，歌舞飞扬。在绚丽的灯光烘托下，在漂亮的田园大舞台上，大型歌舞《锦绣山河》拉开了全国第七届新农村文化艺术展演开幕式的序幕。通川区第四小学一群年仅十一二岁的孩子们表演的"安仁板凳龙"少年舞蹈，吼声如雷，气壮山河，他们的开场表演赢得了观众们潮水般的喝彩，掌声此起彼伏，经久不息。

图 3.10 谭显均到通川区相关学校指导板凳龙制作和表演

宝剑锋从磨砺出，梅花香自苦寒来。超负荷的工作，让谭显均身体大不如前，做一点稍显剧烈的运动就气喘吁吁。郑娟多次催促谭显均去医院检查身体，可谭显均认为每年 9 月、10 月正好是搜集板凳龙农作物原料的最佳时机，不能耽搁，所以检查身体一事则一拖再拖。

其实，郑娟也知道，板凳龙制作所需的农作物原料，是非常珍贵的，看似简单到处可寻，但是一旦错过搜集时机就只有等待来年。尤其是选取的稻草，必须等老农晾谷两三天后再去翻晒，不能淋雨，淋雨后的稻草脆性很强，韧性不够，无法使用；但是也不能立马翻动它，因为这时候的稻草没有成型，很容易弯曲，翻动会导致硬度不高。收割稻谷和翻晒稻草的时候，天气都很炎热，稻草顶部的稻芒挨在流淌着汗水的身体上，如同盐水浸泡般难受。

图 3.11 炎热的夏天，郑娟配合缝纫师傅制作板凳龙

有一年，秋收时节遇上梅雨，安仁的稻草普遍腐烂了，谭显均只好跑到 20 公里外的开江县去收购，每斤价格超过一元钱，基本和粮食价格齐平，谭显均也只能忍疼购买。

除了稻草，玉米棒子里面的芯也是必须储备的板凳龙制作原材料，而且必须是红色的；还有苎麻的储备，这些都需要大量的时间和精力，每个环节郑娟都会陪同参与。

这季稻草总算备齐了，可是谭显均却倒下了。郑娟陪他去看中医，吃了几服中草药，但是身体的问题已经初现端倪。郑娟看在眼里，急在心头，她下定决心一定要控制好丈夫的作息时间，不能让他太过劳累，更不能竭泽而渔，因为安仁板凳龙需要他，他要继续引领着板凳龙的发展和创新。

图 3.12 带病制作板凳龙的谭显均

青鸟不传云外信，丁香空结雨中愁。妻子郑娟的担心终于还是得到了应验。2019年春节之后，安仁老家龙头桥边的谭显均家里接连迎来两位老人的生日，正月初二是母亲生日，正月初十是父亲生日。母亲生日这天家里来了很多的亲戚，按照惯例中午吃饭谭显均是要陪客人喝一点酒的，可是他没有一点食欲，吃不下饭，喝了一点汤就进屋睡觉了。他想，可能前段时间太劳累，抑或是患了重感冒，睡上一觉应该就能恢复。谁知，他刚刚睡着就被剧烈的疼痛痛醒，感觉头部像要爆炸般难受。农村有一个习俗，就是过年期间千万不要说不吉利的话，所以谭显均只能强忍疼痛。郑娟见状，坚决要拉他去县城的大医院接受检查和治疗，谭显均明知自己病得不轻，可依然哀求妻子："你就等到老爸把生日过了再去县城吧，将近90岁的老人，生日过一个就少一个，陪伴一次就多一次的福分。"郑娟拗不过丈夫，只好同意。

母亲生日几天后，谭显均头痛更加剧烈，而且是持续疼痛，没有一刻的缓解，他知道，这次一定是遇到大麻烦了。于是，他马上叫妻弟郑兴川开车送他去达城医疗条件相对较好的达州市中心医院。小车行至距离县城只有 3 公里左右的地方时，谭显均突然双手抱头朝着郑娟大喊："不行了，我真的不行了！"郑兴川见状，加足马力一路狂奔，向城北的中心医院急诊科疾驰而去。

"立即进行头部 CT 拍片，情况危急！"急诊科的医生马上安排担架床，推着谭显均就往放射科急速前行。隔着厚厚的防辐射门，郑娟依稀听见放射科里的拍片设备推进推出、旋转摩擦的声音，她的心一直悬在嗓子眼，屏住呼吸，唯恐听漏了任何一个细节。

丈夫终于从放射科出来了。"医生，病人怎么样，问题严重吗？"郑娟带着哭腔问道。

"应该是需要立即手术，医生会马上安排的！"郑娟从检查医生的面部表情里已经读懂了一切。

急诊科的张医生看了 CT 片，突然提高音量说："谁是谭显均的家属，过来一下！"紧接着，张医生宣布，患者颅内大出血，情况特别糟糕，需要马上下达病危通知书。张医生说，按照常理，应该立即实行手术，但是手术也不能盲目做，因为医生没有找到出血源。

郑娟哀求张医生说，丈夫已经出现如此严重的情况，手术刻不容缓，希望召集专家立即会诊，尽快拿出手术方案。张医生在郑娟及赓即赶到的谭显均一帮同学的哀求下，电话请来了另外两位专科医生。这两位专科医生果然厉害，看了片子立马制订了两套方案，让郑娟做出手术选择。要么是从头部打孔进去，找到出血点，吸血之后，开始引流；要么就是直接开颅，取掉一块头骨，然后在颅内寻找血栓，清理淤血，止血后合上头骨。两种手术各有利弊，前者创面小些，但是寻找出血点难度较大；后者对患者伤害较大，但是手术更方便，清理效果会更好。

考虑到谭显均已经 65 岁，身体承受能力较差，郑娟和儿子谭周瑜果断决定，采取第一套手术方案，避免手术过程中发生意外。于是，郑娟鼓足勇气，颤抖着右手，在丈夫的手术意见书上含泪画下了"生死符"。

焦急的等待，让郑娟心烦意乱，望眼欲穿。她的目光始终没有离开过手术室的那扇铁门，时间拖得越长，对丈夫越是不利。她知道丈夫的体力很难支撑这么长时间的消耗。于是，她死死地盯住那扇关乎丈夫生死的大门。

突然，她想到了"芝麻开门"这个古老的传说，据说默念"芝麻开门"就会等来好运。郑娟曾给孙子讲过"芝麻开门"的故事，它生动地表达了人们对美好生活的向往与追求。郑娟期待丈夫能够有幸成为那个被神赐予无穷好运的樵夫，躲过这一劫，安度余生。

你有几分善良，老天对你就有几分悲悯。6个小时漫长的手术，直到深夜才结束。几近绝望的郑娟终于等到了手术室的大门敞开，谭显均被医生们推了出来，她疯狂地扑上去，俯身将脸贴在丈夫的胸口上。顿时，她兴奋起来，因为丈夫的胸口在有规律地起伏跳动。但是丈夫脸色苍白，双眼紧闭，她不知道手术到底成功与否。突然，她看到丈夫的嘴角翕动了一下，她马上把耳朵凑过去，可是没有控制住自己的情绪，伤心的泪水滴落下来，正好滴在丈夫的鼻梁处，丈夫竟然微微睁开了眼睛。郑娟见状，喜极而泣，她抓住丈夫冰凉的手，哽咽颤抖，唯恐丈夫溜掉。

"恭喜恭喜，手术特别成功，你们一定要记着这位75岁高龄的张教授，没有他，手术或许真的就很麻烦！"护士长说道。

"谢谢张教授！谢谢你们给了我丈夫的第二次生命，谢谢你们保全了我们这个家庭，我们一定好好报效社会！"郑娟连连鞠躬。在最无助最孤单的时候，丈夫的安好让她体会到了特别的温暖和感念。温暖是什么？是相拥而泣时噙在嘴角的欲言又止；感念是什么，是滴落在脸颊的那一颗滚烫的泪滴。郑娟发誓，从今以后一定全身心陪伴好丈夫，让他得到充足的休息，不能劳累过度，不能透支身体。

医院的护工多次来病房询问是否需要提供护理服务，均被郑娟回绝了，她亲自给丈夫翻身、按摩、喂水，陪丈夫说话，让丈夫忘记疼痛，消除顾虑。谭显均恢复很快，几天之后就能进食，一周之后就能在医院过道走动。医生说，这简直就是奇迹，一方面说明患者意志坚强，另一方面说明亲人护理有方。看到丈夫大口喝汤的样子，眉心紧锁的郑娟终于长长舒了一口气，脸上露出了难得的笑容。

天道酬勤天亦老　苍天不负有心人

为了减轻谭显均术后的疼痛，郑娟总是在合适的时间与丈夫一起分享过去的快乐时光，而最让丈夫津津乐道的就是安仁板凳龙成功申报四川省级非物质文化遗产的艰难往事。尽管这段往事已经回忆了无数次，可是夫妻俩每每回想起来，仍是兴趣盎然、乐此不疲。

谭显均认为，非物质文化遗产是不可再生的珍贵资源，比矿产资源更为宝贵，因为矿产资源随着不断的攫取最终就会枯竭，而非遗作为世代传承的文化资源，可以凝聚人心，鼓舞斗志，永不褪色。随着时代的发展和现代化进程的推进，加强非物质文化遗产保护已刻不容缓，2006年四川省文化厅决定在全省评选首批省级非遗。得知这个消息后，谭显均乐得像个孩子似的四处奔走相告，安仁板凳龙如果能够纳入省级非遗名录，必将有利于它的进一步传承和创新。他心里清楚，经过这些年坚持不懈的探索提升和规范历练，安仁板凳龙已经具备了挑战更高舞台的实力，具备了提档升级的条件。

谭显均的想法首先得到了妻子的支持，紧接着他向达川区非遗办和达州区非遗办逐级汇报，得到的都是支持和鼓励的回答，大家的意见出奇一致。接下来就是准备文字资料、视频资料和呈报板凳龙实物，让谭显均特别欣慰的是，他为板凳龙量身定制的教材这次完全派上了用场，板凳龙的制作工艺和表演步骤再次完美演绎出来。看到希望的他，精力更加充沛，潜能也随之被挖掘出来。那段时间，谭显均总有使不完的劲儿，他早上6点未到就起床，晚上一般都要工作到深夜12点甚至更晚。

暑热酷夏，蚊虫叮咬，热气袭人。可是谭显均全然不顾，面对各种复杂的文献资料，他反复研究、推敲，他要用最精美的文字把古老的板凳龙描绘得活灵活现，令众人神往。妻子郑娟既是后勤服务的好帮手，又是文档收集的好秘书，往往能够从整理完好的文档中寻找出些许破绽来，继而不断修正。就在整套资料上交的前一天晚上，郑娟还在反复校对核查，她不希望丈夫这么长时间的心血因为一点点疏忽而付诸东流，功亏一篑。

然而，比上报材料更艰难的是等待申报结果的过程。就好比一位初为人父的丈夫，把即将分娩的妻子送进产房，然后焦急等待着新生命的诞生。孩子是男是女、是否健康平安，就成了最为担心的事情，那种煎熬没有经历过的人根本无法体会。

在挨过3个多月的苦苦等待之后，2006年3月，以民间舞蹈形式中"龙舞"申报的安仁板凳龙，一路过关斩将，摧城拔寨，最终成功入选首批四川省非物质文化遗产名录。消息传来，安仁乡标志性建筑——龙头桥上鞭炮齐鸣，锣鼓喧天，各路板凳龙爱好者齐聚桥头，以龙会友，欢天喜地，好不热闹。那天，安仁乡正好逢场，场镇上人流如织，大家议论的只有一个话题：安仁这个边远小乡，这下终于出名了！当天的主人公谭显均，难掩激动，喜不自胜，特意换上了一件红色的唐装，大家把他簇拥在人群中央，像英雄般膜拜。从不抽烟的他，逢人就发烟致谢，可以说，他比结婚的新郎还要光鲜。

板凳龙入选省级非遗，让安仁乡热闹非凡、风光无限，处处喜气洋洋，家家其乐融融。每到赶集天，村民自发组织的板凳龙表演都会从早晨持续到散场，即便是放学的孩子也要看完整套表演才肯回家吃饭。本以为谭显均这下会歇息下来，安心休养一段时间，因为他实在是太劳累了，可事实上却恰恰相反。俗话说：人逢喜事精神爽！谭显均只要看到板凳龙或是谈到板凳龙，就有一股按捺不住的激动和兴奋。每天吃过早餐后，他就急急忙忙地钻进那间自己专属的制作板凳龙的小屋，一会儿清理稻草，一会儿编织龙头，一会儿挑选秸秆，一会儿清理龙须。在这片自己独享的天地里，谭显均是愉悦的、充实的，每天工作都在 9 个小时以上，闭关修行，却其乐无穷。

2019 年 3 月，四川省体育局下发了要求各地组队参加四川省首届体育非物质文化遗产项目展演的通知，达州市文化馆接到了这项任务后，便向达川区文体局体育股股长鲁登攀建议，由安仁板凳龙代表达州出征。鲁登攀在开会的时候正好碰到了达川区文化馆非遗办主任罗建华，说起了此事，罗建华这才无奈地告知，安仁板凳龙的掌门人谭显均刚刚做完脑部手术，根本无法参与此项活动。于是，大家经过商议，决定暂时放弃板凳龙出征。

本以为此事到此结束，可是长期在网络上关注非遗节目参演信息的谭显均，却无意间通过抖音获悉了四川省首届体育非遗展演的消息，他当即给罗建华打去电话，主动要求报名参演。罗建华既喜又忧，喜的是谭显均初心不改热情依旧，忧的是他大病之后尚未康复。可是，谭显均却是大象吞秤砣——铁了心，非要参加这次活动。他对罗建华和鲁登攀说："参与表演的是队员，我又不登台，只是带队指导而已，没有任何风险，请组织一定不要因为这些顾虑丢失了这么宝贵的展演和获奖机会。"罗建华也拿不定主意，于是层层上报。在得到谭显均由其妻子全程陪伴，不消耗体力的承诺后，达川区文体局答应了由谭显均担任板凳龙表演总指挥参与首届体育非遗展演的要求。

谭显均的病情引起了各方的高度关注，培养板凳龙传承人成为当下最为紧迫的事情。正是在这样的背景下，谭显均多次给达川区委宣传部和文体局领导打电话，恳求及时把板凳龙这门技艺传授于接班人。在他的再三恳求下，达川区相关领导决定在全区中小学校和职业中学中大力培养板凳龙教练和表演者，每个学校教练不少于两名。2019 年 8 月暑假期间，由达川区教科局牵头组织的"安仁板凳龙"专题培训在达川区体育馆进行，谭显均作为唯一的授课老师为大家传授板凳龙的来历、制作、乐器、表演技巧等内容。这是达川区规模最大的一次非遗项目培训，每个学校至少派来了两名体育教师受训，规模大点的学校甚至有三四人参与学习，就连文体局的领导也亲自前来旁听，他们知道，一旦谭显均的身体出现意外，板凳龙就可能面临失传的风险。

最开始，大家上课都非常积极认真，尤其是在操场练习的时候，大家热情高涨，专心致志。操场上，板凳龙此起彼伏，穿梭翻飞，好不热闹。但是，训练一周之后，一些人的热情慢慢降温，取而代之的是懒懒散散，有气无力。上一次上理论讲解课的时候，谭显均发现听课的人减少了三成，而且待在课堂上的人也是无精打采，呵欠连连，有的玩手机，有的开小差。但是他依然没有降低讲课质量，反倒是苦口婆心不厌其烦地叫大家务必珍惜这来之不易的学习机会。

课间休息的时候，达川区文化馆非遗办主任罗建华让谭显均先在旁边休息一下，然后他站到了讲台中央。大家看到换了主讲人，都觉得奇怪，马上打起了十二分的精神。只听罗建华突然提高声调、语气严肃地说道："在座各位，不知道你们有没有听明白谭老师刚才说的话，机会十分难得。你们也许不知道，他是冒着生命危险、把医嘱抛在脑后来上这堂课的。一个月前，他颅内出血刚刚做了脑部手术，他的身体非常虚弱，但是他却把非遗抢救看得比他的生命还重要，我们有什么理由不尊重一个危重病人如此艰辛的付出呢？"

罗建华的一席话，让在座的人鸦雀无声，惭愧不已。第二天开课的时候，听课的人突然增加了很多，不少人是被谭显均的精神感动，临时调整时间赶来听课的。接下来的几天时间里，课堂上的理论课，大家耳听心受，聚精会神；操场上的练习课，大家仔细模仿，虚心请教。看到谭显均撑着虚弱的身体不厌其烦地示范表演，大家心疼不已、感动不已，有人给他送水，有人索性给他搬来了凳子让他坐下讲课。这是谭显均讲课最省心的一次，文体局领导也从来没有见到这么温馨的授课场面，纷纷对谭显均的诲人不倦和乐于奉献感慨不已。

图 4.1 谭显均与弟子一起制作板凳龙

　　这个期间，一位青年教师的出现引起了谭显均的特别关注。他就是达川区职业高级中学的体育老师谭浩强，这个小伙子年龄应该在二十七八岁，此次他不仅约来了一名同校的老师，而且带来了二十多名学生听课。板凳龙的传授，理论知识并不多，主要的是基本动作的反复演练，然后熟能生巧连贯运用。而谭浩强所带的团队，成了所有团队中最引人注目的一支队伍。

　　谭浩强担任领队的这支队伍，队形最整齐，服装最统一，动作最协调，口令最规范。即使是吃饭的时候，他的队伍也保持着整齐的队列，颇有点像河南登封塔沟武校那些习武的弟子，大家一起用餐，一起放置碗筷，一起集中休整。能够在短时间内把并不是一个班的同学们训练得如此有序，谭显均对谭浩强的组织能力刮目相看。在训练过程中，谭显均发现谭浩强悟性很高，再难的动作，教一两遍后他就能心领神会、融会贯通。当其他老师还在做第一遍动作的时候，谭浩强已经把规范的动作教给了他的学生们。

图4.2 达川区职业高级中学的学生们课间操练板凳龙

不出所料，这次训练结束后，谭浩强带领的这支队伍特别出色，不仅一切行动听指挥，而且表演动作连贯性强，协调性好，整套动作下来，如行云流水般顺畅，衔接一气呵成。此刻，谭显均大胆决定，就以这支队伍为班底，参加四川省首届体育非遗展演！

这是一个冒险的决定，却又是一个成功的决定。在谭显均的悉心指导下，达川区职业高级中学的学生团队精诚团结，密切配合，无所顾忌，达到了至善至美的境界。他们以学代演，超常发挥，最终以完美的表演征服了各路队伍，获得了组委会的极高评价。表演结束后，孩子们一个个兴高采烈地跑下舞台，簇拥到谭显均的跟前，接受谭老师鼓励的拥抱。其中一个名叫王佳的学生，平时非常腼腆，训练中极少言语，谭显均一度担心他跟不上节奏，谁知他在表演中深情投入，毫不怯场，完全进入了一种忘我的境界，一条沉沉的凳子在他的手中左旋右转，上下翻飞，玩要自如，如入无人之境，流畅舒展。晚上，王佳在他的日记里写道："曾经我是一个特别自卑的孩子，总感觉自己什么都赶不上别人，很笨拙很无用，但是这次的板凳龙表演却让我发现，其实我并不笨，我做得比很多人都好。真心感谢谭显均老师发现了我，给了我登台的机会，我会更加努力的！"这次登台表演完全改变了王佳的性格，他突然间像变了一个人似的，不仅在板凳龙表演中成为焦点人物，学习成绩也进步很快。

这次表演，让谭显均有了一个更为大胆的想法，他决定把达川区职业高级中学作为安仁板凳龙的传习基地，而聪敏好学的谭浩强则成了传习基地的领队。

"传内不传外，传男不传女。"谭显均突然默念起板凳龙的这条祖训来，他突然茅塞顿开似的大喊道："有了！"于是，他想到了另外一个更深层次的问题，那就是培养谁做接班人的问题，之前他一直为此绞尽脑汁。因为安仁板凳龙一般是要确定两个人作为传承人，除了已有很好基础的儿子谭周瑜，给儿子配个怎样的搭档让他颇费心思。当天夜里，谭显均把儿子谭周瑜叫到跟前，说出了自己的想法，他计划把谭周瑜和谭浩强共同确定为安仁板凳龙的第十代传承人。谭周瑜之前就已经认识谭浩强，对他的表演功底大加赞赏，尤其敬佩他不怕吃苦、甘于奉献的精神，所以当父亲说出这个想法的时候，他不假思索就同意了。

虽然儿子同意了，但是谭浩强是否有这份热情，是否有决心扛下这面旗帜，还是一个未知数，他决定找一个机会和谭浩强深入交谈。经过初步交流，谭浩强对这份沉沉的期盼犹豫不决。他说，身为体育学硕士的他虽然对板凳龙表演很有感情，但是人们对板凳龙的期望值太高，谭显均老师已经让板凳龙达到了绝佳的高度，他担心自己力不从心，不胜其任。而且，他还有几点疑虑，担心引来诟病。一是，他谭浩强虽姓谭，但是与谭家并无血缘关系；二是，他不是安仁人，却要传承正版的安仁板凳龙，怕别人指点笑话；三是，他不懂安仁长沙话，却要与一群长期说长沙话的安仁板凳龙表演者相处，交流会有很多的不便。最关键的还有一点，他不是达州本地人，一旦投入这份事业，就意味着失去很多、放弃很多、牺牲很多，女朋友和家里人是否支持呢？

谭浩强的心思，谭显均早已猜到。一个周末，谭显均专门把他和女友请到了家里做客，席间他与浩强做了一次面对面的长时间交谈。

　　"浩强，板凳龙目前已经是省级非遗了，按照市里的意见，很快就要申报国家级了，我特别请教了省内很多对安仁板凳龙兴趣浓厚的非遗同行们的意见，他们认为安仁板凳龙比其他地方的板凳龙更美观、更流畅，更具观赏性，如果在制作和打击乐器上再下一番功夫，上报国家级非遗应该很有希望。对于未来的国家级非遗，我是不敢轻易交给其他人的，而你的勤奋、执着、组织能力和领悟能力都远在他人之上。对于安仁语言不通的问题，你还这么年轻，完全可以慢慢学习，外国人都可以和安仁老乡交流，更何况你谭浩强和安仁老乡中的很多人都是朋友，这有什么好担心的呢？我要说，既然你有这个潜力，那就不要惧怕挑战，勇敢往前冲。为了非遗事业奋斗终身，是特别幸福的事情。相信你的女友、你的父母也是会全力支持你去实现这个远大抱负的，你也一定可以让安仁板凳龙走得更远。"谭显均的一席话，不仅让谭浩强茅塞顿开，干劲十足，也获得了谭浩强女友的充分理解。

　　从此以后，谭显均一旦有空就把谭周瑜和谭浩强叫到一起，要么制作板凳龙，要么把已经制作好的板凳龙拿出来，开肠破肚般的剖析讲解。尤其是对一些容易混淆的步骤反复演示，对一些容易忽略的细节反复强调。谭周瑜在父亲的影响下从小就接触板凳龙，相比于谭浩强要熟练得多，所以谭浩强就认了谭周瑜这个哥哥，闲暇时刻两人就相约到安仁的板凳龙展览馆探索研究表演和制作的奥秘。看到谭周瑜、谭浩强兄弟俩配合默契，互助友爱，谭显均甚是欣慰，心中的顾虑也就在不知不觉中慢慢消减。他觉得，是时候把舞台交给年轻人了。

　　长江后浪推前浪，不推绝对没希望。本想相忘于江湖，隐归于田园，可人在江湖，已身不由己。就在谭显均做好交接班准备的关键时刻，一位异乡客人的造访打乱了他内心的安宁。

　　谭显均万万没有想到的是，自己作为一名民间艺人，自认为对社会贡献甚为微薄，所做的事情却让千里之外的一位文艺界老前辈牵肠挂肚。中国文联副主席、中国民间艺术家协会主席、山东工艺美术学院院长潘

第四章　天道酬勤天亦老　苍天不负有心人

鲁生计划抽时间对非遗传承卓有成效的项目和项目代表性传承人进行实地考察和调研，在与达州市非遗专家吴胜交流过程中，他得知了达州市民间文艺家协会理事、省级非遗板凳龙传承人谭显均以及他与病魔抗争的感人故事，遂决定亲自来达州看望慰问他。

当达川区委宣传部的领导告知谭显均，潘鲁生主席将要专程来达州看望他时，他简直难以相信自己的耳朵。他虽然不认识潘主席，但是其名却是如雷贯耳。要知道，作为艺术学博士、教授、博士生导师、山东省文联主席、山东工艺美术学院院长的潘先生可是全国民间艺术界的泰斗！

图4.3 潘鲁生主席（右四）非常看好安仁板凳龙的发展前景

2019年10月29日中午，专程从山东转道北京、再从北京飞抵达州的潘鲁生一下飞机，就不顾旅途劳顿，直奔安仁板凳龙非遗传习基地——达州市达川区职业高级中学，看望慰问正在那里为师生们传授板凳龙技艺的谭显均，并全程观看了师生们的精彩表演。

艺术是如此相通相融，奇妙无穷的民间艺术把两位素不相识的艺术大师汇集在了一起。虽是初次相识，但是他们却一见如故，相见恨晚。

得知谭显均系安仁板凳龙第九代传承人，26岁时开始重新整理完善安仁板凳龙的操作、打击乐器的组织编排和服装设计、道具制作，利用农村的农作物副产品制作传统工艺的道具，大胆设计、合理想象、创造出一系列具有较高工艺美术价值的板凳龙，数十年不忘初心专注非遗，潘鲁生深受触动，连连赞叹。

让潘鲁生更感兴趣的是谭显均提出的让"非遗进校园"。达川区职业高级中学党委书记、校长胡知平介绍说，在谭显均的鼎力支持下，学校充分发挥职业教育在非遗文化传承中的独特作用，积极探索非遗传承教育融入职业教育人才培养的有效路径，推动非遗传承教育与职业教育深度融合、同频共振。

图 4.4 安仁板凳龙参加达州市职业教育活动周启动仪式

在这里，谭显均还骄傲地向潘主席介绍起了自己的得意门生谭浩强。自从三年前因"非遗进校园"活动结缘以来，谭浩强对板凳龙的了解逐渐加深，他紧跟谭显均的脚步，虚心好学，在传承中探索板凳龙的最新发展。谭显均说："没有搬上舞台之前，板凳龙的随意性很强，没有固定成套的动作，现在我们有了一些固定动作，接下来就是编辑教材，大力开展传承工作，根据专业特点和个人特长培养不同的板凳龙表演和制作人才。"

潘主席紧握谭显均的手，一再嘱咐谭显均："无论是现在还是将来，都不要去追求那些花哨的外表，要耐得住寂寞，坚持保留板凳龙最原生态的东西，那是艺术最真实的生命。"他回过头来，对当时陪同调研的达州市文联主席吴洁如说："谭显均这种人才，是达州的宝，要为他们的工作和生活提供更好的条件。传承民间文化遗产必须坚持以人为本的原则，只有保护好民间文化遗产的传承人，才能使民间文化遗产永续传承。对民间文化的保护，首先要落实到对传承人的保护上。"

更让谭显均激动的是，潘鲁生返回山东济南的第一件事情，就是发信息赞扬他这种甘于奉献、不怕艰苦的精神，并要求谭显均迅速制作七条板凳龙，届时陈列于山东工艺美术学院，让安仁板凳龙享誉全国。同时叮嘱他要保重好身体，以创新姿态让安仁板凳龙发扬光大，让艺术更好地融入生活，服务于基层群众。

潘主席的看望和勉励再次激发起了谭显均对艺术的酷爱和执着，他决定在安排好谭周瑜、谭浩强两位接班人后，就彻底静下心来，开始做另外一件他很早就谋划却没有来得及实施的事情——将板凳龙的选材和制作流程，形成文字，编写成正规的教材。今后，大家参照教材就可以按图索骥，精准制作，确保安仁板凳龙的工艺流程不被破坏，质量更加可靠。

对于木料的选材，谭显均规定要选较为坚硬的松木或柏木，为保证选用的松木柏木不受虫蛀，选定伐木的时间一般均要求在每年6月、7月、9月、11月和12月，砍伐回来的木材要放在阴凉干燥的地方晾干，绝对不能摆在太阳底下暴晒，因为那样木材会开裂；但是也不能放在潮湿的地方陈列，否则木材就容易变质甚至腐朽，不能经久耐用，更不便于保管。

对于竹子的选取也很考究。制作板凳龙的竹子一般都是选择慈竹来分解成篾条作为龙的骨架，选择慈竹的时候要选隔年青，也就是选择竹子生长时间在一年以上至两年内的。生长期在一年以下的竹子，制成的篾条很容易变形或垮架，也经不起烧烤，没法弯曲；生长两年以上的慈竹特别坚硬，一弯就断。所以，砍伐竹子的时间要在夏秋时节，砍伐的竹子需要压在深水区浸泡 20 天以上或用药水浸泡，否则就会遭虫蛀。选择的竹子要长梢，竹子生长良好，竹节排列均匀、枝节较长、竹尖匀称，一般要选下小中粗上端正且无虫蛀的竹子，否则，理不出好的篾条，即使把篾条理出来了也不好使用。正常情况砍伐的慈竹在阴凉干燥处存放 3 天左右就要用篾刀理成篾条。一般选择斑竹作龙眼的眼眶和用以加固的竹兼（竹尖），其选料的标准与选择慈竹一样有严格的要求。

稻草的选材更为烦琐。选择稻草时，要在农民收割稻谷时自己下农田去选择农民手工收割的稻草，稻草的长度一般为 1 米左右。稻草要经过 5 天以上的晾晒让其干透。稻草晾晒期间不能被雨淋，否则没有拉力；也不能是阴雨天，遭受阴雨的稻草斑点密麻，经过较长阴天的稻草颜色不鲜，而且没有韧性，不利于编制。选择稻草一要细看水稻生长期内是否有过严重天旱，经过严重天旱的稻草枯萎干瘪；二要观察水稻生长期间有没有经受过病虫害，经受过病虫害的稻草长势不协调。同时，还要查看水稻生长期间施肥是否按时，施肥过少，水稻长势不良，稻草长度不够；施肥过度，水稻的叶子就会是青色或青黄色，制作的板凳龙就不够美观。

玉米壳的选材也有较为严格的要求。必须等到玉米完全成熟以后才能收获玉米壳，一般都是在玉米掰了以后就立即收取，每一个玉米壳外面的四到五片叶因为太硬要去除，被虫钻过的叶片也要去除，只保留浅绿或浅黄色的叶片，然后就要经过晒干或者晾干，储藏使用。

选取小麦秸秆同样程序繁杂。小麦一般都在 4 月下旬或 5 月上旬收割，气候均为艳阳天、雨水少，小麦秸秆要经过 4 天以上的晾晒。晾晒期间不能被雨淋，遭雨淋的脆性大。也不能是阴天收割，经过较长阴天才晾干的小麦秸秆颜色不白，而且没有韧性，使用起来效果不佳。

在对板凳龙制作选材进行规范的同时，谭显均更注重制作工艺的严谨性。在安仁板凳龙的制作过程中，有的人为了省事，仅仅在板凳上简单捆扎五谷杂粮就拿去表演，其美观性得不到保证。谭显均见状忧心忡忡，他通过自己的摸索以及长期的实践，特意制定了板凳龙制作的十二个步骤，要求大家逐一操作，自觉遵守，不可精简。

图 4.5 为板凳龙制作严苛选材

第一步是制作好作为母体的板凳，统一规格尺寸为长 98cm，宽 10cm，高 23cm，并将板凳的一方削尖作为龙的舌头。

第二步是将慈竹篾条烧制成 9 个圆圈，圆圈直径最大为 25cm，最小为 7cm，用麻钉固定在有龙舌尖的方向，再用一根篾条连接起来，形成龙的头部的骨架，再用弯制成的慈竹篾条绑扎在龙的头部，形成龙的上嘴和下巴的骨架。

第三步是将慈竹篾条弯制成 10 个圆圈（直径最大的 20cm，最小的 8cm，其余 8 个圆圈按比例缩减），以前面 4 个、后面 5 个、中间 1 个高度递减的顺序，用小麻钉固定在板凳后半部，然后用苎麻和慈竹篾块将这 10 个圆圈连起来，形成龙身的整体骨架。

第四步是用稻草先编出龙头，再编身上的龙麟。

第五步是用斑竹和稻草编制成龙的眼眶，再用玉米芯棒制作成龙的眼珠。

第六步是用玉米壳编制成龙的胡须。

第七步是用稻草和玉米壳编制出龙的脊梁。

第八步是用稻草、小麦穗、高粱穗编制成龙的尾巴。

第九步是用小麦秸秆编制修饰龙身。

第十步是用稻草或竹根编制成龙角。

第十一步是用玉米芯棒装饰龙的舌头。

第十二步是用红油漆加上黑油漆调和，把板凳龙裸露在外的木质部分刷成古铜色。

图4.6 荷花文化节上的安仁板凳龙表演

上述流程得到了同行们的充分肯定，经过这些繁杂的工艺流程之后，一条活灵活现、栩栩如生的板凳龙就算成功了，加上壮汉们的激情舞动、打击乐器的不断渲染，龙的精神就得以完美演绎，表演就可以大获成功。

制作板凳龙规范流程的确定，终于让谭显均如释重负。

　　岁月从不负勤劳，付出终究有回报。谭显均的艰辛付出得到了大家的充分肯定。随后不久，农业农村部确定了全国100名能工巧匠，而擅长制作和表演板凳龙的谭显均荣耀上榜，整个达州唯此一人，这是一份多么沉重的荣誉！得知获奖消息的那一刻，谭显均异常激动，他来到孙女晓晓的坟前，把这份表彰文件的复印件含泪烧给了孙女，然后坐在孙女的坟前，自言自语，久久不肯离去……

图4.7 安仁乡人民政府乡长程燚（左）与谭显均共同探讨板凳龙的传承事宜

第五章

千磨万击还坚劲　任尔东西南北风

　　时间过得真快，转眼就到了 2019 年的 11 月。此时，关于安仁板凳龙的一个更为大胆的想法在谭显均的心里诞生了，那就是让安仁板凳龙申报国家级非遗！

　　谭显均上网仔细查阅了相关资料，入选国家级非遗的龙舞不少，其中铜梁龙舞、湛江人龙舞、汕尾滚地金龙、浦江板凳龙、长兴百叶龙、奉化布龙、泸州雨坛彩龙早在 2006 年就共同以"龙舞"之称入选首批国家级非物质文化遗产名录。他特意调出了金华浦江板凳龙的表演视频，发现它的制作和表演功力都不见得能超过安仁板凳龙。浦江板凳龙可以申报国家级非遗，安仁板凳龙为什么不能啊？于是，谭显均果断向市区非遗专家和达州市文旅局的领导提出了自己的想法，本以为达州市著名非遗专家吴胜会取笑他"癞蛤蟆想吃天鹅肉"，殊不知，吴胜说出的这句话却让谭显均喜出望外："谭老师，安仁板凳龙早就可以申报国家级非遗了，你要抓紧时间办，这个事情我全力配合你。"

　　"说干就干，干就干好！"这是谭显均一贯秉承的办事风格。他随即找到达川区文旅局和达川区文化馆的领导，请求他们协调电视台的资源，马上拍摄非遗申报专题片。很多人不知道，这几分钟的专题片对评委的影响力到底有多重要。北京申办奥运会的 5 分钟宣传片大家也许看过，片子必须深深打动观众和评委，因为评委不会看你的表演，他们只会通过文字资料和相关视频了解板凳龙的历史渊源和特色。

与此同时，达川区非遗专家、文化馆副馆长许华生，区文化馆办公室主任谭蕾等人士都积极为谭显均出谋划策，提供各种帮助，谭显均感受到了无穷的关爱，信心十足。虽然申报国家级非遗的专题片只有5分钟，但是谭显均却按照10分钟的解说词准备，而且一连写了十几稿他本人都不满意，他觉得安仁板凳龙配得上更好的解说词。恰恰此时，单位组织员工体检，而且体检截止日期马上就要到了，谭显均的本意就是能拖则拖。可是，妻子郑娟却不愿放过这样的机会，她几乎是把丈夫押送到达川区中医院去体检的。

检查结束后，达川区中医院的一位女医生将谭显均叫到办公室严肃地问："你叫谭显均吗？"在得到肯定的答复后，她压低声音说："对不起，你的身体有点小问题，我发现肺部有点不正常。这样吧，我先给你开一点消炎药，你服用一周后再来复查。"于是，谭显均拿好了一周的药物，若无其事地走出了医院，准备和妻子打车回家。

大约走出300米后，郑娟突然对谭显均说："老公，既然医生说你肺部有点不正常，我们还是谨慎一点为好，毕竟肺部很敏感。干脆我们回医院去把片子拿出来，再叫专业的医生看一下更放心。"谭显均觉得妻子说得有理，也就跟随妻子返回了医院。

放射科的李主任认真看完片子后，再看谭显均本人，觉得十分面熟，回忆很久才突然想起："你应该是谭周杨的二爸吧，我认识你，板凳龙舞得很好。"谭显均的侄儿谭周杨也在这个医院上班，所以他在这里有不少粉丝。

"李主任，我有什么大问题吗？"

"谭叔叔，我们初步诊断，你肺部有磨玻璃结节，而且很可能伴有肝硬化，你千万不可马虎，建议再去其他医院做一次系统检查。"医生的话突然让郑娟心情沉重起来。

郑娟和丈夫立即带着片子来到相隔不远的达川区人民医院，找到了另外一个侄儿谭彦，谭彦很快又找了一位熟悉的医生查看，这位医生一看片子，脸上立即露出凝重之色，却一个字也没有说，只是马上开出了迅速再做 CT 的检查单。送走谭显均夫妇，这位医生给谭彦发来信息：磨玻璃结节，考虑肺癌可能！

检查倒是很快就完成了，但是检查结果却要等到第二天才能拿到，两人只好留在城里。晚上，回到家后，郑娟一个劲地哀求丈夫："我当然知道板凳龙是你这辈子最重要的事业，但是你这样亡命工作很不可取，如果没有强健的身体，今后你怎能让板凳龙发扬光大？"谭显均听了，心里满是难过。为了板凳龙的传承发展，这些年家里的事情他几乎没有操心过，一切琐事都是由妻子承担。现在，妻子还要为自己的身体担忧，他打心眼里觉得愧对妻子。

医院检查结果终于出来了：磨玻璃结节，肝硬化。

这样的结果无疑让全家人陷入极度的惊慌，郑娟躲进医院的厕所里伤心地痛哭了一场，谭显均年近九旬的父亲差点晕倒在地。可谭显均本人却非常淡定："你们放心，我不抽烟不喝酒，身体锻炼得这么好，肯定没有问题的。医生开了消炎药，我把药吃完，坚持适当的运动，肯定万事大吉。"

又是一年年关到，各行各业好热闹。已经退休的谭显均比正常的上班族还要忙碌，因为申报非遗的时间非常紧迫，任务特别繁重，一旦失去这样宝贵的机会就不知猴年马月才能再次轮到。所以这段时间，谭显均频繁地往返于安仁与达城之间，多次到已经退休、曾为安仁板凳龙成功申报省级非遗做出卓越贡献的安仁籍文化名人、达川区文化馆原馆长李平家中请教，与非遗专家们认真探讨如何出新出彩，常带着疑惑跑去图书馆查找资料寻求答案。总之，申报国家级非遗只能成功不能失败！

"他已经成了我们文化馆的编外人员了，馆里的人都认识他，我们从不把他当外人，还特别为他准备了水杯和餐具，因为他来了之后一般不会很快离开，凡是他需要的东西，我们都尽量满足。到了饭点，他就和我们一起吃食堂，大家相处非常融洽。"谭蕾说起他这个本家的兄长，满是亲切。

图 5.1 达川区文化馆原馆长李平（右）指导安仁板凳龙申报国家级非遗

　　医生的嘱托就像紧箍咒一样牢牢地箍在郑娟的头上，使得她过度紧张，不敢有半点松懈。但是被工作占据了生活全部的谭显均却根本不当回事，依旧每天忙于筹备申报国家级非遗的各种烦琐资料和报表。

　　转眼到了 2020 年的春节，忙碌了一整年的谭显均终于可以稍作歇息，静下心来陪伴亲人了。可是树欲静而风不止，与一年前那个糟糕透顶的春节相比，这个春节他也没舒心多少。因为他总是感觉疲惫乏力，记忆力减退，前面做过的事情，后面很快就忘得一干二净。最关键的是，晚上睡得再早，第二天也很难爬起来，郑娟意识到了问题的严重性。大年过完，她就逼着谭显均一起去成都的大医院再做细致全面的检查。

　　来到四川大学华西医院，专家号排了一天却一无所获，由于人生地不熟，食宿也不方便，最后，只好放弃专家号。第二天，好不容易挂到了一个副主任医师号，医生听了患者自述便开了检查单，但是增强 CT 需要排队等候，夫妻俩一直等到第三天下午才被安排上检查时间。

　　谭显均先是被叫到一个窗口，手臂被注入一种特殊的药水，大约两分钟后，又转移至拍摄室。据说在打入药水的几十秒内，通过增强 CT 机器，就可以识别出药水进入人体纤细细胞之后凸显出的内在秘密。这种药水也因为它的强效，以及所具有的高压和高渗透性，而给人的肌体带来特别的影响，渗透到人体中就造成特殊的反应。

躺在 CT 平台上，就有一种无能为力、任人宰割的感觉。谭显均突然感觉到有一股热流在全身汹涌，首先觉得脸上发烫，然后就感觉到左侧上肢有一股热气慢慢向下扩散，再之后一股暖流就在后背处的脊柱那一段空间里从上到下慢慢地涌动，一直到尾椎才戛然而止。尽管之前就知道这种检查很难受，谭显均当时还是想拼命去捕捉一下自己的呼吸与以往相比有什么不同，但是体内的反应特别明显，以至于掩盖了身体其他部位的感觉。出了 CT 室，医生嘱咐他马上多喝热水，要把体内的造影剂迅速地排出体外。

事后谭显均说，这辈子他再也不想去医院了，那个难受的感觉至今回忆起来还苦不堪言。与普通 CT、核磁共振相比，增强 CT 带给身体的感觉更为强烈，毕竟它注入的造影剂是一种特殊的液体，能够迅猛侵入血管，哪怕是纤细的毛细血管，都能瞬间到位，在身体内无孔不入，肆无忌惮。

按照医院的规定，片子要第二天才能出来，谭显均夫妇只好找了家就近的宾馆住下等待检查结果。夜深了，两个人都睡不着，郑娟当时的心情犹如等待判决书般揪心彷徨。谭显均则是被当天注入体内的药物折腾得全身难受，彻夜难眠。他躺下后头脑就迷迷糊糊，进入一种梦幻的状态，脑海里就像一片空旷的戈壁滩，里面什么都没有，而且还裸露着生硬的岩石，什么样的杂草都没有，就觉得头皮生硬成一块块，化解不开，固着在那里，无法松弛。他发觉自己心脏部位突然有一种很脆弱的感觉，好像心脏是玻璃做的，里面咯吱咯吱地收缩个不停，又觉得自己仿佛正朝着万丈深渊慢慢沉沦下去。后来才知道，高渗性造影剂能对窦房结产生抑制作用，引起心率减慢，诱发心率失常，继而引起心电改变，使得心率不齐和心室颤动的发生率增加。

人生自是有情痴，此恨不关风和月。那一夜，夫妻俩简直就是望着天花板等到天明。一个是望眼欲穿，一个是愁肠百结；一个总是在侥幸自己无事，一个却是在祈祷对方平安。一生好强的谭显均，此刻感叹道：命运仿佛不由自己主宰，一切都掌握在上苍的手中，听天由命，顺其自然，无可奈何，别无选择。

心急的郑娟从上午9点钟开始，先后数次到医院查询机上扫码打印检查片子，均显示没有收到查询结果。一直挨到下午4点左右，二维条码终于显示，可以打印查询结果。可是，郑娟却没有勇气按下那硕大的"确定"键，她是如此地希望早点看到结果，却又那么地担心害怕，唯恐出现她最担心的结局。检查报告从机器里缓缓吐出，就像刚刚穿过隧道的列车，艰难爬行；又像刚刚结束冬眠的僵蛇，露出狰狞的面目，缓缓从洞口探出头来。那冗长的"嚓嚓"声，敲击着郑娟紧闭沉闷的心房，堵得她缓不过气来。

纸质报告单最后一行显示的检查结果如此醒目：双肺可见明显磨玻璃结节，伴有肝硬化！更为可怕的是，这个结节的尺寸较三个月前明显增大！

郑娟找到医生询问检查结果，医生一看检查报告，神色紧张地说："立即手术，越快越好！"在夫妻俩走出门外后，郑娟再次返回询问医生，医生实话告知："这就是恶性肿瘤，也就是俗称的肺癌，必须引起高度重视。"

郑娟挽着丈夫的手臂，步履沉重地走往华西坝地铁站。华西医院大门到地铁站不过五六百米，直行300米右转即到，可是先要走出华西医院，才能去地铁站。前面带路的谭显均在医院里来回走错了三次，最终却绕到了医院后大门出口。好不容易挤上了成都开往达州的城际列车，夫妻俩相对无言，但他们的手却始终紧握在一起。

此时无声胜有声，道是无情却有情。从丈夫握手的力度中，郑娟感受到的是一个男人的内疚和不安；从妻子颤抖蜷缩的掌心中，谭显均感受到的是一个女人的孤单和迷茫。他深感愧疚，本应给妻子一份安宁与呵护，到头来却让在风雨中陪伴自己的女人经受痛苦的煎熬。此刻，他才明白，由于执着于自己钟爱的事业，他给家庭和亲人带来了多么意想不到的担忧和烦恼。

回到家里，夫妻俩只字未提检查结果，朋友关心询问，他们都不愿正面回答。此刻，他们太需要安静了！只听见郑娟"咣当"一声关上房门，然后就紧紧抱住丈夫，纵声痛哭。谭显均始终无言，他知道，妻子太需要发泄心中的苦闷。尽管穿着很厚的毛衣，但是他依然能清晰地感受到，妻子的眼泪已经穿透数层衣服，从他的肩膀处顺流而下，一直浸透他最里层的背心，这让他切身感受到了妻子泪水的冰凉和放纵。他无法阻止妻子，因为妻子太需要他的关爱，太需要他的陪伴和坚守。一片苦心却换来丈夫不注重身体健康造成的悲伤局面，郑娟岂能不怨。她的拳头无力地捶落在丈夫的肩上，声嘶力竭地大喊："说的要相守白头，为什么你那么不在乎自己的身体。上天在一年前已经饶过你一次了，为什么你不吸取教训，你太自私了！"

不知道过了多久，郑娟逐渐平复了自己的情绪，谭显均也慢慢从几个小时的懵懂中清醒过来。郑娟对丈夫一字一顿地说："从现在起，为了亲人，为了这个家，为了安仁板凳龙，你必须选择坚强，必须马上振作起来，你那么善良，我们肯定能够挺过这一关！"

或许是此前已经麻木，或许是此刻才如梦初醒。谭显均像被妈妈即将抛弃的小孩，突然间回过神来，向着妻子放声大哭起来。那哭声穿过楼道、穿过卷帘，飘向龙头桥的云端，弥漫在遥远的天际。

那一夜，夫妻俩几近无眠。他们开始回味过去的种种美好，总结远去的诸多遗憾，推心置腹，无话不谈。谭显均愧疚地说，自己好久都没有给妻子买一件像样的衣服穿，却把微薄的工资收入悉数投入板凳龙的培训推广和制作研究了。而且，每次演出，妻子都跟着东奔西走，忙上忙下，吃了不少苦头，可郑娟却没有半句怨言。因为她从丈夫酷爱的板凳龙中感觉到了充实和爱，获得了成就感，体会到了人生的无限价值。

临近天亮时分，夫妻俩渐渐调整沮丧的情绪，开始探讨接下来的手术和治疗事宜。郑娟建议去成都的医院做手术，因为那里的医疗条件更好，医术更高，手术有保障。可是，谭显均却执意想留在达州本地手术，理由有二：一是他的几个侄儿都在达州的公立医院工作，而且是业务骨干，方便照看；二是这种手术自费部分较多，越是高级别的医院报销的比例就越小，谭显均想的是能省则省。僵持不下之际，谭显均从达川区卫生局退休的大哥出面提议，能否给达川区人民医院建议，在这里住院，让他们邀请华西的专家过来手术。医院很快给出答复：这个愿望可以实现。

时不待人，刻不容缓。谭显均很快住进了达川区人民医院的呼吸外科，医院按照家属的请求立马联系了华西医院的主刀医生。古语说得好：多行善事，必得善缘。以前医院联系类似的医生可能一周都难有回复，可是这次一联系马上就有消息，一位刘姓专家刚刚从北京学习回来，两天后正好有一天的档期，这位专家也表示愿意来达州主刀，一切朝着有利患者的方向发展。郑娟心里终于有底了：如此好的运气，这次丈夫一定能够顺利渡过难关。

同样的医院，在两年内迎来了谭显均两次性命攸关的手术。置身医院的走廊，郑娟触景生情，伤感不已。第一次打洞开颅，第二次则是开胸切肺，两次手术都是险象环生。

由于谭显均已经 66 岁了，而且之前有过较为复杂的手术，所以这次的肺癌手术准备时间特别长，各项术前指标必须符合标准，才能提高手术成功率。手术室里，医护人员紧张忙碌，如临大考。注射了麻醉剂的谭显均眼看就要再次被推进手术室，郑娟一直紧紧抓住丈夫的手，不停呼喊他的名字。她凑在丈夫的耳旁说："老公，有我在，没事的！相信我，相信医生，不要怕！"话音未落，泪水却簌簌而下。一股热浪涌上心头，谭显均感受到了来自妻子的巨大力量和浓浓深情，他极度虚弱地向爱妻深情一瞥，然后就被护士们急速推进了手术室。

郑娟知道，这深情的一瞥，是丈夫在告诉她：他能够挺住，他一定会安全地从手术室出来！

老天开眼，善者垂怜。经过 6 个小时的焦急等待，手术终于结束，丈夫被推出了手术室，转入重症监护室观察。医生告诉郑娟，由于发现及时，肿瘤扩散得还不是很厉害，但是后期的养护特别关键。医生从这对相濡以沫的夫妻身上，仿佛看到了奇迹。

三天后，谭显均顺利转入普通病房。看到丈夫能够安然躺在病床上，听她说话、和她进行眼神的交流，郑娟心里满是感激：感谢医护人员！感谢上苍！

郑娟打心眼里感激医生给了丈夫第二次生命，她更要感谢丈夫的不离不弃，终于凭着顽强的意志力和对亲人的爱挺过艰难的手术关，延续自己的事业，延续对生活的热爱。她发誓，今后一定要好好照顾丈夫，相亲相爱，永不言弃。时光会把对你最好的人留在最后，毕竟喜欢是一阵风，而爱才是细水长流。

泰戈尔曾说，生命以痛吻我，我却报之以歌。这句话用在谭显均身上再恰当不过，因为无论经历怎样的艰难困苦，他始终微笑面对生活。谭显均就是在这样的磨砺中慢慢调养自己，把自己从病痛的深渊中解脱出来，用忘我的工作替代病痛的烦恼。

医生在出院时向郑娟反复交代，谭显均从今以后必须放下手中的工作，放弃任何严重消耗体力的劳动，安心休养。但是，安仁板凳龙申报国家级非遗的大量工作需要尽快推进，大量的文字、表格、图片、视频资料等着他修改完善，尤其是当他听说传统文化强省云南、贵州等地十拿九稳的传统文化项目在申报国家级非遗过程中因为资料欠缺、佐证材料不足而遭遇退回补充的情况时，他心急如焚，坐卧不安。他觉得，这个时候，他必须毫不犹豫地站出来，担负起完成申报工作"最后一公里"的重任。

于是，他开始频繁地穿梭于安仁与达城之间。当一脸倦容、尚未康复的谭显均突然出现在达州非遗专家吴胜面前时，他既惊讶又愤怒，因为他非常清楚谭显均目前的身体状况，也很理解他此刻的心情，辛勤付出了那么多，在这万分紧要的关头，任何的一点疏忽都可能导致功亏一篑。但他更在乎他的身体健康，一旦他的身体出现不测，安仁板凳龙很可能遭遇灭顶之灾。所以，历来对谭显均敬重有加的吴胜当即怒不可遏地拍起了桌子："谭老师，你这是不要命了吗！医生怎么说的，你家属怎么对你要求的？如果你再执意不把自己的身体当回事，今后我就与你断绝往来！"

谭显均此刻完全是一副逆来顺受的架势，他向吴胜承诺道："吴老，你知道的，申报国家级非遗这把火的温度已经达到了 90 度，只差最后丁点火候，我不能眼睁睁地看着它因为某些缺陷而变成遗憾。革命尚未成功，同志尚需努力，等国家级非遗申报成功，我就退下来，天天陪你闲聊。"

吴胜见谭显均投身申遗工作态度如此坚决，只好换一种语气说道："大哥，你一定要劳逸结合，工作上面的事情最好再找一位帮手协助你，涉及与省上文化部门对接的事情，随时电话联系我，我来汇报办理就是。"在对谭显均更加敬佩的同时，吴胜也暗中加大了对他的帮助力度，很多事情他都尽量不打扰谭显均，想办法自行完成。

2020 年 10 月下旬，正在达川职高教授板凳龙课程的谭显均突然接到吴胜的电话，只听他欣喜若狂地说道："谭老师，恭喜你！十几名非遗专家全票通过了安仁板凳龙申报国家级非遗，国务院将于 12 月下旬公示！你的愿望实现了，你真的了不起，向你表示诚挚的祝贺！"听完吴胜的话，谭显均心情极度复杂，半天说不出一句话来。

图 5.2 安仁板凳龙入选国家级非物质文化遗产代表性项目名录

2020年12月22日，谭显均从网络上看到国务院关于国家级非遗的公示名单时，竟然当着所有弟子的面，流下了激动的泪水！这名汉子，开颅手术没有哭，拿到恶性肿瘤的CT报告没有哭，迈入生死攸关的手术室没有哭，可是听到这个凝聚所有安仁人期盼的喜讯时却哭得像个小孩似的。那是感激的泪水，那是欣慰的泪水，那是艰辛的泪水！

　　按理说，安仁板凳龙获得如此高的荣誉，谭显均应该知足常乐了。可是，当大家还没有从喜庆的氛围中清醒过来，新的烦恼又接踵而至。

　　谭显均知道自己的身体每况愈下，可是为了传承安仁文化，他还有很多事情要做，面对诸多的困难，他一刻也不能停歇。

图5.3 安仁板凳龙参加2020年春节的"千龙千狮闹新春"展演

　　此时，让谭显均颇为困惑的另外一件事情是，谭氏子孙龙虽然属于省级非遗，但是其传承还存在一定的问题和困难。因为谭氏子孙龙的传承人是年过花甲的谭显超，谭显超家族可谓谭氏子孙龙的传袭世家，祖祖代代制作表演都很专业。可是，谭显超的文化层次不高，谭氏子孙龙目前还停留在三四十年前最原始的制作和表演阶段，无法流传于安仁以外，传播渠道单一，只是在春节等重要节日偶尔才有表演，无法通过新媒体途径开展更加广泛的宣传。让谭氏子孙龙找到更为合适的传承人，成了谭显均思考的一个问题。谭显均找到谭显超探讨此事，却没曾料到吃了闭门羹。谭显超觉得谭氏子孙龙是他的祖上传承下来的，这就是他家的，不应该让其他谭家人来传承。

　　谭显均多次去谭显超家里做解释和说服工作，均无功而返。谭显均住在场镇中段，知道谭显超隔三岔五要来赶集，于是每到赶集日就站在场口守株待兔，一旦逮到谭显超就往自己家里引，请他吃饭，让人陪他喝酒。吃饭的间隙，就侧面给他灌输安仁板凳龙目前因为后继有人迎来了全面开花的情况，反复强调现在的年轻人接手后能够带来的诸多益处。谭显超渐有所悟，恰在这时，达州市非遗办要求提交申报谭氏子孙龙的有关材料，谭显均逼谭显超立马填写并且要通过网络上传，谭显超却对着文字束手无策。谭显均趁机开导说："兄弟，你要转变观念了，如果谭氏子孙龙依然只是在你们村子里舞来舞去，那最终只会慢慢消失。你现在急需做的，就是招收一个有文化、有精力、有一定人脉资源的人来接过这个大棒。"

图 5.4　安仁板凳龙走出四川，走向未来

遴选谁来挑这个重担呢？谭显均前后寻找了几个谭氏后裔谈话，要么不喜欢，要么没时间，这个事情就这么搁浅了。谭显均只好找到对谭氏子孙龙情有独钟、特别关心的达州市谭氏宗亲会执行会长、四川国丰建工集团原董事长谭亲平商量对策。谭亲平也觉得，谭氏子孙龙必须放眼未来，通过不断创新来保持其旺盛的生命力，他决定约谭家宗亲与谭显超一起好好商量谭氏子孙龙究竟该何去何从。

谭亲平祖籍安仁乡尖山坡村，父亲这辈搬出安仁定居，但每年清明和春节会跟随父亲回到尖山坡老家祭拜先祖和谭氏子孙龙。1968那年，大家因忙于农事，春节期间忘记祭拜谭氏子孙龙，后来村子里发生牲畜瘟疫，让谭氏子嗣们对谭氏子孙龙更加顶礼膜拜，也使得谭亲平对谭氏子孙龙更加执着和痴迷。村民们更加敬畏谭氏子孙龙，即便生活再贫困，每家每户都自觉捐献清油以及其他贡品，确保贡奉谭氏子孙龙的神龛油灯经久不熄，永久亮堂。

图 5.5 "龙头桥"上拜龙头

2022 年 4 月 5 日，清明节。谭亲平和谭显均约上零野画室校长谭顺林、国家特级名师谭顺明、严马庙村原支部书记谭顺玖等人一起来到谭显超的家里，开诚布公地商讨谭氏子孙龙的传承问题。根据最初的建议，大家推举谭顺林来扛此大旗，但是谭顺林由于教学任务繁重主动要求易人。大家挑来挑去，反复谈论，也没有找到合适的继承人。谭亲平于是提议，让谭显均在传承好安仁板凳龙的同时，也把谭氏子孙龙的发展创新工作做好。谭显超表示坚决支持，亦认为谭显均是最为合适的人选，之前之所以不敢说出来，主要是担心谭显均的身体吃不消。

谭显均的妻子郑娟坚决不同意，这时，在场的谭家人都用期待的眼神看着谭显均，现场一时陷入了僵局。最终，谭显均犹豫了良久，故意回避了郑娟的目光，站起来说道："既然谭显超本人觉得我合适，谭氏宗亲会又极力推荐，那我就接下这副重担吧，只要我还有一口气，谭氏子孙龙就一定会迎来和安仁板凳龙一样的辉煌！"此时，在座的各位都长长地松了一口气，现场的紧张气氛得到缓解，大家四目相对，频频点头表示赞许。之后的工作中，听说谭显均用于查找资料的电脑出现故障，谭亲平便安排国丰集团后勤人员给谭显均送了一台。

病情稳定之后，谭显均开始思考自己的人生，总结工作中的一些得失。虽然已经年过花甲，可是他始终不觉得自己已年老。总在醉心事业，没有随时间老去。尘世如潮，恍若隔世。今朝冬去春来，明日你来我往，看开了心就会简明，看透了人就会通透。那些念念不忘的时光，岁月却只会轻描淡写，终将释怀。

乡音不改故土美　情暖桑梓鲁冰花

　　提起安仁文化，就不得不提一个特别的群体——重情重义的安仁乡贤。这些散居各地的同人，虽然职业各异，收入有别，但是他们却有一个共同的愿望：尽己之力为家乡发展作贡献。

图 6.1 安仁乡文化研究会筹备小组多次听取乡贤意见

　　对于凝聚安仁乡贤一起为家乡发展出力这件事情来说，时任达川区人民政府非经营性项目代建管理中心主任的杨煜泉起到了至关重要的作用，而同样从安仁走出去、沐浴改革春风成长起来的建筑企业家——四川九鼎建工集团董事长谭显明的积极参与并给予资金保障，更让同乡会的很多善举得到了落实。在杨煜泉的积极倡议下，在谭显明等企业家的深度参与下，安仁同乡会成立伊始便青春勃发，光芒四射。经过大家的一致推荐，自卫反击战特等功臣、全军十大英雄连连长、达州市检察院原纪检组长谭显余和杨煜泉共同担任名誉会长，谭显明担任会长，一些较有影响力的职场人士、企业家、传媒人担任副会长或者常务理事，确保了同乡会的高效运转。

　　这个强大的班子，其影响力和号召力自不必说，同乡会之所以能够得到天南海北众多安仁籍乡亲的鼎力支持和积极响应，就因其宗旨获得了大家的广泛认可。那就是凝聚乡贤的力量，协助当地党委政府，积极参与和扶持当地群众脱贫致富，对家庭困难学生进行救助，对品学兼优、孝善崇德的学子进行奖励，对优秀的文化进行传承弘扬。

　　做这些事情，需要大量的经费做保障，但经费何来，大家商量了几个回合都没有结果。最终，杨煜泉和谭显明商讨出了个好对策，这个思路一抛出来就得到了大家的积极响应。杨煜泉倡议，成立安仁同乡基金会，向全体会员募集资金进入资金池，把资金池里面的绝大部分投资到谭显明的企业，用每年的分红来维持同乡会的运转，五年后将募集的本金退还给捐款人。

　　这个办法既简单又有效，在不到一个月的时间里，同乡会就募集到资金近百万元，全部投资到会长谭显明的企业滚动发展。其中，谭显明在首次同乡会的聚会现场就慷慨解囊捐赠 20 万元，副会长杨忠成捐款 10 万元，名誉会长杨煜泉捐赠 5 万元。在深圳做服装生意的夏忠伦春节回家听说同乡会的事，主动找到杨煜泉捐赠 5 万元，同年从新疆回到成都发展酒店业的蒋勇听说同乡会资金主要用于捐资助学、扶贫济困，当即自告奋勇捐赠 10 万元。其余人员，虽然数额有限，但是众人拾柴火焰高，资金池很快就超越预期。由于谭显明的九鼎建工集团发展态势良好，几年间投资分红数额非常可观。有了资金，围绕家乡的各种公益活动就做得风生水起，同乡会活力满满，好评不断。

从 2013 年春节开始，同乡会名誉会长杨煜泉每年都要联系达川区安仁初级中学校长梁成银、安仁小学校长雷皇成，通过学校的推荐，表彰数名勤学好少年、孝善好少年、励志好少年。后来，同乡会又对考上重点大学的安仁籍学子予以奖励，很多被奖励的学子如今都成了社会栋梁，积极反哺社会。

暖冬风光无限好，梦里故土更芬芳。如今走出安仁的很多成功人士都特别感激当初教导自己成长成才的老师，有的老师曾经教过一家三代，所以，杨煜泉一直有一个愿望，就是组织安仁乡贤回去好好慰问一下自己的老师。

2015 年的春天，平时安静的校园突然变得车水马龙，人声鼎沸，斜阳普照，碧空如洗。安仁同乡联谊助学座谈会"感恩社会　回报母校"在达川区安仁初级中学如期举行。活动现场热烈隆重，欢声笑语，亮点纷呈，感人至深。历时两个小时的座谈会充满了人文关怀，充满了诗情画意，更充满了深深的思乡眷恋和故友温情。

图 6.2　安仁同乡会为勤学好少年颁奖

图 6.3 安仁同乡会成员与家乡师生合影

第六章 乡音不改故土美 情暖桑梓鲁冰花

当十余辆轿车先后驶入安仁初级中学操场时，立即受到了盛装等待的家乡学子的夹道欢迎，虽然没有鲜花的簇拥，没有热烈的口号，但是孩子们的脸上写满了真诚，眼里溢满了期待，心中装满了感激。

家乡的天空，那么碧蓝；家乡的空气，如此洁净。就连喜鹊都立上树梢，欢叫着迎接亲人的归来。多少个朝阳喷薄的清晨，多少个落日余晖的黄昏，如今归来的这群离家打拼的游子，来到曾经苦读的地方，思绪万千。奋进的路，离家乡越来越远；可是思乡的心，却与家乡越贴越紧。

熟悉的教室，熟悉的校舍，熟悉的操场，熟悉的老师。甚至连操场旁的那排塔柏，那行梧桐树，都是那样的熟悉，以至于一见到它就回忆起了那青葱岁月、少年时光。

虽然年岁已老，行动不便，可是很多老教师还是如约来到了座谈会场，来到了他们毕生耕耘的地方。当看到年近九旬、步履蹒跚的邓胜贵老师身体欠佳也坚持要来时，当身材瘦弱的谭顺厚老师依旧能说出学生特长时，当得知已经送走无数届毕业生的梁成银、郑祥富老师依然还坚守在三尺讲台时，大家的心中充满了感动，充满了敬佩。西下的落日余晖里，教学楼前的师生集体照是那样唯美，那样温馨。只是，曾经英姿飒爽的园丁们已经步入暮年，老态龙钟；曾经意气风发的少年已然日臻成熟，朝气蓬勃。

座谈会定在学校新近落成的食堂举行，宽敞明亮，窗明几净。尽管室外还夹杂着丝丝寒意，可室内却是欢声笑语，喜气洋洋。大家欢聚在这里，吃着水果，嗑着瓜子。回忆过去，憧憬未来，畅谈友谊，共话明天。

在安仁当地，有"无龙不成会"之说。也就是说，任何大型的会务和活动，都离不开安仁板凳龙的登场助兴。活动之前的重磅戏，自然就是谭显均先生领衔的板凳龙表演。操场中央，锣鼓喧天，三十多名壮汉虎虎生威，吼声震天。只见手起凳落，旌旗猎猎，现场气氛很快就达到高潮。

活动的第一项议程是由同乡会名誉会长杨煜泉代表活动主办方致辞。这篇《回忆过去、面向未来，做一个对社会有益的人》的发言，铿锵有力、激情四射。那些对求学时光的追忆、对辛勤老师的讴歌、对同窗好友的怀念，瞬间跃入脑海，仿佛将在场的每一个人又带回到了那段艰苦磨砺、激情燃烧的岁月。油灯下老师疲惫的身影、黑板前老师深情的讲解、教室里抑扬顿挫的书声，历历在目，犹在耳旁。其中让人记忆深刻的是杨煜泉讲的这样一段话："回想起邓胜贵老师给我煮了一碗面的感觉是多么地温暖，罗代春老师教我学三大步上篮是多么地矫健，李行科老师教我拉二胡的手势多么令我难忘，蒋安邦老师教我们写化学方程式的顺口溜仍在脑海里回荡。"

杨煜泉现场为大家随口背诵的蒋安邦老师之前教给他的那段化学方程式顺口溜，彻底将现场气氛推向了高潮："钾钠铵盐硝酸盐，完全溶解不困难；氯化亚汞氯化银，硫酸铅和硫酸钡；四种物质不溶解，生成沉淀记心怀。"曾经异常难记难解的化学元素，此刻是那么熟悉，又是那么简单。只不过，顺口溜虽朗朗上口，亲切备至，可是那个编顺口溜的人却与我们阴阳相隔，不再相见，让人顿生遗憾，愁肠百结。

而更多的离乡游子，此刻也用不同的语言、不同的方式，与大家分享老师过去的关爱。其中，同乡会副会长、达州广电传媒公司负责人郑军的发言可谓特别打动人心，郑军夫妇都是从安仁初中考上中专的，他1987年考入达州一所中专学校，其妻阿瑞则于次年考上师范学校。两人相识于校园，受益于恩师，成长于故土，所以对学校的感情最深。而德高望重的邓胜贵老师，对郑军的命运转折可谓起到了举足轻重的作用。重回校园，郑军先生也激情发言：

> 好马给力，万马奔腾辞旧岁；杨柳依依，美酒羊羔迎新春。马蹄疾驰，2014满载荣耀和收获华丽转身，渐行渐远；阳春白雪，2015承载梦想和希望万象更新，精彩呈现。我们欣慰地看到，我们的祖国正从"经济大国"迈向"经济强国"，实现中华民族伟大复兴的中国梦指日

可待。而我们可爱的家乡也在改革春风的沐浴下，奋发图强，展翅腾飞。

　　阳春三月风光好，柚子之乡换新颜。举国欢聚畅饮季，正是万家团圆时！故乡的成就，大家分享；游子的感念，传存心间！羊年激情扬帆，理当扬眉吐气；来年大展宏图，必将踌躇志满。三阳开泰，我们共同拥有马不停蹄的愿想；阳关大道，我们一起探寻追求梦想的足迹。我们愿竭尽所能，同甘共苦，同安仁父老乡亲并肩战斗在羊年的每一天。谨向全体父老乡亲和不辞辛劳归来的游子致以最亲切的问候和真挚的祝福，祝大家羊年吉祥，阖家幸福，心想事成，事业宏发！

　　在这次难得的座谈会上，郑军当着邓胜贵老师和众多老师的面，深情回顾了那件足以让他刻骨铭心的求学往事。尽管被病魔侵袭得有些迷迷糊糊，但是邓老师眼角的泪水感动了在场的每一个人。

　　20世纪80年代的农村，参军和考学成了跳出农门的主要渠道，所以郑军自幼读书特别刻苦。那时的考学，主要集中在中考阶段，即初中毕业后报考中专和中师，三年后毕业就可直接参加工作，为家庭减负。偏偏郑军在考前背上了巨大的思想包袱，想赢怕输，结果他在中考中发挥失常，以两分之差落败。

　　那些日子郑军天天把自己关在屋子里，茶饭不思，拒绝见人。母亲在一番埋怨之后，开始做郑军的工作，让其复读。但是因为家里非常贫穷，实在拿不出钱供他上学，郑军不想给家里增添负担，便一气之下烧掉了课本。

　　郑军一位远房的表叔马元杰是乡村医生，见表叔一家的日子过得红红火火，郑军决定辍学之后跟他学医。那天母亲上山做活去了，郑军就私自跑到了20公里外的表叔家，向他表明了学医的强烈意愿。表叔也是个文化人，对郑军印象一直挺好，所以愿意收他为徒。

　　可是，母亲的想法却和郑军相反。因为她知道在农村生活的种种困难，认为儿子是最有希望摆脱农村为家族争光的，所以她执意四处筹钱让儿子复读。那个夏天，母亲每天都起得很早，拉着郑军姐姐去附近的几个乡镇收购草帽来卖，一顶草帽可以净赚 6 分钱，通常一次可以卖出100 多顶。

学费挣足了，母亲以为郑军会乖乖上学去，可是郑军却铁了心的不愿再花父母的钱，唯愿早点为他们分担一些经济压力。拜表叔为师之后，郑军就住在表叔家里，原以为学医很单纯，却没想到除了帮助表叔家干农活，还要照顾其全家的生活起居，累得腰酸背痛，每天表叔真正指导其学习医术的时间少之又少。

更要命的，要去乡下人家里看病，路程近的二三里，远的几十里，没有公路更没有交通工具，全靠步行。近乎 40℃的高温下，徒步行进尚且困难，何况要负重 30 斤的药箱！所以郑军时常被师父撂在后面很远，又厚又窄的药箱牛皮肩带时常勒出红血印，痛得他直冒汗，此刻郑军就会在心里嘀咕，埋怨师父的狠毒。但是郑军仍然会咬牙坚持，因为一旦学成了，在乡下那可要高人一等！

整个暑期郑军都待在师父家里，尽管寄人篱下，可他依旧不愿放弃，他不愿意再给家里增添负担，家里三姐弟里他是唯一读完了初中的"高才生"，所以已经很满足了。长期超负荷的劳动，终于把郑军累趴了，他一病不起，甚至如厕也要扶墙而行。偏偏师父命令他和请来的亲戚一起下田收割稻子，他央求师父换个工种，把自己留在家里做饭，却遭到断然拒绝。无奈之下，郑军只好带着镰刀硬着头皮下田。

金黄色的田垄里，四处一派繁忙，看不清人影，只听到稻子被使劲地不停拌在木桶骨架上发出震耳欲聋的声响。月亮升上天际之后，郑军才收拾回家，肩上是半挑稻谷，少说也有八九十斤吧。刚到院坝放下担子，郑军的弟弟却出现在眼前，原来弟弟是来请郑军回家打谷子的。郑军一听当即懵了，大喊道："你们还把我当人吗？"说完，竟然伤心大哭起来。

与其次日一早回家干活，不如马上就走。郑军尾随着弟弟趁着月色负气上路，一路上的蛙叫虫鸣让他心烦意乱，他甚至产生了想死的念头。回到家里已是深夜，郑军喝了几口稀饭就倒床大睡。这一觉睡得真香，当他醒来的时候已是日上三竿，想到马上又要出去干活，郑军心中顿时升起一阵怨意。可是，当他拿起镰刀正要出门时，却看到爸妈姐弟都在院坝待着，丝毫没有马上出门的意思。更让郑军惊诧的是，已经快到退休年龄的班主任邓胜贵老师也一大早赶到了他家，与老师随行的还有一位当年考上中专的同学。顿时，郑军什么都明白了，他们是专程来请他回去上学的，因为第二天就是 9 月 1 日，学校正式开课。

眼泪瞬间簌簌而下，几个月的委屈让郑军之前辍学的坚守顿即崩盘，他抱住恩师哽咽着使劲点头。从此，一个脱胎换骨、力学不倦的郑军涅槃重生。他没日没夜地埋头苦读，恨不得一口气把所有的知识全部掌握，每天都是最后一个离开教室。10 个月后，郑军终于以优异成绩考上了中专，母亲宰杀了家中唯一的一头肥猪，设宴三日宴请乡邻亲友。而作为座上宾的邓老师，无疑是最开心的，那天中午他喝得酩酊大醉。邓老师这才说出实情，他们之所以请回正在学医的郑军，是因为他觉得郑军非常优秀，各科全面发展，只要正常发挥就有足够的实力考上中师或中专。一年之后，郑军心仪的同桌女生阿瑞也如愿以偿，考上了达州的一所师范学校，毕业后成了一名光荣的教师。六年以后，阿瑞顺理成章成了郑军的家庭"经纪人"。

工作之后的一个春节，郑军去看望曾是师父的表叔。表叔这才告之实情：学艺期间对他的所有刁难和折磨都是邓老师出的主意且一手策划的。老师的目的很简单，不能浪费这棵苗子，必须让郑军放弃学医回到学堂！简单的回忆，却让现场的每位老师感慨万分，欣慰不已。在他们的心中，过去的一切付出都是那么值得。

紧接着，是安仁同乡会为受助的家乡学生颁奖。奖励总共分了三个类型，分别是"励志好少年""勤学好少年""孝善好少年"，共计 15 人，每人奖励现金 2000 元，成长纪念册一本。尤其值得一提的是，组委会安排郑诗凡先生在每个孩子的纪念册上分别写上了不同的勉励寄语，鼓励他们勤奋学习，报效家乡。比如给郑娜小朋友的留言是："你是一个可爱、坚强的好孩子，希望你在以后的学习生活中用娜样的精神勇往直前。"

给郑宇婷的留言是："你眼里闪烁着智慧的光芒，你是一个思维敏捷的好学生，望你在今后继续加强学习，成为未来的有用之才。"

父亲早故、母亲远走的 13 岁女孩杨海燕同时获得了"励志好少年"和"勤学好少年"两项荣誉，抱着沉甸甸的纪念册，她的眼里噙满泪水，一再点头表达她的感激之情。五年之后，杨海燕考取了重庆的一所重点医科大学。

本次活动的一项重要议程是向安仁小学部和初中部两个学校的在任老师和退休老师表达爱心。同乡会向 66 名在职教师和 14 名退休教师，每人赠送了保暖的床品四件套以及其他爱心礼物，大家的想法是想让老师们在这寒冬时节感受到离家游子的一份温暖，铭记这份珍贵无比的师生感情。当老师们领到这份恰到时节的礼物时，自豪、欣喜、骄傲的心情表露无遗，而在场的每位学子也备感欣慰，因为他们找到了感谢老师的最好方式。

活动最后在大家耳熟能详的老歌《年轻的朋友来相会》这动听的旋律中掀起高潮。大家齐声高唱："年轻的朋友们 / 今天来相会 / 荡起小船儿 / 暖风轻轻吹 / 花儿香鸟儿鸣 / 春光惹人醉 / 欢歌笑语绕着彩云飞 / 啊亲爱的朋友们 / 美妙的春光属于谁 / 属于我属于你 / 属于我们八十年代的新一辈。"

高亢嘹亮、延绵起伏的歌声整齐划一，气贯长虹。歌声，划破了乡村久违的寂静；歌声，给校园增添了无限生机；歌声，把大家带回到了那难以忘却的青葱岁月。久久回荡的，还有那挥之不去的深深的校园记忆。

在现场，几位师生还以即兴赋诗的方式表达自己对故乡的热爱，对未来生活的向往。

郑江陵老师的《感恩故土》如此质朴：

> 龙头桥上柚飘香，
> 感恩故土甘泉养。

勤奋立志书春秋，
仁义孝善代代扬。
再回故土思变迁，
游子心头有暖阳。
乡音不改长沙话，
一声乳名情断肠。

今日相聚促膝谈，
感念母校如爹娘。
文才武将各相济，
其乐融融挤满堂。
阳雀报喜春临近，
寒冬季节好阳光，
莫负真情铭师恩，
后辈更比本辈强。

初 79 级学子邓应权即兴赋诗《重回校园》：

忆想当年；
意气风华战犹酣，
挑灯寒窗，
师生常伴霜雪眠。
厚变薄、繁变简，
天堑更变通途远。

挥手间，
三十多年过去，
沧海桑田。
须眉矫、巾帼艳，

爱的花园，

没有数九天。

群贤相聚，

大手牵小手，

携手到明天，

桃李更烂漫。

　　只要心中充满阳光，每个日子就会过得滚烫。此后数年，奖励家乡品学兼优的学子、看望家乡德高望重的园丁，都成了安仁同乡会一项无法撼动的工作。为了更好地宣传家乡，早在2013年初，在杨煜泉、谭显均、郑军等乡贤的积极推动下，专题片《安仁，我可爱的家乡》正式开拍，这部片子历时半年，由安仁籍同乡、《达州广播电视报》编辑部主任郑诗凡负责文案策划以及图片资料的提供，达州斑马文化传媒有限公司负责拍摄制作。修改数十遍，最终成功在腾讯视频发布。湖南安仁县、成都大邑安仁镇等地名中包含"安仁"的地方，都积极宣传此片，视频点击量超百万次。

第七章

已恨甓山相阻隔 甓山还被暮云遮

在时间和空间的维度中，故乡的概念绝对重若泰山。时间永恒，不可逆转，而故乡注定是无法忘却的地方。

近乡情更怯，不敢问来人。很多时候，当我们回到故乡的一刹那，周围的小溪、田垄，村头的大树、院落，清晨的蒙蒙薄雾，傍晚的缕缕炊烟，不时入耳的鸡鸣犬吠，似曾相识的左邻右舍，略带生疏的土语乡音，都在促使我们努力去回忆过去的某个当下，想象若干年前的自己在这个熟悉而又陌生的角落生活的模样。只不过，一切都已物是人非，如同那些我们从来没能实现的理想。而故乡在此刻，更像是一场梦，一旦醒来，所有的一切都荡然无存。

人生竟然是如此地讽刺，年幼的时候，我们是那么迫切想离开自己熟悉的地方，去探索陌生的世界；到了暮年，却又是如此念念不忘想回到自己熟悉的家园，去重温儿时的记忆，却发现原本熟悉的地方，早已变得如此生疏。少小离家、老大不回，或许你可以忘记昨天，只是不知道，是否也搁下了乡愁？

作为"湖广填四川"的安仁乡，最好地演绎了乡愁，落叶归根，寻根问祖的感人故事，每天都在安仁乡与湖南中部的一些地方激情上演。千难万险，阻断不了相思；千山万水，亲情一脉相连。

郑军对安仁同乡会出品的《安仁，我可爱的家乡》这部专题片非常欣赏，便通过其传媒平台对外发布，却没有想到引来了一场大规模的寻根问祖热潮。

2013年底，湖南涟源电视台专题部负责人曾更新浏览本地文化信息时，突然从网上看到一段由达州广播电视台推送的视频，这段视频虽然不长，却引起了曾更新的极大兴趣。只见画面上一群光脚赤膊、系着草裙的汉子舞着草龙，在田间地头穿梭表演，挥洒自如。那惬意的神态、专注的表情、奇特的装扮，让他倍感好奇。

表演的节目叫作《安仁板凳龙》，可是板凳龙是涟源特有的民间表演，流传近千年。可惜的是，其传统的制作工艺、表演方式、动作套路早已失传。如今涟源表演的板凳龙是群众文艺工作者根据以前有限的文字记载，加上合理想象挖掘整理出来的，虽然也原汁原味，古朴遒劲，但是，整体的协调性、观赏性、连贯性，与安仁板凳龙却有着一定的差距。不过，其魂相通，其韵略同。

图7.1 传统与现代相融合的板凳龙深受市民好评

图 7.2 田间地头亦有安仁板凳龙的身影

反复研究了视频内容，曾更新辗转难眠，兴奋不已。两地的板凳龙是否存在关联？安仁板凳龙是否就是早已失传的涟源板凳龙？如果是，它又是如何出现在三千里以外的巴山蜀水呢？带着这些疑问，曾更新次日找到当地有名的文化专家——中国美术家协会会员、涟源市文化馆研究员蒋昌典请教，蒋昌典迫不及待点开了视频画面，他越看越兴奋，越看越明了。然后，他兴奋地说道："我敢负责任地说，这应该与我们的传统涟源板凳龙是一脉相承的，如果真是这样的话，那对涟源传统板凳龙的抢救传承是非常有用的。我建议你们电视台的新闻记者和文化工作者一起去那边探究一下，这个很有必要。"

经过反复查阅相关资料，并向上级部门请示后，涟源电视台决定指派肖铁军、曾灿芳两名骨干记者亲赴安仁采风，拍摄一部以安仁板凳龙和安仁民俗文化为主题的纪录片，以供当地做进一步的研究。

2013 年 12 月 11 日，记者一行经过 30 小时漫长的火车汽车换乘，终于来到了带有传奇色彩的安仁。尚未下车，记者就有一种似曾相识的感觉。这里的农田耕作方式、百姓生活方式、山丘田园风貌，几乎与涟源没有区别，若非提醒，还以为是下到了涟源的某个乡镇。此时，正值柚子成熟时节，这里漫山遍野缀满了沁人心脾的金黄，四处飘荡着让人垂涎欲滴的柚香，这让记者们倍感亲切，仿佛回到了自己熟悉的家园。

年轻的曾灿芳，性格活泼，能说会道。她下车的第一件事情，就是来到场镇与赶集的乡亲们交流，感受当地的风土人情。一听当地的方言，她顿时就懵了，怎么这些当地的安仁人说的全都是他们的涟源话？曾灿芳又先后来到场镇农贸市场、小超市、街道居民家中，发现当地人说的就是满口的涟源话，他用涟源话与他们交谈，竟然没有半点障碍。这样一来，记者几乎可以肯定，这些会说湖南话、会舞板凳龙、传承涟源生活习性的乡民，正是同根同源、原籍涟源的兄弟姐妹。

接着，记者查阅相关资料，从一段尘封近 400 年的历史中找到了答案。明末清初，连年战争瘟疫，四川中部、北部人口锐减，荒无人烟。清顺治三年（1646）清军入川，开始施行招抚流民的政策。清顺治十年

（1653），清廷准四川荒地，官给牛种，听军民开垦，酌量补还价值。但由于战乱未息且天灾频发，收效甚微。顺治时的招抚流民可以看作大移民的序幕。大移民的浪潮从康熙中期开始，一直延续到乾隆中期才基本结束，主体阶段约达一个世纪。缘起于清康熙七年（1668）四川巡抚张德地在奏折中提议湖广人士填实四川，康熙采纳了此主张，并加以施行。清康熙九年（1670）设置川湖总督，驻荆州，节制四川、湖广两巡抚。政治重心的偏移，有利于移民填川。清政府从人口密集的湖南、湖北、广东、海南等地大规模移民入川，史称"湖广填四川"移民大迁徙，安仁祖先就是在那个时代背景下，背井离乡，来到巴蜀大地落地生根的。

负责接待专题片摄制组的谭显均，通过史料、家谱、墓碑文字和族人代代相传的语言交流，协助涟源记者查找了很多当年"湖广填四川"人员迁入安仁乡的真实记载，为今日学者研究这场声势浩大的迁徙活动提供了充足有力的科学考证。

根据安仁籍律师魏乾勇提供的魏氏家谱可以考证，安仁的魏家是最早从湖广行省迁入安仁的人家，大约在清朝顺治八年（1651）入川。当时来的是魏氏两兄弟，他们在现在的安仁乡严家庙村驻扎后，就开始走村串户搞商品贸易，将一些生活必需品贩运到交通不发达的地方去。近的就在绥定府（今达州）一带，远的要到陕西、山西、青海、甘肃，有时候一两个月回来一趟，隔得久的要逢年过节才回来团聚。可谓风餐露宿，颠沛流离。所以，安仁的魏氏家族有几个很显著的特征，一是无论男女皮肤普遍比较黝黑，因为他们长期经历日晒雨淋；二是不会说本地的安仁方言"长沙话"，因为他们当时基本没有接受当地浸染；三是普遍聪明伶俐，尤其善于经商。在安仁籍的外地移民中，魏氏虽然是最早迁入的，但是其移民特征并不明显。

涟源电视台记者在安仁驻扎了将近半个月，与当地百姓同吃同住同劳动，培养了深厚的家乡感情。所以拍摄出来的片子非常接地气，镜头语言真实灵活，场景展示生动鲜活。这部叫作《跨越三千里的传承》的专题片在川湘两地播出后引起强烈反响，好评不断，并引发了一股声势浩大的寻亲热潮。

　　郑军当时在《达州新报》任社长，其麾下的记者部主任靳廷江以写深度调查见长。郑军在办公室时常会接待一些安仁老乡，一般都是用"长沙话"交流，很多时候接听老家亲人的电话，四川话说着说着就变成了安仁方言。靳廷江觉得十分好奇，便决定花时间在网上了解关于安仁方言的前世今生。经过长达半年的研究和搜集，靳廷江通过大量的调查采访，写成了一篇《达州惊现"方言岛"，被称"湖广填四川"活化石》的特稿。

图 7.3 安仁籍音乐教师郑林友向游客分享安仁长沙话的乐趣

　　靳廷江首先留意到的是网友"寻根 009"和"郑平西"，这两人多次在全国数十个贴吧发帖，称自己祖上 200 多年前移民四川，至今仍然使用像是长沙话的"母语"，希望寻找到使用相同方言的人，以寻根问祖，找到老家。"寻根 009"在帖子中透露，其先祖郑仁禄是清康熙三十二年（1693）湖广填四川时由湖南省安化县长安乡常安里黄沙保白马庙迁到四川达县安仁乡的。"郑平西"则在帖子中留下了家族常用的方言：爷爷叫"窝公""嗲嗲"，奶奶叫"恩妈"，傻子叫"火宝"，喝水叫"呼许"，希望通过方言寻到真正的家。

靳廷江看到，有湖南籍网友回帖称，上述方言和湖南涟源桥头河镇一带的口音完全一样，还有人认为其与长沙话异曲同工。为了解真实情况，靳廷江驱车前往安仁乡，花了一周的时间与当地群众交流，试图解开"安仁话"的渊源传承之谜。安仁小学老校长刘茂顺说："我也是湖广移民的后代，我也会说安仁话。"他告诉靳廷江，明末清初，由于战乱、瘟疫等缘故，安仁本地原住民所剩无几。在清廷移民政策的鼓励下，湖南湘乡、安化、新化、邵阳一带的楚民相继入川，移民到此开辟基业，目前全乡万余人口，谭姓差不多占了一半，郑姓有四分之一，其他姓氏相对少了很多。

"可以这样说，现在还住在安仁的，都是湖广填四川的移民后代，年纪大一点的基本上都会说安仁话。"安仁初中教师谭亲久认为，安仁方言的形成与祖先移民有直接关系。"当时的移民，无论是官方号召还是民间自发的，都具有地域集中、群体性强的特征。入川以后，同籍而居、聚族而居的特征十分突出。因而，在相当一段时间仍保留着原籍的语言乡音。"时任安仁乡党委书记何勇向靳廷江介绍说，当年移居安仁的楚民出于对祖宗的尊重和对故乡方言的热爱，加之当时的安仁地处偏僻，和外界交流较少，所以能比较完好地保护性使用这种方言，使之传承下去，形成了一个全国也不多见的方言岛。改革开放以后，安仁乡与时俱进，交通便利了，与外界联系和交流越来越广，加之年轻人外出发展的较多，就很难保证安仁话今后依然能得到较好的传承。"我们早就注意到了这个问题，所以一直在采取保护措施，现在我们开会时很多时候给村干部安排工作都讲安仁话。"

靳廷江在走访中发现，安仁人都把自己使用的这一方言称为"长沙话"，研究安仁文化多年的谭显均也如此认为。听说四川文理学院教授彭金祥一直致力于安仁方言的研究，靳廷江便约其见面与之探讨。彭金祥教授说，他曾发表《安仁长沙话调查纪要》一文，他认为，作为一个方言岛，安仁话属于湘方言中的新派方言，与老方言（如双峰音系）有着明显的区别。他反复强调，根据调查他已经证实了这一点，那就是民间习惯称安仁话为"安仁长沙话"，与大家最初的想法比较吻合，也符合拟名的习惯。"安仁话"到底是不是长沙话？彭金祥教授未予进一步明确。

联想到有网友曾回帖称安仁话和湖南涟源桥头河镇一带的口音完全一样，彭金祥怀疑安仁话可能并非长沙话，因为长沙话和涟源话明显不一样。靳廷江通过多种方式，联系上了在网上较为活跃的湖南娄底籍网媒编辑周云峰，周云峰告诉靳廷江，涟源话属古楚语，自成体系。"长沙、株洲和湘潭大体属于长沙话方言系，而湘北的方言是转舌音的长沙话变种；湘西近川，多为四川官话；湘南是西南客家话语系。只有涟源话一直保持着古楚语口音，未受大的影响而有改变。"周云峰提醒说，要确定安仁方言来自何处，首先应确定他们祖上是从何处移民至安仁。

靳廷江查阅了安仁乡志以及达川区的很多史料，还有安仁第一大姓谭姓的《谭氏族谱》，了解到谭氏的远祖谭学林是从江西吉安府太和县千秋乡举家南迁至湖南湘乡金铃山，再迁至安化县朱梅湾，三迁扶胜，卜居瓦子坪。清康熙年间，谭学林的第十二代及以下子孙相继移民入川，落业于四川省夔州府、开县、新宁县等地。其中，谭仲瑚的后裔谭廷学，于清康熙三十六年（1697）来川落业达州明月乡四保十九甲大落槽麻子坝；谭兴伦移居四川绥定府达县明月乡四保十九甲地名廖家沟祭祀（居住）。随后，谭氏其他仕字辈、世字辈、兴字辈、仁字辈子弟"共计男妇二三百余口先后徙川"，落业达州。记者查询多篇史料确认，"达州明月乡四保十九甲"即今达州市安仁乡，但相关资料显示"再迁至安化县朱梅湾，三迁扶胜"中的"扶胜"今址不详。那么，只要弄清"扶胜"指的是今天哪里，就能确定安仁谭氏来自何处了。

所以，靳廷江始终把调查目标确定在周云峰身上，反复从他身上挖掘资料。周云峰告诉他，"扶胜"显然指的就是安化县常安乡扶胜里，今为涟源市石马山镇扶胜村。"娄底人都清楚这个史实，因为那里是我市历史名人、两江总督陶澍的故乡。"靳廷江从多份史料中确认了这一说法，至此，基本可以认定安仁谭氏来自今涟源市石马山镇扶胜村。

　　网友"寻根009"在帖子中透露，其祖辈是清康熙三十二年（1693）"湖广填四川"时由湖南省安化县长安乡常安里黄沙保白马庙迁到四川达县安仁乡的。这个"安化县长安乡常安里黄沙保白马庙"指的是今天哪里呢？周云峰告诉靳廷江记者，帖中"安化县长安乡"应是"安化县常安乡"。史料记载，宋熙宁五年（1072）置安化县，全县分为4乡（这4乡中就包含常安乡）5都，这一建制一直延续到民国元年（1912）。

　　"常安乡即今涟源县，这一点很清楚。常安里找不到明确记载，叫黄沙的小地名涟源有4个，但是白马庙从古至今只有一个，位于白马镇，那个镇现在有一个白马水库，白马庙一般称为白马寺。"见靳廷江对此尚有模糊之处，周云峰再次补充道："如果网友'寻根009'提供的祖籍地没有记错，那我就敢肯定，就是白马镇。"为了明确安仁方言和涟源方言的异同，周云峰还给靳廷江记者介绍了一位涟源籍网友"追梦520"。在看过一段关于安仁话的采访视频后，"追梦520"表示安仁方言和涟源方言一模一样。而后，"追梦520"给记者发来一段涟源方言，"你给安仁的老乡看看，这个和他们的方言是不是一样的？"结果经过安仁场镇的多名乡亲确认，两地目前的口音几乎相同。

　　安仁籍文史专家、四川省巴文化研究会理事、达州市作协会员、达州市文化发展研究会常务理事、达州市巴文化研究院特聘专家郑景瑞从20世纪80年代就开始研究"长沙话"。那时的网络还不发达，从网上几乎找不到与此相关的信息，他通过查阅非常有限的文史资料，试图通过不断走家串户和寻访周边乡镇高龄老人的方式来推断"长沙话"的来龙去脉，考证移民文化和这段历史之间的各种关联，终于寻到了一些蛛丝马迹。

80年代初，湖南娄底地区教育局组团二十余人到达县地区考察扫盲教育，在文教局工作的郑景瑞有幸全程陪同。这些人私下交流时都说涟源方言，郑景瑞能听懂十之八九，遂用安仁长沙话与其交流，结果非常顺畅。前些年，郑景瑞组建安仁QQ群，湖南涟源一个与安仁谭显均同名的男士主动进群，他们各自以当地语言相互聊天，基本都能听懂。同时，郑景瑞查阅了很多研究安仁长沙话的专家著作，综合各方面的研究成果推定，安仁很多人的祖先就来自长沙府，在安仁流传已久的"长沙话"肯定来自湖南，属于湘语。与湖南长沙话相比，有一定的相似性，但是语音、词汇方面的差异性也很明显；而与湖南涟源话相比，在语音、词汇方面的相似性更多。应该说，安仁长沙话和娄底、邵阳片区湘语有着很大的渊源联系。

除此之外，郑景瑞还利用十多年的时间对安仁很多地名的来源作了一定的探访和剖析，比如闻名安仁的十八寨以及龙头桥、玉连桥、六洞桥、五通庙、箭楼湾、刘家洞等地名。结果证明，这些地名很多与"湖广填四川"有关，不少地名是迁徙来到安仁的移民根据当地的地形地貌或者祖祖辈辈繁衍生息的生活环境取名形成的。这些史料基本都能够前推到三四百年前，这也为安仁移民文化的形成奠定了一定的基础，提供了一些较为准确科学的理论依据。

其实，安仁距离地级市的达州主城不过几十公里，之前的交通虽有不便，但也不至于极端闭塞，历经数百年的外界浸染，"长沙话"方言却能保存完好，代代相传，让语言学家们百思不解。于是，四川文理学院中华传统文化学院院长王赠怡近两年开始了孜孜不倦的研究，他走访了安仁的很多长者以及从这里走出去的当地名流，终于寻找到了他思而不得的答案。

原来，自从"湖广填四川"迁居安仁以来，祖上就要求当地人永远不要丢掉"长沙话"。即便是升学、参军离开安仁长期定居外地，但是只要一返回到这片土地上，就必须用"长沙话"与乡亲们交流，否则就会被家人和同乡们斥责为忘祖忘本。与谭显均同岁、毕业于四川音乐学院而后担任达川区文化馆馆长的安仁籍乡绅李平介绍说，他大学第一个学期放假回到老家时，母亲就特别叮嘱他，见到任何熟悉的家乡亲人都只能说"长沙话"，如果改说四川话或者普通话，家里人日后就会被别人嘲笑。而另外一则在当地流传了三四十年的逸事则是说，一名当地青年从部队退伍后回到家乡，同龄人就用"长沙话"唤其乳名"狗娃"，这名青年很生气地用普通话说道："解放军叔叔都不叫，还叫什么狗娃。"从此以后，这"狗娃"就出了名，家长们都以此教育子女，任何时候都要说本地话，不然传出去家人一辈子都抬不起头。

图7.4 安仁籍音乐人李平为外地游客现场用笛子吹奏自己创作的《石工号子》

所以，无论经历怎样的时代变迁，当地的安仁人之间、外出返乡者与本地人之间、在外的安仁人相互之间、一律都是用"长沙话"交流。如果一群安仁人在外地碰面，只要其中一个人最先说"长沙话"，其余人绝对就一直用这种语言和大家交谈。当然，这种方言还有一个最大的益处，就是保密性强。如果安仁人不想让旁边的外地人听到他们交谈的内容，就可以用"长沙话"交流。比如有一次，郑军的妻子阿瑞看见两个小偷在公交车上行窃，阿瑞发现后马上就用"长沙话"提醒丈夫，郑军兜里的皮夹才得以保住。

安仁子民来自湖南涟源、安化、新化、邵阳一带的事实已经得到各方面信息的印证。山遥路远的两个区域，因为共同的祖先、共同的语言、共同的生活习俗、共同的文化喜好，很快开始密切联络，频繁互动。

《跨越三千里的传承》在涟源播出后不久，安仁初中校长邓泽军就接到涟源邓氏族人打来的电话，他们通过涟源电视台记者带回去的邓氏家谱核对发现，安仁的邓家和涟源的邓家字牌完全相同，所以，远在涟源的邓家人计划近期派人前来安仁寻亲。三个月后，时任涟源林业局副局长的邓建国带领族人一行跋山涉水来到了安仁。

为了表达对亲人的热忱欢迎，乡亲们早早来到龙头桥等候邓建国一行的到来，安仁乡党委、政府设宴款待，时任乡党委书记赵四方激情致辞，谭显均则当起了讲解员，安仁邓氏家族以及其他乡亲代表如数参加，好不热闹。次日，当邓建国等人发现安仁的产业发展和村民现状比他想象中好得多的时候，他欣慰地说："当初的移民政策是正确的，成渝地区得到了很好的发展，我们也好回去给涟源的乡亲们交代。"

很快就到了这年的年底，涟源电视台组织了一场盛大的新春联欢活动，当地的书记、市长悉数到场。而时任安仁乡文化站站长的谭显均，亦被邀请专程前往涟源参加团拜会。这是谭显均第一次来到涟源，他在谭氏族人的陪同下，下车之后就直奔祖上的墓地，行叩拜大礼，烧纸钱，真诚表达对祖先的敬畏。距离晚上的团拜会还有三个小时，谭显均特意在城郊地带走了一遭，发现当地的语言习俗、生活习俗、家里使用的器具，甚至田间使用的农具都与自己家乡的非常相似，真是一方水土养一方人。听着熟悉的乡音，看到质朴的村民，欣赏着周围颇多相似的环境，谭显均以为回到了自己的家乡，那种与土地的亲近感，让他置身其间流连忘返。

图 7.5 涟源甲午春晚组委会给安仁乡亲题写的楹联

图 7.6 谭显均展示涟源市甲午春晚组委会赠送给乡亲们的楹联

晚上的团拜会活动在当地最大的演艺中心举行，并且邀请了湖南卫视的一名当红主持人前来主持，规模盛大，气氛热烈。谭显均没有想到的是，自己竟然受到最高礼遇，被当作重要嘉宾与书记、市长同坐前排。晚会的高潮出现在涟源板凳龙表演结束后，市长亲自来到舞台中央，用一口地道的涟源方言向全市人民致以新春的祝福，现场响起了雷鸣般的掌声。

出人意料的是，市长致辞结束后并没有马上离开舞台，而是饶有兴致地说道："每逢佳节倍思亲，在这个万家灯火、举家团圆的时刻，我们也特别思念那些为了事业发展而背井离乡的涟源亲人，虽然他们散居祖国的四面八方，但是我们始终不会忘记他们。今天，我们就有幸请到了因为'湖广填四川'而移居四川达州的涟源籍后裔、达州安仁文化站站长、省级非遗安仁板凳龙的第九代传人谭显均。谭显均先生不顾舟车劳顿，辗转三千多里来到涟源，参与我们的新春团聚活动，他痴迷非遗，初心不改。我提议，请文化精英谭显均先生登台，现场为我们献艺，好吗？"台下立即响起了雷鸣般的掌声，而事先没有得到任何通知、毫无思想准备的谭显均一时间没有了主意。

谭显均只好从座位上站起来，拱起双手向乡亲们行礼致谢，他本想推脱，可是台上的市长却展开右手，朝他恭恭敬敬地做了一个"请"的优雅手势。被"逼上梁山"的谭显均只好硬着头皮上阵，登台后的谭显均也没有过多的客套拘谨，他接过涟源板凳龙舞表演刚用过的一条板凳龙道具，单手抓起就飞快舞动起来，这些动作都是安仁板凳龙平时的一些常规表演套路，谭显均"一人饰三角"，现场即兴耍龙，只有板凳一种道具，谭显均却是上下翻飞，左摆右突，前后连贯，一气呵成。一套动作结束，全场再次响起了经久不息的掌声，见多识广的湖南台主持人分惊诧地问道："板凳龙居然是这样舞的，涟源板凳龙和安仁板凳龙到底哪个才是正宗的呢？"谭显均机智地答道："祖宗留下的只是板凳龙这种形式，至于动作流程和道具修饰，完全是仁者见仁智者见智，因为只有不断改进创新，板凳龙才能保持旺盛的生命力，才会历久弥新，世代传承。"

独在他乡乃异客，久离故土倍思归。谭显均谢绝了当地亲人的一再挽留，执意踏上返乡的归途。临走时，涟源市人民政府邀请当地最有名的书法大师现场给谭显均书写了一副对联："蜀山湘水千重阻，乡谊亲情一脉承"。这副对联谭显均没有私存，至今仍悬挂在安仁乡政府的会议室，大家每每看到这副对联就会想到自己的根就在三千里外的湖南中部一带。

图 7.7 会议室悬挂着涟源市政府赠送的对联

谭显均回到安仁后，逢人便讲自己涟源之行的收获和感触，以及当地高规格的接待，大家听了都极度盼望涟源的亲人来安仁走走看看，也希望能够到涟源祭拜祖先。安仁杨氏家族曾经于 20 世纪 90 年代末，在杨涵应、杨椒社、杨煜高、杨煜明等人的组织下完成了修谱，2001 年初，杨家后人将其上传到网上，希望杨家人牢记辈分，不要忘祖。没想到，被当时年过半百、在涟源某地担任校长的叶杨长治看到，叶杨长治发现，安仁的杨氏辈分与涟源的"叶杨氏"辈分完全相同，他甚至觉得，"叶杨"与杨家其实就是一家，于是他按照族谱上留存的电话号码拨了过去，经过交谈，果然与安仁的杨家是本门。叶杨长治异常兴奋，马上把这个消息与当地族人分享了，当地的"叶杨"族长很快召集族人商量，决定派出代表到安仁寻亲。

2003年清明节，安仁街道突然来了三名"不速之客"，他们就是来自涟源的寻亲者叶杨长治、叶杨万林、叶杨治斌，此行的目的就是要找到失散将近20代人的杨家亲人。安仁杨氏家族的代表杨椒社、杨煜高、杨煜明、杨忠成等人得到消息后，马上把来自涟源的亲人接到了杨家主要聚居点杨家山。在那里，涟源亲人受到了杨家人的盛情款待，杨家辈分略低的安仁企业家杨忠成全额承担了本次的接待费用，他在杨家山大摆筵席20桌，大家共同庆祝了三天两晚，现场敲锣打鼓，舞狮舞龙，鞭炮齐鸣，如同过年。

考虑到涟源的家人首次来达州，实属不易，杨忠成又委托族人陪同他们到达州参观游玩，看到达州城乡的繁荣景象，叶杨长治一行非常欣慰。在达州度过了两个难忘的日夜后，涟源家人离开达州，杨忠成将他们送到了达州火车站，并分别安排购买了达州至重庆、重庆至娄底的卧铺车票。火车就要启动了，列车员一再催促乘客上车，可是涟源客人却紧紧抱住送行的杨忠成等人，依依不舍，伤心大哭。叶杨长治对送行的杨忠成说："今后我们一定时常来四川看望你们这些骨肉相连的亲人，我们的心里会随时想着大家，我也代表涟源叶杨家族盛情邀请四川的亲人回涟源老家祭祖叙旧。"

通过两地亲人的这次团聚，安仁杨氏族人终于明白，涟源的叶杨氏和安仁的杨氏其实就是一个姓氏的本家人，这里面还有一段奇异的改姓故事。叶杨氏，本姓叶，源于周初，一代祖叶沛公、二代祖叶莽公迁徙至南京凤阳府临淮县东门广应桥，于宋元年间再次开基立籍。三代祖叶彦週在叶家最为厉害，文韬武略，智勇双全，于明洪武十二年（1379）中进士，十五年（1382）莅任山东济南府邹平县令，官至二品大员。明洪武十六年（1383）受命到苗人聚居的云贵川边境的贵州安南镇守平叛。朝廷同时命令叶彦週表弟杨诚（叶彦週母亲系杨诚的姑姑）到同样有叛军捣乱的贵州黎平镇守。他俩虽然官职相同，但是叶彦週的武力和率军打仗能力要强于杨诚。到了云贵边界，才发现杨诚负责平叛的黎平局势远远比安南复杂严峻，两人给当地巡抚报告后，当地巡抚也觉得棘手，最终经过协商，叶彦週和杨诚更换了平叛场地，巡抚也很想让叶彦週去啃这块硬骨头。于是，两人便分别冒用了对方的名字到当地平叛，经过两个月的激烈战斗，叛军被官方成功剿灭。但是，当地巡抚却不敢向朝廷汇报表功，因为私下更换战斗地点的行为，属于违抗圣旨，犯了欺君之罪。

巡抚思前想后，还是觉得必须尽快向朝廷禀报真相，毕竟这件事情最终也会被朝廷知晓。皇上得知此事后，震怒不已，当即表示要重处。但念及两人平叛有功，两地百姓幸福安康宜居乐业，便决定叶彦週和杨诚两人功过相抵，分别在其老家赐封了千余亩的土地以享晚年。但是，皇帝说，鉴于两人都已经使用对方的姓氏，所以叶彦週只能姓杨，但去世后可以恢复姓叶。所以，叶彦週的名字就变成了"杨彦週"，去世后，其后人为了不忘祖，便将"杨彦週"改成了"叶杨彦週"。至今，生活在涟源的叶彦週后裔的姓氏也出现了三种，有的姓杨，有的姓叶，有的则变成了"叶杨"复姓。

话说杨彦週在老家去世后，杨家后人为其修建了豪华陵园，占地数百亩。近年来，由于城市化进程加快，杨彦週的陵园只好为新城让路，被迫迁移至别处。2018 年 10 月，新落成的杨氏祖先陵园开园仪式在当地盛大举行，当地杨氏宗亲特意邀请了安仁乡的杨氏后裔前去参拜。10月 9 日下午，杨煜泉、杨成聪、杨斌、杨金成等四名杨氏后裔从安仁驱车前往湖南新化，刚刚到达，就发现当地杨氏宗亲重要的四五十名成员早已在避暑山庄等候。

见到来自四川的亲人，新化的杨氏族人无比兴奋，他们排起长龙，逐一拥抱，并于当晚举行了特别的欢迎仪式，当地族长致欢迎词，杨煜泉代表四川过去的宗亲致答谢词。双方全程使用当地方言交流，无拘无束，轻松自在，没有任何障碍。但是，交谈中新化的亲人觉得安仁的"长沙话"更接近原汁原味，更好地传承了当地的文化精髓。

2022年4月3日，安仁的杨氏宗亲在族长杨煜泉的召集下，在安仁金鸡牌村杨家山上举行了盛大的清明祭祖仪式。仪式在重新修建的杨家祠堂举行，湖北孝感、湖南新化、重庆万州、山东临沂等地的杨氏宗亲或亲自前来或视频参与，整个祭祀活动庄重严肃，紧凑有序，达州广播电视台全程参与记录拍摄。当地其他姓氏宗亲亦组团借鉴，此举为当地家风家德的传承起到了极佳的示范作用。话说这杨家祠堂，也是安仁第一个正规修建的宗祠，由杨家后裔投资新建。其中，在内蒙古从事工程建设的杨忠成捐资30多万元，族长杨煜泉出资20万元，杨家女辈杨斌出资两万元，大家有钱出钱有力出力，耗资80万元的杨家祠堂终于建成，杨氏后裔在这里祭拜先祖，接受祖训，携手互助，友爱团结。

在安仁，姓氏人数最多的当属谭姓，其次分别是郑姓、杨姓、李姓、刘姓等，均与湖南安化、涟源、新化、邵阳移民有关。

当然，两地寻亲往来更为频繁的还数谭氏家族。据安仁严马庙村老支书谭顺玖介绍，他一直在亲自参与四川与湖南两地的谭氏寻亲活动，也多次负责接待两地的宗亲往来，"两地一家亲，百年难切割"是他对谭氏血脉荣辱与共、骨肉相连的真实评价。

2006年金秋，湖南涟源的谭氏家族在族长谭友升的安排下，指派三名代表来到开江县金山寺附近的谭家大院寻亲，得到了时任开江县总工会主席谭顺益等当地人的盛情接待，与开江一衣带水的安仁谭氏家族则派出几位德高望重的长辈到场陪同。这是两地谭氏宗亲的首次会面，大家核对了家谱，追忆了共同的先祖，拟订了今后几年双方共同派出代表祭祖的初步计划方案。

有了这次寻亲的开端，两年后的2008年清明节，安仁和开江的谭氏后裔代表谭孝雄、谭顺学、谭显红等，从达州乘坐火车到达娄底，再从娄底乘坐班车抵达涟源县城，参加先祖谭景清的祭祀仪式。涟源的谭氏宗亲特别热情，接待也是非常周到，场面盛大，气氛热烈。祭祀结束，当地族长一再挽留谭孝雄等人在涟源停留数日，还委派年轻后辈带他们去韶山、长沙等地游玩了不少景点，直到送上火车才依依惜别。

　　川湘两地谭氏家族最大规模的祭祖仪式于 2013 年的清明节盛大举办，几乎全国各地的谭氏分会都指派宗亲前往涟源赴会。安仁谭氏宗亲由谭顺玖带队，开江谭氏派出代表随同，仪陇、营山谭氏分会紧随其后。曾在山西忻州某部担任指导员、走南闯北多年的谭顺玖到了涟源的活动现场之后，依然惊讶得不知所言。一个清明祭祖活动的规模，居然可以跟一些大型的庆典媲美，甚至排场更大，参与人数更多。全国 30 多个谭氏分支的后裔从华夏大地的四面八方蜂拥而至，齐聚湘中，共叙亲情。

图 7.8 涟源当地乡亲以最热情的方式欢迎达州东部经开区亲人回乡祭祖

　　活动的主会场定在涟源市六亩塘镇扶珂村，参与人数超过 1000 人。为了确保接待工作的细致周密，当地成立了祭祀组委会，印制了接待手册，成立了若干个小组，仅仅是流水席就发了四轮，当地较有档次的宾馆酒店全部被谭氏宗亲预定。这次祭祀活动让谭顺玖印象最深的是，当地人对活动的重视程度。在祭祀先祖方面他们一点也不吝惜金钱，热闹、喜庆、大气的理念贯穿于整个活动过程。只要进入涟源地界，就能够特别明显地感受到祭祀的氛围。当地的墓地基本都被重新修葺一番，所有的新坟旧坟上面都重新备有白幡、香台，那白幡不是一束束的，而是一堆堆的，远远望去，很奢侈很隆重很紧凑。很多的墓碑，重新刷漆，重新雕刻了文字，有的甚至涂了金粉，在阳光照耀下，光彩夺目，熠熠生辉。

为了分头做好接待工作，涟源谭氏宗亲决定，四川分会来的亲人的食宿，由谭显吉接待，因为四川来的客人最多；其他省份来的零星客人则由谭孝吉负责接待。谭显吉是娄底很有影响力的企业家，以矿产资源开发起家，资产过亿；而谭孝吉则扎根新疆一带，主营游乐场，经营着当地最大规模的两家游乐场所，实力不容小觑。

今年 73 岁的谭显吉，在涟源几乎家喻户晓，有口皆碑，简直就是奇迹般的存在。谭显吉出生于涟源市六亩塘镇扶珂村，从 14 岁开始学医，医术精湛，慈爱豁达，从医三十余年，救死扶伤无数，收获好评多多。在那讲究阶级成分的年代，因出身不好，他饱受折磨，但他从不气馁，从无怨言。改革开放后，他发挥自己的聪明智慧，亦农亦商亦医，从事煤炭与木材生意，尤其是投资兴办煤矿，赚得人生"第一桶金"，而今他是湖南家和置业开发有限公司董事长。资产过亿，却一直心怀家乡，情暖桑梓。

谭显吉不喜张扬，仰望星空，专注实业谋发展，潜心公益无怨无悔做慈善。回到家乡 10 年间，他满怀爱心，初心不改，为涟源公益事业捐款近 2000 万元，以拳拳爱心时刻温暖着父老乡亲。谭显吉坦诚，国家西部大开发的重大战略决策给了他一次千载难逢的机遇。1999 年，已过知天命之年的他积极响应国家号召，携带辛苦打拼挣来的 60 余万元来到贵州织金县"淘金"，几经拼搏终于有了自己的多家煤矿。那时候涟源到贵州的火车票只要 10 多块钱，贵州地下煤藏丰富，贵州山区新修公路 10 多米高的边坡就有三四层煤，有些煤层还高达两米多厚。谭显吉成功中标，通过层层审批，拿到了采矿权，开启了自己的创业之路。

成功始终青睐那些锲而不舍不惧艰险之人。谭显吉运气不错，恰好赶上了煤炭行情大涨。仅几年时间，国内市场煤炭价格从 30 多元 / 吨涨到 1300 元 / 吨，价格翻了几十倍，他的资产也迅速增至亿元级别。日子如流水一般，转眼他已年过花甲。俗话说"树高千丈，叶落归根"。谭显吉心中时刻装着家乡，在外打拼时间久了，回归故里的愿望就愈加强烈。他常说，月是故乡明，水是家乡甜，出去闯荡世界，有了一点成就之后，总会先想到生我养我的家乡，总会想着回家犒劳父老乡亲。

近些年来，看到别的城市建设发展加快，日新月异，高楼林立，唯独涟源没有高楼，谭显吉盼望家乡的经济建设早日走入发展的快车道，期待为家乡的经济发展效微薄之力。思虑再三，他慎重决定把在外地赚到的钱带回家乡投资建设。在上海世博会上，谭显吉与涟源市委、市政府共同出席了家和名都——涟源市地标性建筑和四星级宾馆两栋34层（100米高）建筑项目的签约仪式。

谭显吉的"家和名都"项目，是迄今为止涟源中心城区最高层的建筑物。作为涟源市重点招商引资项目，主楼为一栋32层的写字楼、酒店和高层住宅裙楼，项目建设、酒店装修总投资达到了两亿元。这次完成四川等地谭氏宗亲的接待任务，就是在他自己的酒店实现的，所以他特别自豪。

谭显吉为人和善，生活简朴，宽以待人，热衷公益事业。即使事业成功也从未把自己当大款，做人非常低调，从不打牌赌博，不抽烟、不喝酒，勤俭节约。他常说，自己就是一个地地道道的农民，没有高学历，一无靠山，二无后台，凭自己的勤奋努力和智慧打拼出一方天地，只要是家乡的事，他都会倾注满腔热心当作自己的事去做。为家乡捐款修建唐丰公路、玄山公路、利民村公路、烟竹公路、白石公路、掛枧公路、石阶公路、新建队公路、扶胜颜家公路以及慈善桥等。他为修建扶珂村办公楼、六亩塘中学、扶持贫困户、重症病人等共捐款50余万元；2012年捐款500多万元重新修建了古色古香、建筑面积达两千多平方米的扶珂古寺，供当地人祭拜，也为乡村旅游增添了新景观。他的家乡情怀让人肃然起敬，为了方便族人开展祭祀活动，他还在2017年捐款480余万元修建谭氏宗祠，该宗祠建筑面积超过三千平方米，具有浓郁的地方特色，还配套建设了大型停车场、接待区等，近几年的清明祭祖大典都是在他捐建的谭氏宗祠举办的，规模宏大，盛况空前，深受当地人好评。

他深居简出，生活朴素，做事不张扬，被群众称为"最有慈悲心肠的实业家"。如今，年逾古稀的谭显吉又有了新的梦想，儿女们都在外地发展，他独自在家乡承包了300亩林地，种植楠木、杉树、油茶，以及各种果树，建设"绿色银行"，为当地村民带来新的致富希望。一颗丹心，满腔碧血。谭显吉以他一片浓浓的桑梓情，回报着家乡的父老乡亲。他老骥伏枥、矢志不渝，继续为当地的慈善事业做着更多有益的事情。

来而不往非礼也。四川方面也极力邀请涟源的谭氏家人来巴蜀大地走走看看，其实所谓的四川谭氏宗亲主要就集中在达州市的东部经开区、开江县一带。2014年清明节，涟源谭氏族人组织了18人的浩大队伍参与达州境内祭祖活动，谭显吉亲自带队，他们按照当地习俗参拜先辈，祭祀祖宗。在谭显吉等人的印象中，安仁应该属于经济特别落后的地方，甚至于难以解决温饱问题。可是，当看到谭氏后裔在遥远的达州聚族而居，安居乐业，世代兴旺，繁衍生息，他们特别欣慰和感动。

为了欢迎远道而来的客人，谭家后辈、板凳龙传人谭显均还特意组织表演了安仁板凳龙及谭氏子孙龙。当涟源的谭氏后裔看到似曾相识却又风格迥异的板凳龙时，特别兴奋，他们没有想到这么偏远的地方也有千年同承的板凳龙，而且舞法更灵活，形式更地道。安仁的表演团队演出结束后，谭显吉迫不及待地跑上台，抓起其中一条长凳就舞动起来，并且用当地的"长沙话"与大家毫无障碍地交流，陶醉其间，乐此不疲。

此时此刻，共同的祖先，共同的文化，共同的语言，把大家牢牢联系在了一起，川文化和湘文化相互融合，相得益彰。

山川异域，血脉相依；同宗共祖，万

图7.9 省级非遗谭氏子孙龙样品

年亲情。

2022 年 6 月 22 日，夏至刚过，暑气升腾。三湘大地的资水河边，迎来了一批故土子孙。四川裕丰房地产开发有限公司董事长邓应元和同族长辈邓泽功率十余宗亲，从四川达州专程来到他们祖先 325 年前定居的湖南涟源市六亩塘镇扶珂村，寻根问祖，认亲连宗。

清康熙三十六年（1697），在"湖广填四川"大潮中，邓氏女祖曾氏太婆，从此地带领两子、长辈及堂侄众人，移居四川达州明月乡四保大落漕水来冲，即如今的达州东部经济开发区安仁乡定居。

彼年率宗离故土，三百年后儿郎还。锦绣山河历历在，风物犹存裔孙繁。涟源扶珂村，乃族谱所载清代安化县常安乡的壶窝坳，系邓氏祖先明朝洪武年间定居后由江西吉安泰和县迁往楚地的第二次迁居之地。时过境迁，昔日的大落槽演变成了现在的达州东部经济开发区安仁乡，而当初的壶窝坳亦演变为了涟源市的扶珂村。

车到村口，锣鼓喧天，歌声嘹亮，彩门耀眼，艳阳炫目。彩妆的迎宾队伍和邓家各辈族人分立两旁，喜迎达州邓氏宗亲。家人相见，亲情绵绵；浓酒盛宴，思绪激荡。时光隔断的只是故土山河，割不断的是那浓浓亲情。悠悠三百载，一家变万家。资水河旁邓氏兴，明月河畔族裔隆。两地的邓氏宗亲经历十余代，辈分竟然完全一致。大家手牵手，肩

图 7.10 达州寻亲团嘉宾受到涟源主人们的盛情接待

图 7.11 达州和涟源两地邓氏族人代表合影

并肩，说不完的相思，道不尽的乡愁。饭菜香，杯盘响，言语亲，情意长。阿嫂阿妹笑靥美，兄弟叔伯帮厨忙。相同的口音，相同的习俗，相同的盛情，让大家沉醉在亲情的港湾里，激情四溢，亢奋不已。

按照寻祖礼仪，6 月 23 日上午，达州邓氏族人在当地虔诚拜谒了明洪武年间由赣迁湘始祖九郎公、七郎公墓，以及清代由常安乡双塘鹅公大坳再迁至壶窝坳的始祖世清公等祖宗墓。晋谒老屋基，静听先祖事。此时此刻，他们仿佛才真正找到家的感觉。伫立在屋后的山脊上，望见熟悉的田垄，环顾兴盛的院落，邓泽功这位经历过无数大喜大悲的老人，竟然像个即将离家的孩子似的，难抑伤感，纵声痛哭。

返程之前，邓应元先生还专程拜望了当地的百岁宗亲谢初娥老人，捐献一万元给老人补充营养，并为扶珂村邓氏宗族建墓修谱捐款 60 万元，让一脉亲情源远流长。

得知作为湖南省省级乡村振兴示范创建村的扶珂村目前正在如火如荼进行产业拓展，同行的邓氏族人、四川金创置业有限公司董事长邓应波先生也为当地村民慷慨捐赠 20 万元，鼓励他们抢抓时机，再上规模。离别的时候，大家约定，两地家人每年一定相互往来，共叙亲情，共续血脉。

第八章

孩儿立志出乡关　学不成名誓不还

作为"四川省民间文化艺术之乡"的安仁，是外界公认的最能诠释乡愁的地方，几乎每一个常年在外工作的当地人都会对家乡产生一种莫名的牵挂。曾一度以为自己已经适应了远方陌生城市朝九晚五的生活，在"逝者如斯"的日子里，故乡的山山水水似乎早已渐行渐远。

图 8.1　安仁在 2018 年因板凳龙荣获"四川省民间文化艺术之乡"称号

殊不知，蓦然回首，终于发现那尘封于心底的依恋，才明白自己仍是那只放飞的风筝，无论身置何方，身在何处，心灵之绳永远拴在故乡门前的那棵老槐树上，剪不断的情思依然萦绕在熟悉的山头。

对于年满 75 岁的邓泽功老先生来说，乡愁更像一杯茶，是在无人暗夜里的一缕清香，将早已远离喧嚣世界的自己一点点溶化。苦涩中带着一点甘甜，回味绵长。每逢佳节，乡愁更是变成了一种生活习惯，一种思维定式，它会令人在端午节时想起奶奶包的粽子，在清明节时想起该去祭祀祖先，在春节到来时想起妈妈亲手做的米糖、醪糟、石磨豆腐、老腊肉和羊肉汤。终于，慰藉乡愁的一个难以忘怀的日子出现了。

2021 年 10 月 23 日，安仁文化研究会挂牌成立，受执行会长杨煜泉的邀请，常居成都的邓泽功莅临安仁，得以顺道考察自己的祖辈故地，满足自己多年期盼而无力实现的愿望，亲眼见证了安仁文化的欣欣向荣、与时俱进。挂牌仪式结束后，邓泽功约上亦是同族的安仁初中校长邓泽军一起来到安仁乐山寺村一个叫"水来冲"的地方。这是 300 多年前邓家祖先从湖南安化迁徙到四川的第一站，后来祖辈又迁居到葫芦龙须寨凉水井，那是在"水来冲"居住多年后的第二次迁徙。

站在祖先曾安营扎寨的山脊上，邓泽功望着家的方向，思绪万千，热泪纵横。这是他平生第一次回乡寻根祭祖！63 年前，邓泽功远离家乡外出求学；60 多年后，褪去荣誉光环，带着满腔热忱到故里，已届喜寿之年的他，感慨故土已经陌生许多。父母早已作古，年长的亲人也多已离开人世，幼时熟悉的地方瞬间变得那么模糊缥缈。曾经的事业梦想、曾经的仕途追逐，早成过眼云烟，令人倥偬嗟叹。

图 8.2 时任安仁乡乡长姜维超（左）与谭显均共同为安仁文化研究会揭牌

陪同的亲人还在介绍家乡变化的时候，邓泽功背过身去，突然在心里哼起了费翔的那首《故乡的云》："我已是满怀疲惫，眼里是酸楚的泪，那故乡的风，和故乡的云，为我抹去伤痕。我也曾豪情万丈，归来却空空行囊，那故乡的风，和故乡的云，为我抚平创伤。归来吧，归来哟，浪迹天涯的游子。归来吧，归来哟，我已厌倦漂泊。"

眼前的多条阡陌小径、泥泞小道，不知有多少亲人带着梦中的希冀，踏过数遍，而后走出那个装满乡情记忆的村庄，开启心中梦想的征程。但在那时，离别的愁绪已缠绕于心，游子却还浑然不觉。几十年后，道路两旁的田垄依然是翠绿成行，生机葱茏；路边的野花依然芬芳四溢，激情盛开，迎接着往来的人群，风雨无阻。居住的这个城市，繁华空旷，膨胀着虚浮的快乐，而他总是初心不变，在车水马龙中看到的却是满目荒芜，不经意间会回味起那陌生的熟悉。每当乡愁弥漫的时候，他隐忍着的疼痛与柔弱，都会层层洇开，他才终于明白，那繁盛喧嚣，始终不属于心灵。袅袅乡音，才是心底最初的牵挂。

图 8.3 柚树环绕的安仁乡

国有史，族有谱。一国之史可以辅政古今，借鉴得失，兴国安邦；一族之谱可以通晓本族源流，传承祖训，激励后世。据邓氏家谱记载，邓家于清康熙三十六年（1697），由邓家女祖偕二子邓宗凤、邓宗凰兄弟来到明月乡"水来冲"定居，后来邓家部分迁徙到 8 公里外、水源更充沛的龙须寨安家。

邓泽功这代，是"生在旧社会，长在红旗下"的一代人。邓泽功记忆最为深刻的是 1959—1962 年这几年。那个期间，他全家吃的都是母亲从磨坊拾回的粗糠壳加上野菜捏成的饭团，长期吃这样的食物使得邓泽功从小身体非常虚弱，弱不禁风。尽管如此，他依然十分勤奋好学，顺利升入高小。1958 年，达州与万州之间的公路建成通车，这里的人们终于看到汽车的模样。葫芦乡位于万州与达州之间，每天都有汽车经过，每当街道后面有发动机的声响传来，邓泽功就与同学跑到桥头去看汽车如何驶过。

1959 年夏，13 岁的邓泽功考入达县一中的初中班，这也是达县一中在改革开放前开办的第一个、也是唯一的一个"拔尖班"，由全县各地优秀小学生选拔组成。由于当时葫芦乡没有车站，过路车不会停留，要进城只能先步行 15 公里到麻柳镇，再从麻柳汽车站乘班车进城。麻柳到达县，50 多公里路程，1.2 元车费，考虑到今后每个月还需 4 元的伙食费，父亲决定送儿子步行到达州上学。当天夜里，母亲几乎通宵未眠，为儿子准备书箱，给破旧的衣裤重新打上补丁，又捏揉了几个大饭团，供父子俩路上充饥。

父子俩挑着脸盆、箱子、草席、笆簧（支撑草席所用）等生活用具，天还没亮就从龙须寨出发了。他们老屋旁有一棵祖宗留下的老槐树，枝叶繁茂，根系发达，经历风霜雨雪洗礼却更加茂盛。临行前，爷爷、奶奶、母亲围着老槐树，流泪送别邓泽功。他们虽然没有文化，但是却知道孩子此行是为了追求更好的前程，所以他们觉得今后的日子终于有了盼头，虽苦尤喜，乐在其中。母亲反复叮嘱儿子，几个饭团分别到了哪个地方才能食用，必须合理分配。老槐树至今已经融入邓泽功的血脉里，多年以来，他对乡愁的理解始终如一，乡愁是母亲家门外的那棵百岁老槐树，是老槐树脚下的那片土，是老槐树旁边的那条河，是老槐树顶端的那片天。老槐树那深深扎进泥土的根须，时刻牵绊着他思乡的情愫，绵延不绝。

走到距离达城的最后一座大山雷音铺上，天已黑尽。父子俩只好借宿一户农家小店，老农很热情，提供了温水给他们泡脚，还送了一些腌菜充饥。学成名就后，邓泽功还特意去探视过这家小店，可惜再也没能见到当年热情好客的东家。

求学的艰辛自不必说，而比求学更难的是生活的不易。中学六年的花费，几乎掏空了家里的所有积蓄。学校后来要交粮吃饭但又不收现粮，家里只能把稻谷、小麦等细粮挑到公社粮站，粮站出具验粮手续，再凭此手续到学校交接，免去将粮食直接背到学校的烦琐。这样，家里就再无供吃的余粮，爷爷、奶奶、父母、弟妹就只好挨饿。父亲邓胜厚虽然只有初小文化，但是能说会算，十分精明，他深知读书的重要性，就是倾家荡产也要全力支持邓泽功求学。邓泽功没有辜负全家期望，学习成绩一直优异，初中被评选为副班长，高中三年一直担任班长。他的字写得非常棒，毛笔、钢笔、粉笔字，各有风采，神韵独具。他还特别擅长篆刻和繁体字，萝卜、红苕是他练习篆刻的最好原材。对他来说，学习是最为愉快的事情，教室是他最爱待的地方，每科均衡发展，没有特别的压力。

人生不长也不短，谁敢保证一生没有三灾八难？5月中旬放农忙假，7月就是高考，这个时候邓泽功家中却遭遇变故，连带他也被人冷落孤立，他整个人萎靡不振。但是，他较好地控制住了自己的情绪，暗暗努力，成绩并未出现大幅跌落，因为他平时文科不错，语文一般在85分以上，于是他在高考前一个月临时决定由理科改学文科。放眼全国的大学，当时文科除了清华、北大，他一直青睐武汉大学。那个年代是先报志愿后高考，所以成绩一般的同学是不敢贸然报考一流大学的。但是，邓泽功结合自己的平时成绩，信心十足，果敢填报了武汉大学。

不必借光而行，你我亦是星辰。紧张的高考终于结束了，很多人都忐忑不安，可是邓泽功却是胸有成竹，他预估凭自己的实力和临场发挥，考上大学应该是没有多大问题的，甚至觉得分数线可能会迈过国内顶级大学，自己只需安心等待分数公布。

接下来的事情像剧本一样充满了曲折性。好不容易等到 8 月 18 日，天黑的时候，一个声音从屋外山梁上的高音喇叭里传来，学校通知他次日立即赶到学校。听到通知那一刻，全家人觉得是抓到了一根救命稻草。邓泽功手里握着母亲捏的一个饭团，摸黑连夜从家里出发，走到 40 里外的大风乡场口一个长陡坡处时，天才蒙蒙亮。他至今记得，大风乡那里的石灰窑很多，此时他又饿又累，便蹲在窑洞边咽下了母亲准备的饭团，然后继续赶路。他一路猜想，这一定预示着一个好结果，自己距离梦想又近了一步。果然，走到学校，刚才还精疲力竭的他突然间就得知了一个好消息，什么好消息？一位叫郑树槐的老师马上给他开了单子，让他拿着单子去专区医院参加体检。结果，医院的医生只是让他把脚抬起来舞动了几下，就大声说道："行了，不是 X 型腿。"

回到家里，又开始了漫长的等待。想到孙子马上就要跳出农门，爷爷高兴得睡不着觉，只用两天时间就为孙子编好了上学用的席子。邓泽功记得，上初中和高中的席子，都是爷爷亲自用自家竹子编织的，睡在上面舒适又踏实，心中满是温暖。

可是，一连等了十几天，却杳无音信。按照惯例，9 月 1 日是开学的日子。又听说大树区、亭子区的大学新生都已经坐车走了，而邓泽功却没有收到半点消息，他突然紧张了起来。

8 月 29 日凌晨，一夜睡不着的爷爷从床上翻起来，叫醒了家里的所有人，声如洪钟般吼道："别人读大学的都上了火车，我们家还没有响动，这样等怕不是办法吧，要不然马上去麻柳场的邮电局问问！"邓泽功心想也是，与其在家干等，还不如去区上碰碰运气，于是立即动身去麻柳邮局。走到邮局门口，却看到其他几个公社的高考学生也立在邮局外焦急地张望。说来也巧，当天的邮车正好来过，一位二十多岁的女同志正在分拣信件，那几位等消息的学子都很想知道有没有自己的录取通知书，但是因缺乏信心，不好意思开口，便一起起哄把邓泽功往女同志面前推。

女同志大概也知道这是一拨等待高考消息的小伙子，便善解人意地问："你们都说说自己的名字吧。"谁知这些人竟异口同声说出了邓泽功的名字，女邮差拿出一封信，再次问了一声："重新说一遍姓名！"大伙儿又把邓泽功的名字说了一遍，女邮差故意卖了一个关子："你们要有思想准备哈，因为……"大家马上凑过来听女邮差道出最终谜底："因为，因为今天收到的邮件里没有一封是录取通知书。"就在大家唉声叹气时，女邮差补充道："但是，昨天我收到过一封大学录取通知书，名字正好是，邓泽功！"

拿到录取通知书的那刻，邓泽功的泪水立马涌出眼眶，他颤抖着双手拆开了信封，那"四川师范学院"鲜红的印章让他喜极而泣。尽管距离自己的期望值还有差距，但是在那个年代，能够考上大学就意味着吃国家粮、拿国家钱、脱掉草鞋穿皮鞋，足以光宗耀祖，邓泽功成了中华人民共和国成立以来全乡第一位大学生。

那时候达州去成都远远不像现在方便，只能先坐长途汽车到重庆，再从重庆乘坐火车到成都。到了成都，邓泽功才发现外面的世界如此之大，所以他读书更加刻苦发愤。邓泽功念的是英语专业，很多人觉得枯燥无味，但是求知若渴的他从语言学的眼光看待它，觉得大有学头，其乐无穷。不仅如此，他一如既往，德智体美劳全面发展，进入了学校文工团，排球、书法、绘画、音乐、诗词、演讲，样样都擅长，各科成绩也特别优秀。入学第二年，表现优异的邓泽功还担任了团支部书记，并递交了入党申请书。在收获学业的同时，也收获了爱情，同班女生小王品学兼优，亭亭玉立，追求者排起长队，可是她却只对忠厚善良、勤学苦读的邓泽功情有独钟。两人生活上相互照顾，学习上相互促进，以心换心，形影不离。

时光作渡，眉目成书。都说毕业季就是分手季，邓泽功和小王同学同样面临着这样的选择，当时流传着"远分双、近分病、不远不近分光棍"之说，如果情侣要分到一起的话，大概率是分配到边远山区。但是，两人在一起的决心已定，最终他们愉快接受了组织的安排。1971年夏天，两人被分配到了涪陵地区的黔江中学从事教学工作，邓泽功既教英语又教语文。一群急于展示自己才华的大学生，遇上了一群求知若渴的山里娃，这注定是一场无声的拼搏。

山区中学普遍存在重教学轻艺体的问题，邓泽功等人来到学校之后很快改变了这种格局。教书的本行，他做到了极致，所带的班级平均成绩总是处于拔尖地位；他办的板报、墙报等图文并茂，排版美观，总是让人眼前一亮；他亲自组建学校的宣传队，亲自创作剧本，音乐剧、儿童剧多次被推荐到涪陵地区会演并获奖，久而久之，这支宣传队就替代了县上的文工团；他客串排球教练，在学校挑选苗子重点培养，学校的排球队多次代表业余体校出征参赛。曾经刻板教条的黔江中学一下子有了生机，孩子们身体素质明显增强，学习积极性随之提高，高考成绩每年都上新台阶。

很快，大家就知道黔江中学有个很厉害的老师邓泽功，他担任全县英语教研组组长后，标新立异，重抓读写，全县英语考试成绩有了起色。消息传到了地区教育局，教育局长甚为惊叹，前后三次亲自来到他家里看望慰问。涪陵教育学院得知他的教学实力后，决定抽调其到该院担任英语教师，当天接人的轿车来到县城却被县委领导拦住，县委领导坚决不同意放人。于是素质全面的邓泽功，留在这个距离重庆主城 400 多公里的边缘小城，继续奉献力量。

1982 年夏天，黔江出现百年难遇的特大洪灾，街上可以划船，屋里可以游泳，灾情十分严重。县上从黔江中学抽调了 6 人参与采访报道，搜集素材，撰写材料，邓泽功也在其中，结果他一个人写的报道比其他所有人都多都好。这下可真的让邓泽功出名了，主要领导多次点名表扬他。恰在这时，全国各地全面贯彻选拔"四化"干部的决定，一大批有知识、有闯劲、懂管理的年轻干部得到提拔重用。因为家庭成分问题，邓泽功在大学没能入党，黔江中学校长多次动员其火速入党。加入党组织不久，邓泽功就被调入县文教局工作。此时正逢黔江成立民族自治县，县上决定搞一台大型庆祝晚会，邓泽功毫无悬念地被推举为这台晚会的总导演，节目的筹备、人员的调配、现场的主持、串词的起草，他都是亲力亲为。毋庸置疑，这台晚会赢得了满堂喝彩。

黔江县城本来就不大，多才多艺的邓泽功的名字几乎家喻户晓。很快组织就任命他为文教局副局长，在副局长位置上还没来得及大显身手，他又接到调令：担任县委宣传部副部长、代部长。

邓泽功本来是一个热爱知识、对学术有所追求的人，当了两年多的县委副书记，脱离了自己教育的老本行，邓泽功反而觉得很空虚。于是，他主动找到地委书记，请求结合专业考虑自己的任用。这招果然奏效，回来不久，他就被通知调到教育学院担任党委书记，时任该学院的党委书记已到新组建的三峡省任职。可是，三峡省后来由于多种原因被叫停，党委书记只好返回教育学院，邓泽功则去担任地区外事办主任一职。1988年5月18日，经国务院批准，黔江地区正式成立，他再次返回黔江，担任地区行署首任秘书长，两年后，被派到省委宣传部任职。而后，他第三次回到黔江，担任地委宣传部副部长兼干部函授学院院长，

图8.4　四川交通职业技术学院原院长邓泽功（左）向杨煜泉会长（右）赠送刚出版的画册

官至副厅级。大约一年后，邓泽功被调往四川交通职业技术学院担任党委书记、院长，直至退休。退休后，邓泽功依然义务操持着不少学校的相关事务，深受师生们爱戴和好评。

无论身在何地，无论官至何职，邓泽功始终不忘自己根在何处。十几年前，他在福建开会时遇到了来自湖南交通技校的周校长，交谈中他无不自豪地说，自己的祖先也来自湖南安化。两人越聊越投机，最后索性决定随同周校长一起到湖南寻根。好不容易找到安化县梅城镇，当地人讲的全部是长沙话，邓泽功都能够听懂，此时他仿佛回到了自己的家乡。他找到了邓家的子孙代表、梅城小学校长邓庆才，亲人相见，特别亲热，大家有说不完的话，道不尽的情。

心若不动，风又奈何，你若不伤，岁月无恙。2021年初，邓家人把邓泽功亲笔书写的邓氏家谱、考证史料等发布到了网上，涟源的邓家人很快就主动联系，经确认，清康熙年间，他们确实有一支族人落在了达县明月乡的大落槽。2021年10月15日，他听说成都东部新区石盘街道、草池街道一带还有一支从涟源迁过来的邓家人，便立即驱车前往，并且很快找到了他们。这里距离天府国际机场仅仅1公里左右，对于长沙话，他们能够听懂大部分，因受现代都市生活的影响，那里语言文化保存欠佳。但是，谈起大家共同的祖先，大家心里都特别敬畏，原来他们与安仁的邓姓人家出自同族。

岁月更迭，时光流逝。多年的异乡漂泊，曾经的期待遗憾，曾经的希望和失望，一次次地交替占据着异乡游子的心，让他们一次次放下归乡的思绪。每每感到心累的时候，那温柔的乡愁便会霎时涌起，犹如潮水冲刷着孤寂的心海，淹没烦恼，轻轻地舐舐着伤痕累累的心房，抚慰疲倦的心灵。这时的乡愁，如同避风的港湾，如此温馨，如此值得回忆。如今，退休后的邓泽功有大把的时间排遣乡愁，他觉得自己最愉快的事情，就是回老家看望乡亲、去乡下收集家谱，抑或去研究博大精深的移民文化。

第九章

八千里外始乡关　乍听乡音慰客颜

与心有所系、情有所牵、梦有所寄的邓泽功相比，另一位安仁同乡童高陶就没有那么幸运了，尽管他怀揣着对故土的深深依恋，无论走到哪里都满怀热情、初心不改。某种意义上说，家乡带给童高陶更多的是失望的记忆，痛苦的回忆。生命中几次离开家乡他都是带着满腹悲伤，但是他从不责怪埋怨父老乡亲和自己的家人。他终其一生，也要让家乡父老认可他、理解他、相信他。

童高陶 1928 年秋季出生，由于家庭成分不好，他经受了常人难以想象的挫折。他的父亲最开始被评定为富农，后来又被改评定为地主，这为志向远大的童高陶施展才华设定了太多的限制。

童高陶从小品学兼优，1946 年以优异成绩考入达县师范学校。虽然自知家庭出身不好，但是童高陶依然追求进步，信仰共产主义理想，也一直期盼有朝一日能够光荣入党。中师就读第二年暑假回家后，他就郑重找到父亲，想说服他把家里的田地全部卖掉捐给国家。父亲反对，童高陶就主动去找乡政府的干部来做父亲的思想工作。父亲完全无法理解儿子的想法，觉得儿子大逆不道。遂将其叫至跟前，令其下跪，并保证今后不再做这种"败家"的事情。谁知童高陶依然坚持自己的主张，恳求父亲捐出家业祖产。父亲恼羞成怒，将童高陶全身衣服脱光，只剩下一条内裤，然后五花大绑在大门前的木柱上，叫来家丁，严加看守。半夜时分，家丁们十分疲惫便入屋睡觉，童高陶趁人不备咬断绳索，仅仅穿着一条内裤连夜逃脱。

这是童高陶第一次痛苦地离开家乡。没有人知道，那夜他经历了怎样的惊心动魄，经受了多少的折磨与不堪，内心翻腾着怎样的惊涛骇浪。

1949年9月，童高陶中师毕业被组织分配到安仁小学任教。后来，地主富农成为严厉批斗的对象，父亲也在这期间去世。童高陶闻讯后痛苦不堪。经过复杂的思想斗争，带着对家乡的不舍，童高陶决定远走他乡，去追求自己理想的事业。这是童高陶第二次带着落寞的思绪离开家乡。

能说会写、敢做敢当的童高陶来到了西南人民革命大学川北分校，领导对他追求进步、信奉共产主义的思想大加赞赏。就这样，童高陶得以留下。因为成分不好，他只能做点刷墙壁、贴海报、登记往来记事簿之类的后勤杂事。但是，热爱学习是他最好的习惯。学校书籍多，童高陶日夜苦读，沉醉其间，以此忘却家庭往事。随后，他又辗转到四川省干部行政学校工作，这里的学习环境更加优越，童高陶如饥似渴，怡然自得地默默充电学习。

1956年7月，童高陶觉得自己可以向更高的学府进军，遂报名参加全国高考，志愿填报的是北京师范大学。初心不改梦想圆，无心插柳柳成荫。没想到童高陶疗伤般的苦读竟然让他梦想成真，最终他以全省第六名的成绩被北京师范大学录取。读书期间，家里亲戚给童高陶说了一门亲事，把本村一位贤惠聪颖的姑娘谭顺秀介绍给了他。为了给谭顺秀一份安定的婚姻，童高陶在念大学之前就按照农村的规矩迎娶了谭顺秀。

1960年7月，童高陶从北京师范大学毕业，主动要求到条件艰苦的新疆伊宁工作。最终，童高陶分配到了伊宁四中从事教学工作。根据就业鼓励政策，新疆可以为妻子谭顺秀安排工作。1960年冬天，童高陶从伊宁坐客车到乌鲁木齐，再从乌鲁木齐坐火车到成都，又从成都转车到了达县。他要回家接上妻子到新疆一起生活。童高陶和谭顺秀来到乡政府请求出具证明，却被乡干部和一位村民兵连长以地主后代为名抓了起来。麻柳区公所领导严肃批评了乡干部的野蛮行径，令其立即释放如此优秀的国家干部，让童高陶尽快返回工作岗位。基干民兵却在区公所领导离开后以要回乡政府办理情况说明为由继续关押童高陶。这天夜里，童高陶在写了一篇所谓的"认罪书"后，支走看押人员，成功逃脱。然后星夜驰骋，赶上了开往新疆的列车。

直到列车启动的那一刻，童高陶惊魂未定地望向窗外，确定后面再无追兵之后，才缓过一口气来。这是童高陶第三次逃离自己终身牵挂的故乡。童高陶走后，乡上开始纠正一概而论的斗争思想，几个月后，谭顺秀也离开家乡，跟随爱情，一路来到了新疆伊宁。

1977年，国家恢复了高考，知识分子得到重用，童高陶彻底甩掉了束缚在自己脖子上的枷锁，被委以重任，并从伊宁调到了乌鲁木齐继续从事教育工作。辛勤的教学，让他桃李满园，很多学生考上了北京大学和清华大学。

想家的感觉是快乐的，但有家不能回的日子却是备受煎熬的。

1986年8月，童高陶带着二女儿童明达和三女儿童颖经过多日的舟车劳顿，一路颠簸回到了达县。班车到了麻柳，父女三人背着很多从新疆带回的土特产，徒步从麻柳走到了安仁乐山寺村，泥泞坎坷的小路把两个小姑娘的布鞋都走坏了，最后只好赤脚。童高陶把布匹等物资赠送给了曾给予他家帮助的左邻右舍、亲朋好友，还特意给邻居谭周里发了红包，感谢他给予困苦中的家人以帮助，助童家渡过难关。

童高陶的堂弟童高玉，此时身为开江县财政局总会计师，公务本就繁忙，但依然抽空全程接待。孩提时候离别，花甲之年相聚，个中滋味唯有两人能懂。兄弟俩聊得非常开心，回望坎坷路，热泪盈眶，既高兴又伤感。

因为女儿还有学业，他只好与故乡离别。这是童高陶第四次离开家乡，故乡、故人、故景，难舍难离，感慨颇多。

这一年，他已经年满58岁。他在列车上一直念叨，不知道自己和妻子是否还有机会踏上故乡的热土。

图 9.1 柚树满园，柚花飘香

童高陶参加工作那年就向组织递交了入党申请书，可是就因为家庭出身的问题，他的组织关系一直无法得到解决。直到 1990 年退休，组织上才完成对他的考验，他得以光荣入党。这一天，他高兴得像个孩子似的纵声痛哭；这一天，他足足等待了 30 年！

退休后，童高陶和妻子一直在北京生活，他一直规划着要和妻子再次回家祭祖，妻子也很想回老家见见自己儿时的伙伴、中学同学。可是，由于特殊原因，他们的行程推迟了。童高陶归心似箭，见迟迟不能启程，他便对妻子嚷道："再不抓紧机会，今后我们怕是回不去了！"

这本是一句气话，却没想到一语成谶。就在他们计划出行的几天前，一场意外的车祸夺走了谭顺秀宝贵的生命，她的年龄永远定格在了 60 岁。童高陶一直后悔自己没能提前偕妻回归家乡，以至于让妻子带着遗憾离开人世。后来每每说起此事，他都懊恼不已，痛哭流涕。

当然，让童高陶略感欣慰的是，他们的子女都特别优秀。尤其是大女儿童爱军，从小读书就特别厉害，父亲对她的学习要求也是非常严格，从不迁就。在父亲的言传身教下，童爱军的人生顺风顺水，光环绕身。

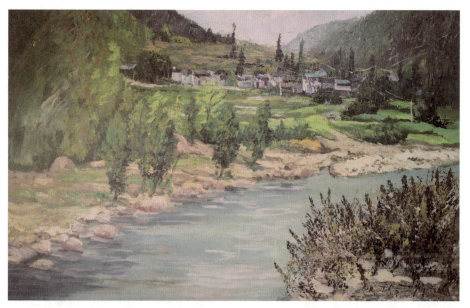

图 9.2 安仁籍画师谭顺林创作的画作"谁不说咱家乡美"

童爱军 1983 年获得新疆大学化学系学士学位,1989 年获得日本东京明星大学化学系硕士学位,1992 年获得日本东京明星大学化学系博士学位。1983 年在新疆大学化学系任助教,1992 年起在清华大学化学系先后任讲师、教授。她主攻的发展基于荧光探针技术的发光分析新方法、研究生物成像、疾病诊疗及环境监测的应用等课题,在国内很有影响。

退休之后的童高陶思乡情结更浓,他多次向子女表达想在有生之年回老家祭祖的强烈愿望。面对命运坎坷的父亲如此质朴的请求,子女们岂能拒绝。

1997 年 5 月,童高玉让儿子童明聪给童高陶大女婿清华大学罗毅教授写了一封家书,希望哥哥童高陶能够再回来一趟。罗教授刚从日本出差回国,接到信件后,及时给童家人回信,表示岳父近期身体欠安,他作为童家女婿愿意回乡认祖归宗。两个月后,罗毅乘飞机转汽车回到了开江县城。在童家人的陪伴下,往返开江和安仁,逗留了多日,才难舍地结束认亲之旅。

其实罗毅平时比妻子童爱军更忙,承担的学术研究任务更重,单凭他的简历就足以震惊全世界的同行们。1960 年 2 月出生的罗毅,1983 年毕业于清华大学无线电电子学系，现任清华大学教授、工学博士、中国工程院院士。他主要从事半导体光电子器件方面的研究工作，其中包括器件物理与设计、化合物半导体材料的外延生长技术、全息光栅的制作技术、器件制作工艺技术、材料与器件特性的评价技术；同时担任集成光电子学国家重点联合实验室主任、清华大学实验区主任。需要特别说明的是，该重点实验室在 2002 年由科技部组织的包括计算机、软件、信息材料与器件等所有 36 个信息类国家重点实验室的评估中获第一名，他当时还是国际电机电子工程师学会主办的《量子电子学杂志》编委。作为首席科学家，他正在主持国家重大基础研究项目"支撑高速、大容量信息网络系统的光子集成基础"的研究。

2018 年，身体恢复健康后的童高陶思乡情更切，多次跟三个女儿说，他要回安仁走一趟，希望在老家度过自己的 90 岁生日，这也成了老人的头等大事。由于女儿女婿工作繁杂，没有及时满足老人的愿望，老人便多次生气地说，自己独自也要回家乡去看看。老人家的心情，做子女的自然十分理解，童爱军决定抽出时间亲自安排回乡之旅。

2018 年 9 月 12 日下午，90 岁的童高陶老人在大女儿童爱军、二女儿童明达的陪同下，从北京飞抵成都。在参观了成都安仁镇的刘文彩故居后，童高陶突然间想到了很多。看到这位曾经在四川称霸的大庄园主的兴衰覆灭，再对照自己跌宕起伏的一生，心里五味杂陈，百感交集。

到了安仁，童家人为了迎接老爷子回家，特意安排了丰盛的菜肴，邀请了童高陶旧友和村民前来聚会。为了这一天，他从南方等到北方，从青春壮年等到了耄耋之年，等待了整整一个甲子，这是多么残酷又多么幸运的事情。他一遍遍喃喃自语："顺秀，我带你回家了，家乡现在建设得多漂亮啊，可是你却再也看不到家乡的模样！"

来到乐山寺村一组的公路旁边，老人家在两个女儿的搀扶下徒步爬坡上坎，穿过近千米的荆棘杂草，来到母亲的坟边。众人还没有缓过神来，老人家就跪倒在坟前，向母亲赎罪，数落自己多年的无奈和不孝。这么多年来，童高陶第一次来墓地看望母亲，他给母亲频频磕头，额角鲜血直流。一位九旬老人当着晚辈的面，情感就像开闸般宣泄不止，众人很能理解这位高龄白发老人对亲人的思恋之情。父亲的死，他不再过多地纠结，也不愿去回顾和评说，毕竟那是特定历史背景下的产物；可是对于母亲，他却有太多的亏欠，他没有尽到儿子的那份责任和孝道，甚至没有送母亲最后一程，这是他心中永远的遗憾。

在母亲的坟前，童高陶点燃纸钱，泪水长流，长跪不起。为了事业，也因为一些迫不得已的原因，他有长达60年的时间没有踏实地回过家乡。可是，家乡的样子却那么清晰地映照在他的灵魂深处，让他朝思暮想，欲罢不能。多少个夜晚，他因为想起往事而彻夜难眠；多少个清晨，他朝着家乡的方向深情眺望，欲说还休。

晚辈们在老家的庭院里为老人举办了隆重的生日坝坝宴，燃放了很多鞭炮和烟花，堂屋中间放置了9层蛋糕，童家人进行了集体拜寿。周边的亲戚和乡邻都自发前来祝贺，童高陶举起酒杯，逢人便敬，喜笑颜开，他自语道："我争取活到100岁，争取再回安仁，为了这个约定，我一定要保养好身体。"

图9.3 童高陶的子女们在老家为其祝寿

在安仁乡间小路上，老人走了又走，逛了又逛。他先是走进一间闲置多年、蛛网密布的老屋，抚摸门栓、窗棂，一语不发。然后来到一棵年份久远的柚子树前，驻足停留，若有所思。这棵树，据说是他爷爷栽下的，至今已有150岁了，幼时他常爬上树顶摘果解馋。一位侄孙走过来陪伴他，他指着老屋对侄孙说："我就在这里生活了16年，当时的童家院子很大，居住着十多户人家，咱家祖上其实很节约，省吃俭用，存下的钱粮用来置办田地，结果被评上了地主。哎！今天我很自豪，我是中共党员，家里还有很多的同志成了党员。"

提起自己家里的多名党员，童高陶笑得十分灿烂。他抚摸着地坝旁的柚子树干说："我第一次离开家乡，就是挑着一担柚子进的达县，卖掉柚子做盘缠去的南充，柚子真好，它给予了我梦想和远方。没想到家乡的柚子如今发展得这么好，希望每年都能够吃上家乡的柚子。"

听到熟悉的安仁话，他依然感觉乡愁难解，意犹未尽。可是陪同他的大女儿却被一拨又一拨电话催着回去，她承担着国家重大实验项目和清华大学博士培养教学任务。马上就要离开家乡了，童高陶是那么地不舍，因为他知道，这或许就是他最后一次和家乡亲人相见了。此时，童心未泯的他，突然想到了儿时过年随院子里的同伴去安仁龙头桥看板凳龙表演的场景，便提出请求，希望家人能够让他有机会再次见识一下板凳龙的风采。在安仁乡政府工作的侄孙童远泉听了爷爷的想法马上回复说，一定想办法满足爷爷的这个愿望。

赓即，童远泉向安仁板凳龙第九代传承人谭显均发出请求，谭显均早就听说过童高陶波澜起伏的人生经历，对他充满了好奇，也充满了敬意，于是自告奋勇地承担了这项表演任务。他叫来街道、学校、社区的板凳龙表演者，还叫来了他的弟子、安仁板凳龙第十代传承人谭浩强协助，大家换上鲜艳的表演服、提着板凳龙、扛着旗幡道具，径直来到童高陶的旧居，专门为他进行了一场特别的表演。

这场表演，大家非常投入，每一个动作都力求做到形神兼备，毫厘不差。童高陶看得如痴如醉，心潮澎湃，表演音乐结束后，他依然沉浸在那似曾相识的旋律中，久久回味着。

图9.4 "安仁三绝"文化展览馆陈列的板凳龙

　　谭显均本来计划给童高陶赠送一条板凳龙，可是他年事已高，加之飞机上不便携带，情意被婉拒了。为了弥补遗憾，谭显均领着这位陌生的长辈参观了他早已耳闻的"安仁三绝"展览馆，看到家乡的非遗文化保存得如此完整，创新得如此神速，他多次向谭显均竖起大拇指夸赞，然后还用拗口的"长沙话"与乡亲们交流。此时此刻，童高陶才切身感受到，自己是真的回到了家乡。

　　应该说，这次的家乡行，彻底了却了童高陶的心愿，也解开了过去的心结，他可以了无牵挂地踏上归途。

　　这是童高陶第五次离开家乡，这一次，他再无怨言，再无遗憾，再无羁绊！

　　2021年端午节后，93岁的童高陶带着对家乡浓浓的眷恋，安详地离开了人世。在葬礼上，他的三女婿情真意切地对来自老家的亲人说道："因为三年前回了四川老家，岳父心情愉悦，神清气爽，又多活了三年，感谢家乡亲人的热情接待，这份情我们当子女的一定永远铭记。"

　　每一个光阴流转的季节更替，都是一段难以忘怀的锦瑟流年；每一个颠沛流离的游子身后，都有一桩难以启齿的心酸往事。从春有百花秋有月，到夏有凉风冬有雪；从晨光熹微到暮色四合，从牧童早读到黄昏炊烟。读懂四季，也便读懂了人生浮华；看懂乡愁，也就看懂了世间百态。邓泽功的初心感悟、童高陶的执着追求，又何尝不是道出了每位游子共同的心声？

第十章

春风一夜吹乡梦　追逐风铃到故乡

千里寻亲苦，万丈豪情高。

2021年10月2日，杨煜泉邀请了一拨乡贤到杨氏家族修建的山村别墅"煜仁居"畅谈小聚，研究讨论"安仁三绝"文化传承事宜。上午11时许，大家交谈兴致正浓时，杨煜泉突然接到他在老家场镇卖饲料的大哥的女婿郑祥平打来的电话，说他门市上有位来自湖北黄冈的杨志华先生，受爷爷杨涵春的临终嘱托，专程来到安仁寻找他一位名叫杨椒富的亲人。杨煜泉的父亲确实名叫杨椒富，生前系安仁食品站的站长，在当地人脉很好，但已去世多年。

杨煜泉接到电话，一看快到饭点，立即安排侄婿郑祥平把杨志华引到场镇最好的卓越酒楼候餐，由于家里还有很多客人，杨煜泉叮嘱五弟杨煜军从家里赶到酒楼作陪，临走时杨煜泉一再交代五弟："既然是我们杨家人，无论有无血脉关系，都要以最高规格接待。"

杨煜军来到卓越酒楼时，杨志华表示他此行只为寻找亲人杨椒富，吃饭就不用了，因为他还有三个朋友在距离场镇两公里外的杨家坪等待。杨煜军不由分说就拉上杨志华往杨家坪方向疾驰而去，接到杨志华的三位朋友返回后，酒楼的饭菜已经上桌。杨志华说，尽管他走南闯北二十多年，但这仍是他这辈子吃到的味道最好的饭菜，只因为这饭菜里有浓郁的家乡味道、亲情味道。

饭毕，一行人急匆匆地赶到"煜仁居"，主人杨煜泉早已等候在门口。杨志华迫不及待地询问关于杨椒富的信息，杨煜泉则耐心询问杨先生家里的详细情况，这一摆就是两个小时。一个家乡老红军背井离乡参加革命、经受打击，却初心不改，危难时刻不忘家乡的感人故事也慢慢向大家铺展开来。

1922 年春，杨志华的爷爷杨涵春出生在安仁乡杨家山上，由于家贫，在家排行老三的他从未上过学，从小就在地主家里帮忙下苦力。吃尽苦头的杨涵春听说红军可以救黎民大众于水火之中，便时刻盼望红军的到来。1933 年金秋某日，杨涵春听说有一路红军来到了安仁乡乐山寺村的插旗山上，这些红军行动统一，纪律严明，不拿群众任何财物，还主动帮农民下地干活，带领农民反抗地主的剥削压迫。说者无心，听者有意。时年不到 12 岁的他马上把二哥杨涵兴叫到一旁，说出了自己想要离家投靠红军的想法，叫二哥一定保密。岂知杨涵兴也早有此意，于是兄弟二人次日公鸡打鸣时分便悄悄起床匆匆离家。谁料这一走，就是 60 年，而且兄弟俩再未相见。

兄弟俩很快在插旗山上找到红军，并被分配到了不同的连队，此别之后，再无消息，杨涵春后来估计二哥已经牺牲。当时，红军给他俩分别发了一把镰刀，让他们佯装放牛娃从事敌情侦察工作。杨涵春跟随部队风餐露宿，一路征战，不知不觉就度过了四年时光。1937 年盛夏的一天夜里，由于叛徒告密，敌军突袭了他们位于湖北黄冈罗田县的营部，双方短兵相接、殊死搏斗。杨涵春英勇抵抗，不幸受伤并陷入深度昏迷。杨涵春至今也没明白那天晚上到底经历了怎样的血雨腥风和刀光剑影，反正天亮的时候，部队人马被全部打散，不知所终。而他，从此与部队失去联系，再无集结。

被丢在罗田县的杨涵春，人地生疏，语言不通，不知所措，独自躲在桥洞里。最终，他被当地一名道士发现并收留，尔后又被一郑姓人家买去。郑家没有孩子，待他还不错，送他上了几年学，因此他达到了初小的文化水平。

因为担心说出自己身份可能招致各种麻烦，杨涵春一直对自己参加红军的事守口如瓶。由于杨涵春是唯一的外姓人，所以当地人很是排斥他，直到他与毛家女子结婚后，境况才得到改观。因为毛家是大姓，在当地有一定的影响力，杨涵春此时才有了挺直腰板做人的底气。1951年，杨涵春的第一个孩子出生，因为刚刚分得了田地，所以取名杨得田。而此次来到安仁老家寻亲的杨志华，正是杨得田的幼子。杨得田希望儿子有远大志向报效祖国，所以取名杨志华。

1957年6月，根据上级要求，当地开始对一些身份可疑人员进行严格审查，有人一直担心杨涵春是特务分子，便向公安机关告发。于是，公安机关将其作为重点人物盘查，杨涵春只好对公安谎称，自己11岁多时从四川达县安仁乡逃荒到了湖北落脚，而对自己参加红军的经历则只字未提。直至当地公安机关来到杨涵春的老家安仁乡调查后，才知道他不仅不是所谓的特务分子，还是一名积极投身革命事业、为新中国解放作出了积极贡献的红军战士。回到湖北，公安机关反复开导杨涵春，叫他说明事实真相。杨涵春这才战战兢兢道出了自己参加红军的经过，可是因为年幼，当时带队的连长、排长叫什么名字，部队什么番号，他一概答不上来。也正因这个原因，杨涵春的红军待遇当时没有得到落实。杨涵春识大体顾大局，他说与他一起战斗的很多战友都牺牲了，比起他们来说，他是幸运的，待遇对他来说已经不值一提。好在组织最终于1958年彻底查清了杨涵春1933年春加入红军的事实，明确了他的红军身份，为他落实了红军待遇，杨涵春这才有了一份收入。

也就是在这时，杨涵春才知道老家的亲人都还健在，于是通过书信和老家亲人取得了联系。通过书信，杨涵春得知唯一的哥哥已经去世，其子杨椒富，住在麻柳镇上，靠编织藤椅为生。1986年冬，在一次去湖北武汉销售藤椅的过程中，时年36岁的杨椒富因为藤椅销售不好滞留武汉，便抽空乘车去了黄冈的罗田县看望叔叔杨涵春。叔侄相见，无比亲热，杨涵春挽留杨椒富在自家小住多日，叔侄俩日夜唠嗑，形影不离。

杨涵春堂哥的儿子杨椒尚在部队当兵，杨涵春得知后，马上叫妻子给其纳了几双鞋垫邮寄过去，后来杨椒尚转业回到麻柳区公所当了副区长。1994 年 3 月，离家 61 年的杨涵春在三女婿范奉江的陪同下，终于回到了朝思暮想、魂牵梦系的家乡，他第一站就来到麻柳场探望侄子杨椒富，而当时在麻柳加油站当站长的杨椒富姐姐的儿子（外甥）王世全全程陪同、盛情款待，给杨涵春留下了极深印象。那些天，杨涵春真正体会到了什么叫骨肉亲情，什么叫血脉相连，什么叫故土难忘。

好不容易来到老家杨家山上，时年 73 岁的杨涵春激动不已，他一路小跑朝着自家的老屋奔去。此时，父母早已仙逝，长久思念的大哥也离开人间，他来到自家门口，泪雨滂沱，长跪不起。破旧老屋，断瓦残垣，门前石级，杂草丛生，勾起了他的无穷回忆和无尽思念。

在杨家山，杨涵春得到了亲人们的热情接待，尤其是侄子杨椒才、杨椒银时刻陪伴，而孙子辈的杨煜高、杨煜均、杨煜烈三兄弟，也是关心备至，一再挽留。离家的时候，杨涵春邀请杨家亲人一路赶车来到麻柳镇的像馆，拍下了几张珍贵的照片。其中，杨涵春与杨煜高、杨煜均、杨煜烈三兄弟的合影，以及他与杨椒富的外甥王世全一大家人的照片此后一直揣在老人家的口袋里。

最明家乡月，最亲故乡人。相隔万水千山，只能日夜思念，已过古稀之年的杨涵春向亲人们承诺，一定会偕子孙常回家看看。可谁知世事难料，这一去就再也没有回来。2010 年 8 月，病魔缠身的杨涵春知道自己不久将离开人世，便将三个儿子、三个女儿叫到跟前，一再叮嘱："你们的根在四川达县安仁乡杨家山，你们一定不要忘记了你们的祖宗，随时回去敬奉列祖列宗，回那里就直接去找唯一的亲人杨椒富。"当时在场的杨志华见没人吭声，就挤过去牵着爷爷的手说："爷爷，您就放心吧，我们一定代您常回老家祭拜先祖！"听着孙子的话，杨涵春满意地点点头，使出最后一丝力气，从衣袋里掏出了和老家亲人的两张合影照片郑重交到孙子的手中。然后，含笑离开了这个他无限眷念的世界。

1978 年出生的杨志华知道，了却爷爷愿望的重任或许从此落在了他的肩头，但是他觉得自己事业还未成功，无颜见家乡父老。所以他发誓，务必脚踏实地，加倍奋斗，等到事业有成的那天，他一定要衣锦还乡，先找到杨椒富叔叔，然后叩拜列祖列宗。

在广东佛山工作一段时间后，杨志华来到山东临沂拓展业务，朋友见他诚实守信、诚恳务实，便邀他留下一起创业。于是，在2012年他做出了此生最为重要的选择：留在他乡山东临沂自主创业。这与当年爷爷扎根异乡何其相似！很快，他和朋友一起开办了一家型材厂，专门生产铝塑合金门窗，不久后又开办了一家模具厂，生意做得有模有样。次年，杨志华在当地购了新房，把妻子、女儿、儿子全部从老家接到了山东定居。这些年，杨志华的事业风生水起，但是，无论生意再忙，他都不忘一件事：那就是回老家寻亲拜祖！

过了不惑之年以后，随着阅历增长，杨志华回家寻亲的愿望更加强烈。2021年7月，他花20余万元在武汉为年过古稀的父亲做完腰椎手术后，行动不便的父亲突然提起爷爷的遗言，杨志华再次深为触动。他掏出爷爷交给他的两张照片，含泪对父亲说："爸，今年之内我一定会了却爷爷的愿望，一定要找到老家的亲人！"

回到山东后，杨志华食不甘味，夜不能寐。朋友看出他有心事，纷纷开导他。得知他想去四川寻亲，都极力支持，当时正好有几位南充和宣汉的朋友国庆期间要回老家，杨志华喜不自胜，当即表示国庆节一起去四川，几位四川老乡踊跃举手愿意陪同当向导。为了避免国庆假日期间拥堵，杨志华安排四川的几位朋友节前就开车从临沂出发先到南充，然后他晚一步乘坐飞机赶到南充会合。

2021年10月2日清晨天还未亮，杨志华就怀揣爷爷留下的照片，与南充和宣汉的朋友共五人驱车直奔安仁乡。杨志华没有去过安仁，对安仁的所有印象仅仅停留在30年前爷爷回了趟老家后所作的一些简单描述上。他只好开启百度导航，搜寻达州杨家山。可是，百度里根本找不到杨家山，只有杨家坝的选项，但是杨家坝跳出了两个选项，一个在亭子和福善方向，一个在安仁乡，杨志华毫不犹豫选择了后者作为目的地。

当天上午 10 点半，车子行驶到麻柳与安仁交界处时，导航进入盲区，杨志华下车询问路边的一位老乡，老乡说他正是安仁人，但他只知道有一个杨家山却并不知道杨家坝。杨志华喜出望外，因为他要找的地方正是杨家山。天气炎热，他把这位老乡请上了车。到了导航提示的杨家坝，老乡说山坡上面就是杨家山。杨家坝距离老乡要去的安仁场镇还有两公里，心细的杨志华决定把老乡送到场镇。为了记住路，他叫同路的几位朋友先下车，让他们就在公路旁原地等待。

车子到了场镇入口的桥头，老乡下车了。下车的地方正好有一个超市，杨志华心想，超市是人群聚集的地方，信息量大，对当地情况应该较为熟悉，于是下车询问当地是否有叫杨椒富的人。出乎意料的是，超市老板告诉他，安仁杨家山就有两个名叫杨椒富的，乐山寺村还有一个叫杨椒富的人，但是这三人都已经离世。见杨志华有些失望，热情的店老板谭先生马上说："乐山寺村这个杨椒富虽然不在了，但他的子女都很有出息，我马上帮您找到他们。"说完，就拨通了在场镇卖饲料的郑祥平的电话，因为郑祥平是杨椒富大儿子的女婿，也就是杨椒富的孙女婿。而在杨家这个大家庭里，最有话语权和影响力的是人称"四哥"的老四杨煜泉，郑祥平马上就联系了叔叔杨煜泉，这才有了前面说的杨煜泉安排五弟盛情接待杨志华的一幕。

因为杨志华的爷爷反复给他说，家乡的老屋门外有一块巨石、一个水缸、一口水井，很显然此杨椒富并非他要寻找的那个杨椒富。杨煜泉曾去过杨家山多次，在他的倡议下，杨氏家族在杨家山修建了杨家祠堂，所以他知道杨志华说的这个杨椒富应该就在杨家山上。于是，杨煜泉亲自带领杨志华来到了杨家山。第一次来到老家的杨志华，下车的第一件事情就是祭拜先祖，他购买了很多的冥币、鞭炮、烟花，在祖坟和杨家祠堂逐一祭拜。乡亲们很快聚集过来，并帮忙找到了其中一位杨椒富的弟弟杨椒贵，但是核对相关细节后被排除。一行人又想方设法找到了另外一个杨椒富的后辈，结果他们祖父那一辈的没有一个离开过家乡，都在老家终老。

三个杨椒富都非杨志华爷爷所说的他家唯一的亲人，加之杨家山地势险恶，生存条件较差，山上很多村民都陆续搬离了大山，剩下的基本都是老弱病残，他们对外面的信息知之甚少，所有线索就此全部中断。杨志华非常失望，这让陪同寻找的杨煜泉也颇感意外。

　　此时已是下午五点，山东临沂的厂家多次电话催促杨志华回去签订重要合同，杨志华只好打道回府。离开杨家山的时候，天色已晚，杨志华一步一回头，泪流满面地说："我不会放弃，我还会回来的！"

　　杨志华那失望的眼神，深深刺痛了杨煜泉的心，他从杨志华手里要过了一张杨涵春当年回老家和亲人一起拍摄的照片，并一再对杨志华说："安仁就是你的家，我就是你的兄长，想家的时候就来我家吧，煜仁居永远是你温馨的港湾。"同时，他反复在心里对自己说："一定要帮杨志华实现寻亲觅祖的愿望，不能让这个重情重义的兄弟失望！"

　　杨煜泉听说杨椒富的后辈曾在麻柳生活，就把重心放在15公里以外的麻柳场镇寻找。10月5日下午，杨煜泉约上老家的安仁通、安仁板凳龙第九代传人谭显均一起到麻柳帮忙寻找。

　　杨椒富曾在麻柳编织过藤椅，杨煜泉、谭显均于是来到麻柳酒厂至汽车站之间的所有门市逐一询问，因为以前这里就是有名的麻柳藤椅一条街。但是，随着老一代藤椅人的消失，而今这里已经找不到一家专业的藤椅门店，两人一无所获。但是，杨志华曾向杨煜泉回忆说，杨椒富的女婿王世全曾在当地一家加油站当站长，杨煜泉和谭显均于是来到场镇入口处的中石油加油站询问，连续问了好几名职工，他们都不认识此人。两人于是来到加油站围墙外的农户家打听，一位大伯说，他隔壁正好有一家姓杨的。找到杨姓人家，结果人家却是土生土长的麻柳本地人。接着他们又找到这个村已经72岁的老村长，老村长回忆说，加油站以前确实有位名叫王世全的站长，但是他二十多年前就离开麻柳去成都搞建筑了，无人知道他的联系方式。

　　杨煜泉和谭显均两人，满腔热情，马不停蹄，连水都顾不上喝一口，又转战别处寻找。天快黑了，可是寻亲工作丝毫没有进展。走着走着，杨煜泉突然想到了中央电视台的《等着我》栏目，于是马上通过网络搜索到栏目号码并向其求助，栏目很快发来"宝贝回家"川东区域负责人电话，这位负责人表示会尽全力协助寻找，并且吸纳杨煜泉为"宝贝回家"寻亲志愿者。于是，杨煜泉和谭显均便以"宝贝回家"志愿者的名义在街道寻访关于王世全的蛛丝马迹。这时，有人提供信息说，王世全的舅舅确实叫杨椒富，但不知其现状，王世全也有多年没回过场镇，以前他们住在农友街。谭显均这时突然想到自己有一个朋友夏建国就住在农友街，找到他或许就能获取一些新的线索。

可是，一连打了十多个电话，夏建国就是不接。听说杨煜泉是"宝贝回家"志愿者，街道很多群众围过来出谋划策，其中一个妇女说，她知道夏建国老婆上班的地方，并亲自将杨煜泉带到了那里。正巧夏建国的老婆准备出门，听说是来找他丈夫的，她很是热情。原来，夏建国陪朋友多喝了点酒，正在家里睡觉。

睡眼惺忪的夏建国被叫醒后，看了照片上面的那个小家伙，他一眼就认出来了：这就是他的发小王奉军！但是他们已有十几年没有见面了，只知道他和他的父亲王世全在成都搞地产开发，生意做得不错，而杨志华寻找的杨椒富正是王奉军的外公！

杨煜泉听到这个消息，异常兴奋，迫不及待地要夏建国给王奉军打电话。夏建国一边掏手机，一边喃喃自语："好多年没有联系了，不知道还能找到电话号码不，即使能找到，也不知道人家是否更换新号码了。"

电话很快接通了。让夏建国意外的是，王奉军居然保存着他的号码，得知湖北亲人寻找他父亲和外公，王奉军也甚为激动。紧接着，杨煜泉加了王奉军的微信，当王奉军在微信中看到1994年拍摄的那张照片时，连连说道："有印象！有印象！以前家里也有一张类似的照片，但是后来搬家就整丢了，我那时大约10岁吧，当时外曾祖父杨涵春还夸我长得乖巧机灵，并说今后肯定有出息呢！"

很快，王奉军告知了杨煜泉其父亲王世全的电话号码，根据王世全提供的其舅舅杨椒富的电话，杨煜泉很快联系上了 71 岁的杨椒富老先生。杨椒富身体尚可，晚年生活非常幸福，听说叔叔杨涵春的孙子回家寻亲，很是激动，表示一定要尽快相见。

这天晚上，已经开车回到山东临沂的杨志华听说找到了杨椒富及其后辈，特别兴奋。他立马与叔叔杨椒富在电话上煲起了电话粥，并与叔叔一家约定，今年春节，湖北亲人、成都亲人、安仁亲人，一定要在杨家山好好团聚，大家一定要经常往来互动。

漫漫寻亲路，浓浓故乡情。家在的地方，就是归途。

次日，杨志华给杨煜泉打来电话说："四哥，虽然您父亲不是我要寻找的那个杨椒富，但是我现在想说的是，你们都是我日夜思念的亲人，我们都是杨家山的后辈。今后，您就是我的亲大哥，欢迎您随时来山东和湖北做客，我们永远是相亲相爱的一家人。"

2022 年 4 月 5 日，因未能亲临安仁参加杨家山的清明祭祖活动，杨志华深表歉意，在全程视频互动的同时，捐款 2000 元作为宗亲们的祭祀活动费。

第十章 春风一夜吹乡梦 追逐风铃到故乡

第十一章

抢救「非遗」
——国家级非遗达州安仁板凳龙系列传统文化抢救纪实

百年夔橙香千里　　唯有果香醉我心

"安仁三绝"里的重要一绝，就是带给安仁乡亲致富希望的安仁柚，它深藏在安仁的山坡田垄、高山坝下，历经百年而不衰，如今更是因为成了国家地理标志产品，而声名远播，供不应求。

图 11.1 柚子园里摘柚忙

安仁柚以前的名字叫夔橙，从重庆奉节移植至安仁已有三百年的历史，关于夔橙还有一个美丽的爱情传说。

话说安仁乡的能工巧匠特多，尤其是以木匠、石匠、泥水匠居多。

他们一般三五成群结伴从家里出发，通过开州、万州再往长江中下游的宜昌、武汉进军。那时候长江沿岸有很多的大户人家，为了在当地扩大影响力，不断地修建大院、寺庙、宗祠，匠人一做就是很长时间。清康熙六十年（1721）夏天，安仁严马庙村的青年谭尊山，在其老表邓宗义的带领下，来到三峡有名的奉节夔门的一个大户人家做木匠雕刻工艺，这家人很富有，需要雕刻制作的东西极多，谭尊山等在王家一做就是一年有余。

谭尊山不仅仪表堂堂脑瓜灵活，而且做事踏实特能吃苦，深得东家的赞赏。东家有一千金，知书达理，水灵秀气，是远近闻名的大美人。她没事的时候就喜欢躲在谭尊山的身后看他弹线劈木、雕梁画栋，一来二去，两人眉目传情，灵犀共鸣。眼看东家的活儿就要结束了，谭尊山知道自己很快将要离去，但又舍不得心上人，十分落寞，便斗胆向姑娘表白了，没想到姑娘几乎不假思索就答应了，表示愿意随他去四川。

图 11.2 安仁三绝展览馆里的"安仁柚的传说"雕塑

敢爱敢恨的姑娘，勇敢地向父亲提出要随谭尊山嫁往四川达县的想法。父亲虽然知道谭尊山是个很精明有造化的小伙子，但是依然舍不得女儿远嫁他乡吃亏受苦，便设置了苛刻条件。他对爱女说："如果你非要跟随谭家小伙去偏僻贫困的川东小县生活，我就不给你打发嫁妆。"谁知女儿听了竟然满口答应："爹，只要你答应这门亲事，你什么嫁妆也不用打发，我只要咱家门口的那两棵柚子树。当我看到挂满枝头的柚子的时候，就相当于看到了日夜陪伴的爹娘。"

　　就这样，王家安排车夫走了七天七夜，一路颠簸，终于将两棵已经挂果的夔柚树从奉节运送到了安仁，这就是在安仁家喻户晓、流传了三百年的"柚女出嫁"经典故事。由于这两棵柚子树来自夔门，所以安仁柚又名"夔橙"，这个叫法一直沿袭至今。而今，这棵母树一直屹立于五通庙村谭尊山的女婿邓之润墓旁，成为矢志不渝的爱情象征，也成了安仁柚历经风霜愈加润泽甘甜的历史见证。

　　安仁柚最大的特点是，甜而不腻，很适合在吃了大鱼大肉之后清肠解油。吃完之后的那股麻味非常特别，甜中有麻，麻而不酸，虽麻却又不显得难受。相传那时的夔橙很受朝廷高层青睐，当地官员通过长江水路运送到京城进贡。当时朝廷文武百官对夔橙爱不释手还有一个重要原因，晚清时期的很多官员都有吸食鸦片的习惯，吸食鸦片后口里特别难受，有一种压不住的味道，而夔橙吃完后的那股麻味正好压制了吸食鸦片后的不适之感。

图 11.3　成群结队采摘安仁柚

话说夔橙落户安仁后，通过反复嫁接，品种在原有基础上有了很大改进，很快在老百姓的庭前院后生根落户，但是都比较零星，基本上是谭尊山自家及其亲戚在栽种，真正实现普遍种植推广还是在 20 世纪 60 年代以后。每种果树的成长繁荣，都有一个漫长的改良过程，安仁柚也不例外，它同样经历了一个艰苦的磨砺周期，经过几代人的不断嫁接改良，才有了今天清热润肺的功效和入口化渣的独特口感。

夏华厚应该算得上是为安仁柚改良立下汗马功劳的一位"重臣"。1957 年出生的他，一直从事乡村医生的职业，手艺不错。乡村医生空闲时间较多，不出诊的时候，他就爱钻研果树知识，并从书店自费买来一些书籍自学自种。经过不断的大胆摸索，他于 1982 年开始进行柚树育苗，1983 年开始大面积培育。因为担心经验不足，夏华厚当时小心翼翼，仅仅栽种了半亩地，并与乡政府签订了购销协议，每株柚子树苗 5 毛钱。乡政府的历任领导都觉得安仁柚品质高、易栽种，遂大力推广。正是由于当地政府的有序推进和政策激励，加上专业育苗人员的精心管理和统筹谋划，安仁柚步入了一个快速发展的黄金时期。那段时间，安仁的父老乡亲家家户户都在争先恐后忙着栽种柚子树苗。院坝前、田埂上、屋檐后，一切可以利用的土壤全都派上了用场。

图 11.4 夏华厚技师接受媒体采访

安仁属于浅丘地带，土层较薄，农作物收成不甚理想，但是土壤对果树的承载力强，回报率高。20 世纪 80 年代初期，猪肉每斤只卖两元钱，清油每斤大约 1.5 元钱，煤油每升 0.4 元，食盐每斤 0.5 元，但是安仁柚子每斤却可以卖到 3 元左右，最大的柚子甚至可以置换 5 斤猪肉。因为行情看涨，老百姓栽种柚树的积极性空前高涨，夏华厚也全力发展自己的苗圃。与此同时，乡政府提出了"田里饱肚子、地里挣票子"发展思路，也就是田里种稻谷，地里栽果树，全乡涌现出了很多的柚子专业户。金鸡牌村的郑景永成了全乡的第一个柚子产业万元户，紧接着周贤守、谭顺宗等后来居上，每年柚子销售收入都能轻松破万。尤其是身为乐山寺村村主任的谭顺宗率先垂范，带头种树，其承包的田地里面全部种上柚子树苗，三年后就已经全面挂果，起到了很好的带动作用。当年郑景永拉一车柚子去成都驷马桥水果市场销售，竟然一次性赚了 12000元，这让周边老百姓羡慕之极，难以置信。

11.5 安仁柚树下仰望大柚子的男孩

一时间，安仁柚在达县水果界的名声愈来愈大。柚子树大面积的栽种，自然离不开专业的技术指导，夏华厚、吴名坤等育苗骨干很快被委以重任，他们被聘任为全乡安仁柚专业技术员，英雄终于有了用武之地，果农终于有了官方指导，讲究科学栽种管理，不再盲目蛮干。

勤学好问、年富力强的夏华厚对柚树的研究几乎到了废寝忘食的程度，如果要找他，随时可以到他的苗圃将他逮个正着。他对柚子树的育苗技术不断创新，精益求精。柚子树的嫁接分为枝接和芽接两种，各有利弊，互有市场。夏华厚最先采用的是枳壳种植技术，这种技术的优点在于其根系发达，易于吸肥，抗旱能力强，枝条、穗条都易于生长，缺点就是周期长。使用枝接技术，枳壳不易生虫，但是成活率低；使用芽接技术，成活期长、温度适中、接触面积小、愈合较快。但是无论是枝接还是芽接，最好的季节都是3月和9月，9月之后树木就要进入休眠期，特别是南方落叶乔木全部进入休眠状态，所以要抓住这两个月的有利时机促进树木因子的活跃生长。

每年的2月，是夏华厚最为繁忙的时节，此时柚子枝芽尚未萌发新芽，他要在母树的树冠上剪取上年的春梢或者发育充实的秋梢，剪去叶片，斜埋于湿润的细沙里，每隔5—7天就打开检查一次，透透气再埋藏，在当年的3月、4月嫁接前取出，削去接穗下部不充实的芽，削面成45度，转过来再削去梢带的木质皮层。这是一个细致而枯燥的过程，出不得差错，需要不厌其烦地如法炮制。

"成功的花，人们只惊慕她现时的明艳，然而当初她的芽儿，浸透了奋斗的泪泉，洒遍了牺牲的血雨。"冰心的这段话，用在安仁柚的育苗上面依然是恰如其分。今天的安仁柚能够赢得消费者的交口称赞，就是因为有很多像夏华厚这样的技术人才为它的升华蝶变作出了大量贡献和努力。

为了改善和了解安仁柚的口感及其营养成分，

图 11.6 黄澄澄的柚子让果农喜不自胜

图 11.7 正在吃安仁柚的百岁老人赵世信

夏华厚在安仁周边方圆 30 公里的乡镇分别试栽了柚树。经过反复做实验，结果证明，受土壤、水质、阳光等因素的影响，柚子的口感味道、个头大小、果皮色泽等都有所不同，特别是安仁的土质与其他地方尤其不同，结出的果子无论味道还是大小都明显高出一个档次。后来他将安仁泥土送到达县土肥站化验，结果再次验证他的猜测，安仁的土壤富含多种有利于柚子生长的微量元素。让夏华厚更感意外的是，他的婶婶赵世信老太太（出生于 1917 年）是安仁乡唯一的百岁老人，特别喜欢吃柚子，每天吃半个，家里的柚子从下树要一直储存到次年二三月份才吃完。老太太生病感冒了从不吃药，摘下几片柚子叶用铁罐熬水，然后把头伸进罐子里，头部搭上一根长毛巾，半密封状态下蒸个十几分钟，感冒自然就好。整个冬天，她以柚养肺，从不咳嗽，也极少生病，抵抗力很强。这个发现，让夏华厚如获至宝，特别激动。他奔走相告，四处宣传自己对安仁柚的独特见解以及通过化验得出的科学数据。安仁乡党委、政府十分重视当地的产业发展，顺应民意，将安仁柚作为农民脱贫致富的重要产业来发展。随后安仁柚连年丰收，发展势头良好，引起了市县领导的高度重视，各级农业专家纷纷到安仁提供技术支持和资金援助。夏华厚在育苗的过程中，受到其叔父、达县农业局高级农艺师夏云政的悉心指导，夏云政研究茶果三十余年，又是土生土长的安仁人，他把自己所掌握的理论知识全部教给侄子，这让夏华厚的理论基础得到了较大的提升。

其后，乡政府又专门指派夏华厚参加四川省农业科学院组织的为期半个月的"特色水果"专题培训班，获得了技术等级证书。丰富的实践经验再结合不断的培训学习，以及专家的专业指导，使得夏华厚对安仁柚栽种有了更全面的技术掌握。安仁柚也迎来了众星捧月、一枝独秀的良好发展局面，百姓的栽种积极性空前高涨，有的家庭甚至把其他果树砍掉，全部替换成柚子树，更有甚者，将家庭承包地全部用来培育柚子树，大力发展柚子产业经济。

柚子的大规模栽种，带动了安仁部分人先富起来，也孕育出了一些中间销售商。20世纪90年代，安仁本地较为有名的柚子销售商颜怀兵、郑景永、肖前富等人，通过销售柚子获利不小。为了抢购柚子，有的商贩在柚子还没有全熟的时候，就主动上门，挨家挨户地登记预售。几家销售商不仅在价格上展开较量，有的还预付定金。那个时候，安仁柚子在成都驷马桥水果市场很有地位，果子拉去后很快就售罄。

但是，竞争也产生了一些负面效应。最明显的就是，有的果农在距离柚子成熟还有一两个月的时候就提前采摘，然后用稻草捂熟，最后虽然色泽是好看的橙黄，但是味道就大相径庭，水分也不够充足。再后来，柚贩们都约定俗成地安排果农提前摘果，有的使用催黄素，有的则采用多放置一段时间的方式来人为催熟柚子。

谁欺骗了消费者，市场就会疯狂报复谁。果然，两年之后安仁柚在驷马桥的口碑江河日下，曾经趋之若鹜的安仁柚摊位突然间冷冷清清，无人问津。柚子销量下滑导致果农的积极性直线下降，在2005年前的十多年时间里，安仁柚栽种的株数下降了50%以上。有的柚子树由于无人管理而活活死掉，很多柚子留在树上无人采摘，任由柚子掉落在田间地里，还有的果农直接大面积砍伐柚树，栽种其他果木，或者恢复种植粮食，柚子产业出现了令人痛惜的大倒退。

直到2014年左右，在达川区委主要领导的推动下，安仁柚重新被纳入全县农业产业发展重点项目，区委提出了在全区种植10万亩柚子的目标，从安仁到县城50公里道路两旁的土地全部密集栽种柚子，区委主要领导亲自到地头栽种，安仁相邻的乡镇自觉认购柚子树苗免费发给当地农民试育。安仁乡党委、政府也提出了把柚子作为全乡主要农产业的目标，并且决定从外地引进资金和技术重新打造柚子产业，重塑安仁柚子的辉煌。

图 11.8 安仁柚及其衍生产品备受欢迎

重新打造安仁柚品牌的消息不胫而走，很快传开，不少有安仁柚情结的人纷至沓来，跃跃欲试。

2014 年 11 月，安仁正是遍山金黄、柚果飘香的时节，一位个子不高、身材微胖的汉子来到了果园调研，他吃住在附近的一户果农家，一待就是一个多星期。这位汉子，就是出生于 1959 年、时年 55 岁的农业产业企业家谢富恒。一个改变安仁柚命运的人物，在悄无声息间落户安仁，进而改变了整个安仁柚的发展格局，将安仁柚的美誉推向了一个新的高度。

谢富恒对中医有所研究，从小读了很多的医学专著，虽然没有医师资格证，但是对中药材的种植管理和药效特点很有兴趣。此前，谢富恒在百节镇的乌梅产业园流转了 300 亩土地种植乌梅，而且有三分之一的乌梅已经开始产生效益。如果不是几年前他有幸品尝到安仁柚子，或许这辈子他会一直与乌梅产业结伴前行。可是，当他品尝到甜嫩可口的安仁柚之后，便对安仁柚有了一种难以忘却的印象，他甚至不太相信口感如此美妙的柚子出自身边的安仁乡。

中医出身的谢富恒，对柚子瓤、柚子壳、柚子叶的药用功效有所研究。很巧的是，当时他有点感冒，咳嗽严重，在吃了几个柚子之后，咳嗽症状居然缓解了很多。他心想，安仁柚确实是个好东西，倘若好好发展，必然商机无限。

图 11.9 谢富恒心中的宝贝——安仁柚

谢富恒来到农办主任吴传明的办公室，表示自己有意入驻安仁，流转土地，全力以赴发展柚子产业，希望得到农办的支持。吴传明自然是十分高兴，安仁柚品质不错、口感绝佳，但是由于没有资金注入，没有形成产业合作规模，果农们都是零星种植，难以形成拳头竞争，无法达到规模化、集约化、专业化的效果。得到吴主任首肯后，谢富恒又马不停蹄地去找区委领导汇报，得到的同样是赞许和支持。

然后，谢富恒亲自到安仁乡的柚子栽种区现场考察，当时眼前安仁柚的萧条场景，让他异常惊诧，简直无法与曾经一果难求的兴旺情景联想在一起。眼前掉落的柚子重重叠叠、布满沟壑，很多已经腐烂，散发着难闻的臭味，树上的果子则表皮褶皱，青黄兼有。还有的村民正在用锯子和斧头砍伐柚子树，因为柚子此时每斤只值 5 毛钱，他们嫌树木遮挡了庄稼不划算。谢富恒看到那些被摧残的柚子树，痛心疾首。

安仁柚这么好的品牌，如此凋零，实属不该！从安仁返家后，谢富恒心情特别沉重，吃不下饭。他当即向家人说出了自己的一个大胆想法：我要常驻安仁，投入资金和技术，全力以赴发展安仁柚，让它重现当年风采！

家人知道谢富恒的性格是说做就做，决不回头。他们从最初的疑虑变成了默认，最后鼎力相助。谢富恒当即做了两件事，一是在乡党委、政府帮助下与当地三个村的 300 多家农户签订了土地流转协议，流转土地 600 多亩；二是扛着两袋柚子乘坐火车前往北京，一路寻到了五环以外的中国农业科学院果蔬研究所，请求对安仁柚的微量元素进行检测。研究所的专家看到老实巴交的谢富恒对柚子产业的发展这么执着，深为感动。那个时节，安仁柚虽然泛黄，但是并没有真正成熟，尽管如此，专家还是认真地提取了柚子中的成分进行化验。因为需要对汁液里面的一些微量元素进行培养，所以短时间内无法拿到检测报告，谢富恒干脆就住在旁边的小旅社痴痴地等待。

检测报告终于出来了，但是数据并不全面，原因是柚子没有全熟。专家建议先留下这个报告，过段时间再把成熟的柚子邮寄一点过来，用汁液饱满的柚子检测，结果才更准确。回家后，谢富恒来到老百姓的果园，天天盼着柚子成熟，最后他购买了 100 斤品质较好的柚子快递给了中国农业科学院果蔬研究所的唐博士，期待拿到最完整最权威的检测报告。唐博士与同事连续一周每天剖开两个柚子品尝，他们发现安仁柚的口感很纯，尤其是尾部的那点麻味，不偏不倚，恰到好处。他们又把柚子拿去做实验，结果咳嗽的人食用后症状明显减缓，便秘的人食用后很快上下畅通，舒适自然。

唐博士利用下班时间自发地对安仁柚的化学成分进行了反复检测，最终发现安仁柚里面富含 56 种有益的微量元素，尤其是维生素 C 的含量是普通柚子的 20 倍以上。唐博士当即提出要与谢富恒合作开发安仁柚品种，谢富恒也是满心欢喜，但最终由于多种原因未能如愿。

中国农业科学院果蔬研究所给安仁柚出具的这份极具科学价值的检测报告，让安仁柚的名气达到了一个新的高度。谢富恒把这份报告分别报送给了省市相关的农业部门，均得到充分肯定，这也为安仁柚日后获得"国家地理标志产品"认证提供了最有力的数据佐证。

谢富恒不是安仁本地人，他采取的战略是广泛发动和雇用当地果农到他的果园劳动，并且将夏华厚、谭顺发、周贤守等技术权威招致麾下，人尽其才，用人所长。2015 年初，承载谢富恒所有希望的达州市春茵农业有限公司正式成立，公司注册资金 500 万元，主要从事种植销售水果、蔬菜、中药材、养殖及相关的信息咨询服务，拥有高级农艺师、农技人员 20 余人，管理人员 10 余人。这样的农业产业规模不仅在当时的达川区，即使放在全市范围，也是很有技术实力和管理保障的。

谢福恒的儿子起初很反对父亲过多投入果园，他认为投资几十万元试水是可以的，如果倾其所有甚至通过贷款方式获取资金投入柚子产业，他就坚决反对，还一度因为父亲悄悄取出母亲的私房钱而扬言与父亲绝交。但是当他亲自来到安仁，看到果园里的父亲无论刮风下雨，无论白天黑夜都与当地群众并肩奋战的场景时，他的眼眶湿润了，原来父亲对安仁柚是那么的用心用情，突然间，他理解了父亲！

一个周末，他把一个厚厚的塑料袋交给了父亲，那里面是他做生意挣来的 30 万元现金。接过儿子的这份心意，谢富恒这个要强的男人当即也忍不住热泪纵横。更让谢富恒没有想到的是，儿子从这天开始，再也没有离开过柚子园区，与自己同吃同住同劳动，还一同钻研柚子业务，多次陪同他外出考察学习。

经过技术团队的充分论证，谢富恒决定将流转土地中的 300 余亩用于培育传统的安仁柚，选择 100 余亩用于红心柚、金橘蜜柚等改良柚的栽种。这样的目的是，改良柚可以就地培育，保证纯度，同时还可以很好地培育自己的示范园。

谢富恒流转的土地中有很多都是蛮荒的山坡，荆棘密布，杂草丛生，很多人都断言在此栽树无法成活，但是谢富恒只认一个理，只要舍得下功夫，荒坡定能长绿树。在他的亲自示范下，窝距3米、行距4米的柚苗硬是布满了数百亩土地。柚子园靠近公路的一端，是高高耸立的山脊，土堆下的石头坚硬无比，雇用的农民去开山，每天都要用坏好几根钢钎，最后直接表示再高的工资也不愿意干这份活。谢富恒只好发扬愚公移山的精神，租来挖掘机、推土机，带着儿子亲自上阵，昼夜施工。父子俩每天清晨五六点就出门，天黑才返回临时搭建的工棚休息。渴了喝自带的开水，饿了就啃农民送来的白米饭团，经过连续两个多月的机械施工和人力突击，他们花费数十万元，终于把数十亩山坡夷为了平地。这一仗下来，谢富恒变成了"非洲黑人"，儿子则瘦了十多斤。之后，他们在果园的旁边盖起了一楼一底的管理用房，并计划在另一侧修建柚子品鉴销售中心。

谢富恒的入驻让当地百姓普遍受益，他们的土地被流转集中使用，每年有不错的租金收入，他们在兼顾家庭承包地种植的同时还能到谢富恒的果园干活，每天能够有一定的工资收入。

他的果园里每天有五六十人干活，伴着《在希望的田野上》优美的韵律，大家有说有笑地劳作，忘记了劳累，忘记了烦恼，对柚子产业充满了希望，对未来的生活充满了幸福期待。

春茵农业公司的柚子树苗2015年开始大面积栽种，一直处于投入状态，直到2019年才陆续有一些收益。按理说，在自己果树尚未成熟的这段时间，他是没有柚子销售的，也就没有义务花费资金去推广宣传安仁柚。但是，谢富恒出牌的套路完全有异于常人，他居然自掏腰包不遗余力地开展安仁柚的推销工作，凡是涉及农特产品的评比，他都让安仁柚报名参加，发动大家宣传投票，让安仁柚家喻户晓。

2015年12月，谢富恒以春茵农业公司的名义出资30万元举办了首届安仁柚子采摘节，并在安仁中心校摆设坝坝宴60余桌招待来自各地的游客，当天销售安仁柚近5万斤。

2016年底，谢富恒策划了一个更为轰动的活动，他租下达州南城天益广场，拉去3万个安仁柚子，共计5.5万斤，在广场中心地带搭建了高大的圆锥形钢架塔，将金黄色的安仁柚错落有致地摆放在架子上面，甚是壮观。到场的市民，手机扫二维码便可获取安仁柚子的简介和销售端信息，还可以免费领取柚子一个。消息传来，整个元旦节期间，大家奔走相告，云集南城，3万个柚子很快抢光。这波宣传，让安仁柚收获了更大的名气，很多爱好采摘的市民意犹未尽，直接驾车到安仁的柚子园区现场采摘，当年的柚子在一个月内就销售一空。

图11.10 扫码送柚活动让安仁柚一夜成名

持续不断的宣传引起了达川区委的高度重视，2016年柚子采摘时节，区委根据谢富恒的建议，斥资主办了第二届柚子采摘节，并且把达州市的文化下乡活动安排在了"安仁三绝"展览馆门前广场举行。活动持续两天，安仁柚香飘四野，安仁乡热闹非凡。达州市交警支队派出20多名交警在活动区域10平方公里以内的区域道路上持续两天疏导交通，确保了盛大活动的成功举办。

2017年，达州日报社作为春茵农业公司所在地米坊村的定点帮扶单位，发起了第三届柚子采摘节。这次活动集现场采摘、亲子体验、文艺表演、短视频竞赛、美术写生、美食活动于一体，现场人山人海，水泄不通。

图 11.11 安仁板凳龙给柚子采摘节增光添彩

安仁柚的宣传营销也随机迎来了新一轮的高潮，由四川交通职业技术学院原院长邓泽功作词作曲、四川师范大学舞蹈学院副教授谭洁演唱的《一树倾情》，已成功录制。并在四川文轩职业学院安仁籍院领导吴应高的力荐下，将《一树倾情》作为该校的优秀校园曲目，在全校进行推广。千丛蜂业以取之不尽、用之不竭的安仁柚子花为原料酿制的蜂蜜远销全国各地，而且频频登上省内外主流媒体，第四代养蜂人郑磊坐拥广袤资源，收获了一波又一波的好评，给焕然一新的安仁乡锦上添花。

精诚所至，金石为开。春茵农业有限公司自成立以来，先后荣获了"达州经济行业领军企业""优秀农业企业品牌""农业产业化市级重点龙头企业""质量信誉品牌 AAA 单位""四川省 3·15 诚信经营优秀企业""达州市农业产业重点龙头企业"等称号。谢富恒因安仁药柚传统栽培技术，经四川省非遗文化传承专业委员会专家评审，被批准入选

《中国传承·人才智库》。

2017 年是安仁柚发展环境最好的一年，也是春茵农业发展最为快速的一年。满怀信心的谢富恒做好了大干快上、乘势追赶的最佳准备，柚子示范产业园的柚树全部扬花挂果，香气扑鼻；育苗园播下的 500 斤柚子种子全部发芽，没有出现让人担心的病虫害，长势喜人，丰收在望；借助五通庙村果农果园顺势建设的母本园，生机勃勃，欣欣向荣。想到自己这些年的努力终于就要见到成果，站在园区顶端的斜坡上，谢富恒踌躇满志，意气风发。他要把安仁柚子产业园区建成一个标准化、规范化、现代化的观光农业示范基地，他期待着某一天，安仁出品的柚子茶、柚子醋、柚子饼等系列柚子产品会出现在家家户户的餐桌上，人人受益。

图 11.12 挂满枝头的安仁柚

如今，四季飘香的安仁柚子产业园，成了达州市民非常重要的旅游打卡地。每到柚子花开、柚子成熟的丰收时节，不少文人墨客三五成群来到这里欣赏美景，赋诗作画。周末不少美术老师带着学生来到这里写生作画，家长带着孩子开展田园亲子活动。很多的诗作和画作留在了"安仁三绝"展览馆里。其中业余诗人蒋娓女士所作的《蝶恋花·采摘安仁柚》赢得了众人的赞许："一树金丸呼竹篓。这颗瞅瞅，那颗掂掂又。待客农家何所有，真情最是安仁柚。　　嫩脸匀黄光欲溜。小试并刀，直叹吴绵厚。一粒香甜嚍在口，斜阳醉了扶林岫。"

第十二章

臣心一片磁针石　不指南方不肯休

　　安仁独具特色的地方文化，引起了社会各界的浓厚兴趣，每年慕名来安仁观光旅游的外地人很多。谭显均和乡贤们清楚地看到，如果不能很好地传承、创新和发展卓有成效的非物质文化遗产，安仁文化很可能会在若干年后"泯然众人矣"。与此同时，安仁文化还面临着失传的危机，尤其是谭显均身体出现异常情况之后，板凳龙的制作、乐器等"核心技术"几乎无人可继。同时，市级非遗"长沙话"，青黄不接、几近断档的现状也牵动着大家的心。因为年轻一辈很多都外出打工，配偶多为外地人，他们生下的孩子很多也到外地上学，而且有些孩子觉得方言很土，说起来丢人，怕被笑话，所以不愿继承。正是在这样的背景下，安仁乡贤们将"抢救非遗"提上了重要的议事日程。热心的杨煜泉带领一拨乡贤，大胆提出了筹建安仁文化研究会的构想。

　　大家深知，传统文化是安仁的魂，对安仁的发展起着不可估量的作用。对安仁文化怀有深厚情谊的安仁籍人士谭显均、杨煜泉、范美聪等发起成立安仁文化研究会，其宗旨是在习近平新时代中国特色社会主义思想指导下，助力乡村文化振兴，充分挖掘"安仁三绝"文化内涵，同时极力拓展安仁的农耕文化、红军文化、工匠文化和孝善文化，增强安仁文化底蕴，从而促使安仁经济高质量发展，文化事业再上台阶。

　　放眼达州范围，以一个乡的文化保护为重点组建一个学术型的文化

图 12.1 "安仁三绝"展览馆前的板凳龙塑像

研究机构，尚无先例，即便是省内也鲜有典范。杨煜泉和达川区书法家协会秘书长范美聪三番五次地找市区两级文化部门、民政部门和行政审批部门，希望这个文化研究会尽早成立，但是因为主管部门归属、审批流程等问题，文化研究会成立一直没有结果。当时，安仁即将划归新组建的达州市东部经开区，而安仁板凳龙的保护单位又是达川区文化馆，所以审批就只能在达川区行政审批局进行。可是，达川区考虑到安仁即将划出，管辖区域可能发生变化，也就犹豫不决，导致审批工作推进缓慢。

图 12.2 满园柚花香，引得蜜蜂来

　　昨日的阳光，晒不干今天的衣裳；明天的雨滴，淋不湿今天的肩膀。为了腾出更多时间全力推进此事，杨煜泉做出了一个让很多人无法理解的事情：提前为自己办理退休手续，全身心投入家乡文化振兴的事业。很多人对他的举动难以理解，他只是笑笑说："我丝毫不会后悔，相反我是开心的，因为我做的是自己最喜欢的最有意义的事情。"他每天和上班族一样的作息，主要工作就是跑职能部门，手中拿着很多打印的安仁板凳龙外出表演的照片，把安仁文化的辉煌过去和发展远景不厌其烦地向领导展示汇报。当领导们得知人口仅仅 1.3 万的安仁居然同时入选国家、省、市非物质文化遗产项目，又是"四川省民间文化艺术之乡"，安仁柚子还荣获了"国家农产品地理标志产品"殊荣的时候，态度很快出现大幅度转变，从当初的反对，变成想方设法的支持。

图 12.3 乡党委书记鲁勇（左）与谭显均畅谈安仁板凳龙的创新发展

就在所有前置条件具备、章程完善、主管部门完全同意的情况下，行政审批部门却搁置不办了，而且没有具体理由。杨煜泉便又找到该局负责人理论，局长得知情况后很是生气，表示将督促尽快办理。

申报过程中最重要的事情就是起草文化研究会章程，这样的事情大家以前都没有做过，杨煜泉和郑军一起反复研究探讨文化研究会未来的发展方向，多次邀约乡贤们一起座谈交流，征求意见，集思广益，列出了具体的奋斗目标，并主动筹集了成立文化研究会开户所需的启动资金。

可是一个月过去了，审批手续依然石沉大海，杨煜泉坚守初心，不辞辛劳，继续不停地跟踪催办，甚至把相关同志邀请到安仁现场调研，终于在 2021 年 9 月促成了安仁文化研究会审批事项的完成。安仁乡党委、政府对文化研究会的重视支持，使得筹备工作大大提速。听说文化研究会没有场地，乡党委书记鲁勇立马开会研究，决定把面积近 600 平方米的安仁乡综治办三层小楼装修后给文化研究会使用，并配备了相应的办公设施。

金秋硕果累累，十月天高云淡。10 月 23 日上午，安仁文化研究会揭牌仪式在安仁乡综合治理中心盛大举行。四川交通职业技术学院原院长邓泽功、四川文理学院中国传统文化学院院长王赠怡、智能制造学院院长杨成福、国际交流处处长姜约、达州市美术家协会副主席许华生等专家学者，以及安仁籍知名人士共百余人出席揭牌仪式。揭牌仪式由安仁文化研究会执行会长杨煜泉主持，安仁乡党委、政府领导亲临现场指导。

揭牌仪式上，安仁文化研究会会长谭显均展示了由湖南省涟源市人民政府赠送的书画作品，名誉会长邓泽功特意赠送书法作品"正家风"牌匾。与会人员一齐参观了"三绝文化"展览馆，并且欣赏了原汁原味的安仁板凳龙表演。活动现场，安仁乡贤均用"长沙话"进行对话交流，浓浓的家乡情充盈着整个会场，传统文化大放异彩。

图 12.4 邓泽功（右二）向安仁文化研究会赠送"正家风"牌匾

安仁物华天宝、人杰地灵，拥有厚重的历史传统文化底蕴，最负盛名的当属"安仁三绝"。安仁柚子有三百年种植历史，它伴随着一段美好的爱情故事而来，被誉为安仁的"长寿果"；安仁板凳龙是湖南籍移民引入并传承的一项民俗文化，是继渠县刘氏竹编工艺、三汇彩亭会、川东土家族薅草锣鼓后，达州市第四项、达州东部经开区唯一的国家级非物质文化遗产项目，在安仁文化发展史上留下了浓墨重彩的一笔；安仁长沙话，是"湖广填四川"最为直接的佐证，是新派湘语言的代表，拥有独立的语音体系和文白异读、浊音清化的特点，具有较高的方言研究价值。除"安仁三绝"外，安仁还拥有丰富多彩的历史传统文化，如孝善文化、谭氏子孙龙舞文化、红色文化等，这些文化共同彰显了安仁文化的多样性。毫无疑问，安仁文化研究会的成立，为达州文化事业的发展研究作出了积极贡献，提供了宝贵素材，传递了无穷能量。

图12.5 年初有计划，年终有总结

根据近期和远景规划，安仁文化研究会成立后，将积极推进"六个一"工程：一本书（以安仁板凳龙传承人谭显均及其团队为原型创作《抢救"非遗"——国家级非遗达州安仁板凳龙系列传统文化抢救纪实》纪实文学作品）、一首歌（创作一首展现安仁板凳龙文化的经典 MV）、一个基地（在安仁柚子产业园建设安仁文化研究会、文化展示创作中心）、一个销售团队（组建安仁柚专业销售队伍）、一个文化艺术团（由谭显均利用本地特色文化统筹组建）、一批固定非遗传承人（统筹推进国家级非遗安仁板凳龙、省级非遗谭氏子孙龙、市级非遗"长沙话"进村组，分别确定传承人，做到代代相传）。

图 12.6 本书作者（左）专访谭显均

就在最近，关于安仁文化的好消息不断传来。安仁本地已经掀起了一股学习和传承板凳龙的热潮，谭显均又新招了达川职中音乐教师郑林友、安仁初中校长邓泽军等板凳龙制作和表演的徒弟，随着这些弟子的加盟，板凳龙更受热捧。同时，近期主流媒体持续关注宣传安仁板凳龙，包括央视、央视网、四川观察、学习强国平台、封面新闻、四川新闻网等，尤其是在 2022 年上半年这段时间，媒体采访报道关于安仁板凳龙的新闻近 100 条。

图 12.7 安仁文化研究会远景规划研讨

在一次偶然的交谈中，郑军与达州广播电视台新闻综合频道总监、《达州全搜索》栏目制片人张俊华谈起了谭显均舍生忘死、竭尽全力抢救安仁板凳龙传统文化的感人故事。说者无心，听者有意。郑军晚上回到家，就接到张俊华的电话，他表示愿意马上安排时间为谭显均拍摄一部纪录片。第二天上午，张俊华就找来曾和他一起成功拍摄达州美食纪录片《绥定记忆》的合作伙伴陈钢，说出了自己的想法。英雄所见略同，他俩一拍即合，都对谭显均这个人物充满敬意，对拍摄这样的一部纪录片充满期待。于是，在安仁乡党委书记鲁勇、乡长姜维超的鼎力支持下，在安仁文化研究会的全程协助下，以谭显均为主线的安仁板凳龙纪录片《"龙"的传人》开始进入了紧张的拍摄状态。拍摄团队鉴于谭显均的身体状况，每天都在争分夺秒持续跟进，采访了大量的鲜活人物，记录了很多的真实场景，他们力争做成精品，预计 2022 年底该片可以顺利完成。

好人物总是层出不穷，好消息总是源源不断。安仁板凳龙进校园活动最近开展得如火如荼，高潮迭起。继安仁板凳龙进入小学、初中、职高后，近期板凳龙受邀进入了四所高校，分别是四川大学、四川师范大学、四川文轩职业技术学院、四川文理学院。其中，四川师范大学舞蹈学院还申报了以《新时期国家非遗联动高校"以用促保"的构想与探索——以四川"安仁板凳龙"为例》的专项课题，该课题将以四川省社会科学重点研究基地、四川省教育厅人文社科重点研究基地"文化产业发展研究中心"项目立项，明确了项目负责人为四川师范大学舞蹈学院副教授谭洁，该项目对于传统文化的研究具有非常重要和积极的意义。对于接下如此繁重的研究任务，谭洁非常开心地说："这是我的荣幸，也是我的梦想。感谢组织信任我，因为我是土身土长的安仁姑娘，这片故土养育了我，我就要以实际行动反哺故乡。我从小就受到板凳龙表演的熏陶，爷爷和父亲都是板凳龙的忠实拥趸，有他们的鼓励，我肯定能够圆满完成这项研究任务。"

同时，四川大学马克思主义哲学院博士吴姗萩正在与长江学者导师傅其林合作开展"以哲学的观点诠释安仁文化"的课题研究，目前该课题前期研讨已经完成，正进入论文写作阶段。

图 12.8 四川文理学院中华传统学院专家教授到安仁文化研究会调研乡村文化振兴

校园因你而出色，达州因你而精彩。在 2022 年 4 月 16 日举行的四川文理学院第二届中华传统文化周暨第十六届社团节开幕仪式上，国家级非遗安仁板凳龙盛装亮相，精彩纷呈，同时在达州广播电视台、达州日报社、封面新闻、学习强国平台进行了宣传报道，为家乡人民赢得了众多荣誉，为传统文化赢得了满堂喝彩！尤其是来自达川职高的安仁籍音乐教师郑林友现场清唱自己创作的《安仁三绝》，歌曲内容及演唱形式极具地方特色，获得了各级领导的一致称赞。四川文理学院党委书记王成端教授看完生龙活虎的安仁板凳龙表演后，当即感叹道："我们学院专门成立的中华传统学院，就是要认真研究、广泛弘扬像安仁板凳龙这样优秀的非遗文化，我们以前总是在四处寻找这样的文化，而今我们的感受是，踏破铁鞋无觅处，得来全不费工夫。"王成端书记甚至代表学院当即表示，愿意从校园内拿出几亩土地，建设以安仁板凳龙为代表的非遗展览馆。

在现场指导"非遗进校园"工作的时任达州市文体旅游局局长李冰雪本身就是音乐行家，创作了很多在全国都极具影响力的音乐作品，不少作品登上央视的表演舞台。他现场欣赏了郑林友随口清唱的《安仁三绝》后，当即给予高度评价："达州市民最喜欢原生态的音乐作品，希望你能够坚持这个正确的创作方向，扎根基层、取材乡村，创作出更多的关于板凳龙的优秀作品，让它出类拔萃，走向全国。"说完话后，李冰雪局长才看到站在身后的谭显均，他马上把谭显均拉到前排，紧握着他的手哽咽道："谭老师，我和你一起参与过几次中国成都国际非遗节的表演活动，你锲而不舍的敬业精神和不达目的决不罢休的韧劲，让我们这些文艺工作者非常感动。正是因为你们这些传统艺人日复一日的坚守，达州的非遗文化传承才能够取得今天的成就，感谢你！"

就在安仁板凳龙参加四川文理学院传统文化周表演不久后的 2022 年 5 月 8 日，四川文理学院中华传统学院的 30 名师生在党总支书记秦静、院长王增怡的带领下亲临安仁乡指导非遗创新传承工作。一行人首先来到安仁柚子园区参观，柚花正开，香气扑鼻，大家感受到了产业发展的无穷魅力，也被安仁乡亲的勤劳智慧深深打动。然后他们学习了长沙话，用心体会其中的奥妙和乐趣，听当地村民用方言交流，其乐无穷。最后，大家饶有兴致地参观了"安仁三绝"展览馆和安仁文化研究会非遗传承基地，欣赏了原汁原味的板凳龙表演，并就非遗成果科技化与鲁勇书记、谭显均等人进行了深入细致的交谈。这次四川文理学院与非遗基地传承人的友好互动和深入交流，开启了高校对非物质文化内涵挖掘和附加值提升的崭新探索，必将进一步促进国家级非遗安仁板凳龙的创新发展。

图 12.9 四川文理学院的专家学者对安仁柚子产业园赞不绝口

生逢其时，盛世有你。就在安仁板凳龙成功申报国家级非遗不久，国家出台了很多对非遗文化传承有利的鼓励政策，特别是中共中央办公厅、国务院办公厅联合出台了《关于进一步加强非物质文化遗产保护工作的意见》（后简称《意见》），该《意见》明确鼓励有条件的地方建设非物质文化遗产馆、推动国家级非物质文化遗产代表性项目配套改建新建传承体验中心，形成包括非物质文化遗产馆、传承体验中心等在内，集传承、体验、教育、培训、旅游等功能于一体的传承体验设施体系，尤其是鼓励社会力量兴办传承体验设施，这让杨煜泉、谭显均、郑军等人异常激动。

图 12.10 安仁板凳龙参加四川文理学院中华传统文化周活动

正是在这些政策的鼓励下，安仁文化研究会在乡党委、政府强有力的支持下，精心策划、统筹安排，拟通过众筹的方式建设"方来"国家非遗传习所暨川湘文化全国交流中心。"方来"取自古语"有朋自远方来，不亦乐乎"之意，根据初步规划，该基地拟修建板凳龙展演厅、国家非遗传承人培训中心、板凳龙教学基地、长沙话体验室、柚子宴研发中心、工匠文化交流中心、移民文化全国交流中心、非遗档案馆等，大家齐心协力创造一切条件将国家非遗安仁板凳龙文化弘扬光大。

第十三章

高原天路践奇迹　世界速度看今朝

　　传统文化底蕴厚重的安仁，在 300 年前就以出品工匠著称。

　　要说从安仁走出去的工匠，王维高绝对是值得大书特写的人物，因为他是真正的大国工匠、高铁工匠。在 2021 年 10 月 23 日，安仁文化研究会揭牌仪式现场看到王维高的简介时，郑军着实吃惊不小。作为传媒人，他了解的信息算是很多的了，但是却没有听到过王维高的故事。身为安仁人的他惊叹道：安仁这穷乡僻壤居然还能够培养出如此优秀的栋梁人才？正纳闷时，杨煜泉会长仿佛看透了他的心思，走过来轻轻拍拍郑军的肩，说道："我很了解他，他是真正大国工匠的典型，有机会的话，你一定要好好采访报道一下他，绝对是家乡骄傲。"

　　半信半疑的郑军马上搜索了王维高的信息，不查不知道，一查吓一跳！他的这份履历足以闪耀中国的铁路史册：仅仅年长自己 8 岁的王维高，先后担任了青藏铁路拉萨指挥部副总指挥、总工程师，兰渝铁路、成渝客专、成贵铁路客运专线建设的指挥长。如今，身为成渝中线高铁建设指挥部指挥长的他，正亲临现场全力以赴指挥并见证"成渝双城经济圈"建设标志性工程的诞生。这位高铁工匠，以生命、智慧、拼搏精神创造了铁路建设史上的两个世界第一：亲自指挥建设了世界海拔高度第一的青藏铁路，克服了高原冻土、生态植被修复、野生动物保护等世界级难题，赢得了藏族同胞的由衷褒奖；正在指挥建设的成渝中线高铁，作为融入成渝双城经济圈建设的标志性工程受到全球瞩目，建成后将成为有轨铁路运营速度世界第一的客运专线。两个世界第一，让人骄傲！

图 13.1 王维高参加成渝城际 1 小时直达列车首发仪式

就此，郑军牢牢记住了王维高的名字，并且与杨煜泉约定，一定要去成渝两地采访他。2021 年 11 月 13 日晚七点，杨煜泉给郑军打来电话："兄弟，你马上开车来接我，我们到老家安仁乐山寺村一组去一趟。"正犹豫时，杨煜泉补充说："去那里，您可能会见到一位神秘嘉宾。"

来不及细问，凭着对杨煜泉的信任，郑军火速开车接上了他。上车后，杨煜泉才说："我们今天晚上是去参加谭周辉父亲的葬礼，谭周辉是一位很励志的青年，他从安仁初中毕业后考上县中，再从县中考到了中国石油大学（北京），从该校研究生毕业后通过层层选拔，考到了公安部下面的研究所从事非常重要的研究工作。而谭周辉的父亲，与王维高的父亲是亲兄弟，所以正常情况下，王维高今天是会回来参加叔父葬礼的。"想到马上要见到传说中的"大国工匠"，郑军的心里充满了期待。遗憾的是，到了老家后郑军才得知，王维高因为有重要的会议，临时取消了行程。虽然有些小小的遗憾，但是能够认识从未见过面的谭周辉夫妇，也略感欣慰。谭周辉的家境很差，但他刻苦好学，励精图治，最终依靠知识改变了自己的命运，其妻子崔女士如今系某高校的讲师，同样特别优秀。

　　根据谭周辉提供的电话，郑军联系上了王维高，做了简要的自我介绍，表明自己想在 2022 年春节期间拜访他，完成对话采访的愿望，王维高欣然答应。正月初三下午，根据约定，郑军早早就来到杨煜泉乡下的别墅"煜仁居"，见到了传说中的"高铁工匠"王维高以及他的妻子廖电波女士，一同做客的还有谭周辉夫妇。虽是初次见面，大家都没有丝毫的陌生感，尤其是见面时直截了当的"长沙话"，一下子就拉近了大家的距离。没想到离开家乡那么多年，辗转大半个中国，王维高仍旧是乡音不改，一口地道方言，正宗又接地气。大家从共同求学的安仁中学，谈到共同的老师，再是离家后奋斗的艰辛，事业拓展的不易。大家开诚布公，天南海北，无拘无束，相谈甚欢。而王总工程师这些年不忘初心、舍生忘死、投身铁路建设事业的感人故事，一次又一次震颤着大家的心扉。

　　王维高曾就读于安仁中学唯一的一届高中班，后高中班并入麻柳中学，1980 年，王维高以全达县尖子班学生的身份考入石家庄铁道兵工程学院（现更名为石家庄铁道大学）。1984 年毕业后分配到铁路建设单位工作，由于工作踏实、业务拔尖，又被单位推荐到西南交通大学攻读硕士学位，之后一直在最艰苦的地方从事铁路建设工作。这位拼命三郎，最喜欢的事情，就是钻研铁路修建过程中的各种"疑难杂症"，长期给自己提出一些匪夷所思的课题，然后再自我解答、自我否定、自我革新。

　　对王维高来说，2002 年 3 月 12 日，是一个让他终身铭记且改变了他事业轨迹的日子。那天，他接受组织安排，从中铁 11 局集团公司调整到青藏铁路拉萨指挥部担任副总指挥兼总工程师，实现了从施工单位行政负责人到建设单位技术负责人的角色转换。

青藏铁路，是一条连接青海西宁至西藏拉萨的一级铁路，是中国新世纪四大工程之一，是通往西藏腹地的第一条铁路，也是世界上海拔最高、线路最长的高原铁路。青藏铁路分两期建成，一期工程东起青海西宁，西至格尔木，于 1958 年开工建设，1984 年 5 月建成通车。青藏铁路二期工程，东起青海格尔木，西至西藏拉萨，于 2001 年 6 月 29 日开工，2006 年 7 月 1 日全线通车。

众所周知，西藏同胞长期遭受交通不便之苦。由于青藏高原交通闭塞，物流不畅，高原人只能长期固守自给自足的庄园经济。美国现代火车旅行家保罗·索鲁在《游历中国》一书中写道："有昆仑山脉在，铁路就永远到不了拉萨。"20 世纪 50 年代，中央决定，要把铁路修到拉萨。1984 年，青藏铁路西宁至格尔木段建成通车。此后，中央同意青藏铁路西格段扩能改造可行性研究报告。2000 年初，青藏铁路西格段启动扩能改造工程建设，国家提出要加快"进藏铁路""西气东输"等重大工程的前期工作；2001 年 2 月，国务院对青藏铁路建设方案进行了研究，同意批准立项；同年 6 月 29 日，中央政府决定投资修建青海格尔木至西藏拉萨的铁路。

2002 年是青藏铁路建设的全面攻坚年，全线展开了施工生产高潮，正是在这样关键的时刻，上级组织想到了业务一流、敢打硬仗的王维高。以"拼命三郎"著称的王维高，之前因业务能力强在铁路建设界颇有名气，遂被举荐到青藏铁路指挥部。接到通知的那一天，王维高既兴奋又忧虑。兴奋的是，自己这么多年的工作积累和所学所长终于有了施展拳脚的机会，一想到青藏铁路是伟大的世纪工程，一想到自己建设的铁路将像一条巨龙拥抱格尔木胡杨林、穿越可可西里生命禁区、征服"万山之祖"昆仑山、翻越"雄鹰都飞不过的高山"唐古拉山脉，王维高激动得一夜未眠。但是，转眼他又犯愁了，妻子不一定会支持自己的决定。当时孩子正计划转学，妻子对重庆当地的教育资源一无所知，更重要的是，妻子一直担心王维高的胃病、高血压、高血脂等毛病。现在如果把这个消息告诉妻子，她会接受吗？

接到通知是当天下午6点，次日就要和大部队集结出发，他不仅不能向久别的妻儿当面道别，甚至来不及给妻子报告这个事情！第二天，王维高忐忑不安地踏上了远去西宁的列车。出川之后，目之所及，满是桀骜不驯的苍凉，漫天雪花飘进窗棂，沥沥细雨敲打车窗，让人陡生孤寂之感。虽然以前也长期东进北上，但是他从没有这样寥落的心境，颇有点"风萧萧兮易水寒，壮士一去兮不复返"的悲壮。客心一程雪，铺就陌上思。此时此刻，王维高突然想起自己还没有向分居在重庆的妻子告知此事，他感到深深的内疚，这些年他长期坚守野外施工，极少有机会陪伴家人度过一个完整的节日，孩子的生日、假期、家长会、毕业典礼，他总是承诺出席却总是爽约。他其实是一位很不称职的丈夫和父亲，他有太多的事与愿违，太多的力不从心。

到了格尔木后，必须给妻子报告了，否则她会担心。王维高用青藏铁路总指挥部招待所的电话拨通家里座机的那一刻，妻子还没说话，自个儿却泣不成声。还是妻子廖电波率先打破沉默："维高，别说了，我什么都知道了，昨天晚上你单位同事小刘的爱人已经给我说了，当她给我说起你当时的惆怅和愧疚时，我也止不住掉泪。我知道你打心眼里舍不得我和女儿，但是好男儿志在四方，再说青藏铁路这么举世瞩目的工程，你能够赶上参与，奉献一点自己的青春热血，那是再幸运不过的了。昨天晚上，我也是辗转反侧难以入眠，本来半夜想给你打个电话，但是终究还是担心影响你的情绪，只有把一腔惦记深埋心底。维高，青藏铁路目前已经进入了最为艰巨最为紧张的攻坚阶段，你们的技术就是高原上的瑰宝，必须无条件顶上去。家里大小事情有我担着，双方的老人我也会照顾好，女儿的学习我会辅导好，你就安心把这条铁路建好吧。等到暑假的时候，我再带上女儿来看你和你建设的铁路。这里我还要特别提醒你，铁路建设点多面广，利益复杂，你要严以律己，涉及金钱方面的事情，千万不能染指。如果你在这方面出了差错，我和女儿坚决不会原谅。另外我也很担心你的身体，要记得按时吃药，青藏高原海拔高、高寒缺氧，要注意保重身体，更要注意安全，记住，我和女儿每天都会向着高原方向祈祷，祝你每日平安！"

整个通话的过程，除了最后一句"老婆，我爱你和孩子"，王维高几乎就没有说过一句话，他是一直泪流满面地听完妻子叮嘱的。知己者，爱妻也。此刻，王维高对妻子的敬意再次升华，妻子和他可谓青梅竹马，两人不仅是初中同学，后来转到麻柳中学又在同一个班上。他俩都是班上的优秀学生，不仅如此，他的恩师廖洪武还是廖电波的父亲，对其特别偏爱。恩师变泰山，这是何等厚重的师恩如山！

报到的这天，青藏铁路建设总指挥、后来担任铁道部副部长的卢春房握着王维高的手激动万分，仿佛是久旱的拉萨迎来了甘露。他说道："小王啊，你来了之后，我就不用担心西藏段的工程建设技术和质量问题了，但是你最大的毛病是不顾惜自己身体，今后我可要监督你哟！"

王维高担任副总指挥、总工程师的青藏铁路拉萨指挥部，主要负责唐古拉山至拉萨段的建设任务，该段铁路全长约 450 公里，共设有 9 个车站。其中，施工难度最大的就是唐古拉山脚下的安多站前后两百公里。该段铁路平均海拔高度在 4600 米以上，高寒缺氧对人的身体健康构成严重威胁，为了保障所有参建人员的健康，总指挥部要求在每个施工标段都要建设工地医院、制氧厂及高压氧舱，每个施工标段都必须建立生活保障基地。

长期在内陆工作生活的王维高尽管对高原反应有足够的认知，也提前做了一些适应性铺垫工作，但是当真正在这里安营扎寨的时候，却面临着一个又一个难以克服的挑战。第一次来到唐古拉山脚下的后勤保障点入住，到了凌晨两点，他依然头痛欲裂难以入睡，于是披衣下床来到帐篷外透气。3 月的重庆，春意盎然，阳光普照；而数千里之外的西藏，却是北风呼啸，寒气刺骨。远方的天空，月色皎洁；近处的雪山，万籁俱寂。屡屡乡愁，袭上心头，这个多愁善感的南方汉子突然间疯狂思念起了远隔千山万水的妻女。但是，他很快镇静下来，妻子的话一遍又一遍萦绕耳际："你就安心把这条铁路建好吧。等到暑假的时候，我再带上女儿来看你和你建设的铁路。"想到这里，王维高很快平静了下来，他知道，接下来他能够做的，就是彻底安顿好心情，带领团队建设好这条天路，绝对不能辜负上级组织、高原同胞和妻女的殷切希望。

正要返回帐篷休息，王维高再次凝视远方的时候，却意外发现不远处的山野上，到处都是萤火虫一样的亮点。他定睛细看，发现这些类似萤火虫一样的亮点正扑闪扑闪，四处移动。这时，他突然想起了司机小张在送他来工棚时随意说的一句话："这山上偶尔会有狼群出没，夜间外出千万小心。"一想到这里，王维高不禁打了一个寒战，立马折返回到了帐篷里。打这之后，王维高夜间一般都不独自去到帐篷外，为了避免夜间如厕，他尽量少喝水，做好安全防护。

工地就是战场，期盼就是命令。没有适应期，没有实习期，王维高从进入指挥部的那一天开始就全身心投入了核心技术的攻克，也相应进入了施工高潮。彼时，安多至拉萨段绝大部分为新开工工点，由于青藏铁路技术标准提高，局部地段线路改线较多，因此，普遍存在施工图到图较晚的情况，再加之当年的"非典"导致人员、设备未能及时上场和雨水相对偏多等不利因素影响，使得全年均衡施工生产的计划难以如期落实。为保证当时规定的投资任务的完成，拉萨指挥部必须把当年度原计划7个月施工期的任务调整到3个月内完成。在这样的形势下，作为拉萨指挥部主抓技术、质量和施工生产的领导，如何把握好"施工进度"和"工程质量"之间的关系，为"建设世界一流高原铁路"奠定坚实基础，成了王维高思考的重点。

抢！突！稳！在这一年的时间内，王维高经常带领工程、监理、协调及公安等有关部门的同志在设计院和监理单位的配合下深入工地，现场施工，协调施工生产，尽量将影响施工生产的许多不利因素化解在源头，确保工程施工的顺利进行。为保证工程质量和确保建设投资的有效使用，王维高认真做好现场核对优化设计工作，加强工程质量过程控制，严格控制施工工艺过程，认真组织现场质量观摩，推广"样板引路"，全面提升工程质量，努力使得各项工作又快又好。

王维高至今记得，他刚去的那年，安拉段从20标到32标的14个标段除部分图纸是年前到的以外，其余 12 个标段的图纸全部是在当年 4 月至 9 月间陆续到位。个别标段图纸无法全部到位，如 27 标段的桥梁图、20 标段的路基图、31 标段的补强图等，由于设计院的设计任务重、时间紧，前期准备工作仓促，各施工单位催图又紧，因此在设计图上存在不少问题，特别是因为外业资料的调查工作不是很细，导致很多图上所注的地质、地形、水文情况与实际存在出入，从而引发大量的变更和重新设计。王维高亲自协调把关，安拉段共优化设计 1300 多项，其中特大桥 11 座，大桥 41 座，中桥 35 座，小桥 53 座，涵洞 919 道，取土场 70 处，路基工点 179 个。尤其是对其中存在设计不完善问题的 21 座桥梁、144 道涵洞给予了更正；有 9 处取土场因环保、土质原因等得到变更；因地质等原因变更路基工点 124 处，变更隧道结构设计 6 处。为了确保现场核对优化设计的质量及合理性，提高工作效率，王维高对现场核对优化提出了严格合理的工作程序要求。

在王维高的主持提议下，现场核对优化工作首先由施工单位根据设计图纸进行现场放样核对，然后报监理工程师审核，对发现有问题的工点，经监理站报指挥部及设计院配合后，

13.2 成贵高铁线上的最高桥——香坝河大桥

由指挥部牵头组织工程部、监理部、合财部、设计院现场配合，施工单位进行复核，能现场决定的方案就在现场解决，现场决定不了的，也想方设法尽快解决。为了不影响施工，2002年4月到2006年6月底，王维高每月平均从拉萨到唐古拉山工地来回两次以上，每月至少有20天在工地上现场办公，对于个别小的变更，如涵洞的基础加深、涵洞的移位等，就委托监理单位在现场及时变更，既保证了工程质量，又确保了施工进度。

王维高认为，抓好现场核对优化设计工作只是做好了保证工程质量的第一步，要确保工程质量，关键还在于过程控制。为了做好过程控制，他首先要求施工单位对单位工程做好施工组织设计，并报监理工程师批准后方可开工。其次把好材料关，对施工单位的原材料进行抽查，主材必须使用由总指挥部物资部统一招标采购的物资，砂、石料、填料等必须有材质检验报告，不合格材料严禁进场。王维高经常与核查人员一道随时检查材料的质量情况，对发现使用不合格材料和填料的单位及时要求返工并停工整顿，对个别取土场因土质发生变化不能再作为填料的，立即变更取土场，中铁十九局项目部在砂、石料场现场取样做试验的办法先进，王维高就积极推广，做到不合格材料不运往工地。在对施工现场的检查中，他发现个别施工单位的施工工艺存在不符合有关规范要求的问题，便立即要求施工单位进行整改，如对耐久性砼的施工工艺、浆砌片石涵洞的施工工艺、骨架护坡的施工工艺、桥梁砼的养生工艺、碎石桩的施工工艺等均反复检查，以确保工程质量。通过加大检查力度，及时发现施工中存在的问题，避免不合格工程的出现。及时发现问题，及时处理，并加强第三方检测力度、控制工程质量，对第三方检测不合格的工点及时进行处理并进行通报，借以引起全线的高度重视，确保高质量完成建设任务。

王维高在各个工点积极推行"样板引路"，全面提升工程质量。要求各施工单位做好试验段、样板段、样板涵等，经监理部等检查认为达到标准后方可在全段推广施工，对于试验段、样板段做得不好的单位要求其到做得好的单位参观学习取经，组织 13 局、隧道局等到 5 局 27 标段参观取经；在 20 标段组织了安拉段所有施工单位指挥部总工、项目部总工、拌和站技术负责人、监理单位总监、拌和站监理工程师参加耐久砼现场观摩会，观摩学习拌和站的材料控制、拌和工艺、质量检验、现场养护等，收到了很好的效果，全面提高了耐久砼的质量。其后，他组织加筋土挡土墙的施工工艺及质量控制现场观摩会，极大地提升了加筋土挡土墙的工程质量。

图 13.3 王维高指挥建设的成贵高铁西溪河大桥每天在《新闻联播》前播出

王维高特别在安拉段全线组织了质量、环保现场观摩会，组织各标段互相学习，自找差距，事后有的标段负责人又组织本标段有关人员到其他方面做得好的标段参观学习，起到了很好的借鉴作用，为工程质量的全面提升打下了坚实基础。

由于频繁在海拔 3000—5000 米的一线来回奔波，王维高的心脏等器官一直处于调整适应期，这对他身体健康的影响非常大，每次体检都有多项指标不合格，体重也下降了好几公斤；高原反应中常见的"头疼""恶心""食欲不振"等现象一直影响着他的工作和生活。但是，为了高质量建设好青藏铁路，王维高经常在明显感觉身体不适的情况下坚持去工地指导工作。他常说，我们偷闲一天，数万战斗在一线的同志就有可能停工很多天。王维高的女儿当时在重庆上初中，原就读学校离家较远，需转乘3次车才能到达学校，王维高曾答应妻子亲自回重庆办理女儿转学事宜，可是等到女儿初中毕业他也没能完成这项承诺，说起此事王维高至今依然愧疚不已。

让王维高及高原铁路建设者们欣慰的是，当地的藏族同胞对他们特别敬重，特别关爱。一些文艺团体经常下到建设工地慰问演出，而藏族歌手巴桑满怀深情演唱的《天路》，竟听得王维高热泪盈眶。青藏铁路经过巴桑的家乡，在此之前，巴桑的家人饱尝交通不便之苦，对道路尤其是铁路的期盼之情，常人难以领会。很多人都只记得《天路》是由韩红唱火的，其实这首由屈塬作词、印青作曲的经典曲目是由西藏军区歌舞团歌手巴桑首唱的。因为王维高曾去过巴桑的家乡，那里生活条件非常艰苦，所以，从巴桑的歌声里，王维高听出了高原同胞对这条神奇铁路的渴望，更听出了藏族同胞对铁路建设者的赞许和期盼。

有这么一件事情最能反映出西藏同胞对青藏铁路建设的支持。青藏铁路青海境内的土地征用，国家都按照标准支付了征地拆迁费用，可是到了西藏情况却发生了变化。西藏自治区支铁办主任次仁多吉动情地说："王总，国家花那么大的代价来支援青藏铁路建设，想方设法改善藏区的出行条件，我们感谢都来不及，怎么可以要征地费用呢？"在建设过程中，涉及的任何困难，当地政府都是在第一时间处理到位。面对这样淳朴厚道的同胞，王维高多次在大会上对指挥部的同志们说："如果我们不能把青藏铁路建设好，我们真的愧对他们的厚爱！"对于征地拆迁费用领取，藏区同胞一直婉拒，这一拖就是四年，最后等到铁路快要通车时，王维高再次找到次仁多吉处理此事："青海补偿了5个亿，你们多少也要领回一些补偿才对，毕竟占了不少老百姓的田地房屋，必须有所交代。"双方的拉锯战又持续了一个多月，最终次仁多吉代表藏区群众只象征性收下了 1 亿元的征地费用。

支铁办副主任杨育林因为工作关系与王维高私交甚好，对当地情况也比较了解，王维高就长期拉他一起去铁路沿线处理工作。杨育林的父亲是汉人，母亲是藏民，他们为新西藏建设做出了很多牺牲。王维高说，我们去你的家乡看看吧。结果一去，就遇到当地藏民诉苦，他们告诉王维高，铁路修通后确实是方便了，但是横穿草原的铁路给他们的牛羊牲畜出行造成了一定的困难，虽然设计了立交涵洞，但是间距太远，每公里才有一个，他们迫切希望涵洞设计能够更加人性化一些。王维高当即跟随当地村民去沿线实地查看了，第二天他又带上设计方人员到现场办公，经过论证，村民的要求确实很有道理，指挥部经过最终的讨论，增设了涵洞。后来，王维高只要去到那里，村民都会拱起双手说道："吐齐齐！"（藏语：谢谢）。这件事情对王维高触动很深，如果他每天都只是坐在帐篷里指挥，那肯定掌握不到最真实的情况，也无法了解到群众最根本的需求。

交通不便、工作艰苦还可以克服，最让王维高难以忍受的是对亲人的思念。阎维文唱的没错："夜深人静的时候，是想家的时候，想家的时候很甜蜜，家乡月就抚摸我的头。"让王维高最难忘的是他到指挥部工作后的第一个中秋节。那天晚上，高原的月亮特别明亮，皎洁的月光一泻千里，洒在雪山上，熠熠生辉，仿佛在提醒王维高：今天是举家团圆的日子，今朝有酒度良宵，切莫金樽空对月。可是，青藏铁路全线众多的控制性工程都箭在弦上，根本容不得他离开，他只能把对家人的思念遥寄明月之上。在品尝了指挥部统一派发的月饼，一口干掉了同事递过来的满杯白酒之后，王维高看到妻子发来的彩信照片，家里的餐桌上满满的一桌菜肴，以及给自己摆放的一副碗筷，深深触动了王维高，他咬紧牙关冲出食堂，然后一头扎进了工棚的图纸堆中。他明白，这些年再苦再累，能够支撑他走下去的，就是家人的理解和支持，自己只有拼命工作，才能忘掉乡愁，忘掉烦恼，才能向组织交上一份满意的答卷。

作为总工程师，王维高担负着技术总负责人的重任。世界海拔高度第一的青藏铁路，面临着高原冻土、生态植被修复、野生动物保护等世界难题，每一项都让他的团队绞尽脑汁。好在中科院和铁道部都分别在西藏建立了冻土研究所，提供了非常重要的冻土数据，也给出了一些科学的解决办法，但是在具体的实践过程中还需要进一步的探索完善。王维高在西南交大研究生课程学到的很多理论都派上了用场，因为抢工期，冬天也要施工。因为水里有冰，沙里有冰，王维高主张先把桥墩包起来，在里面加温，拌和站沙石料存料场下面铺设热水管，用热水搅拌混凝土，用这样的办法克服高寒冰冻难题。正因为有这么多土洋结合的办法，青藏铁路建成后就直接按照设计时的每小时120公里时速运行，没有所谓的试运行期，这在全国都绝无仅有。

青藏铁路首次尝试把环保理念引入铁路建设，中国科学院和中国工程院十分关注该条铁路的生态修复和野生动物保护工作，两院院士多次亲临建设工地指导。为了解决植被修复问题，王维高带领团队研究出了一整套植被移栽的解决办法。高原地区，植被脆弱，草皮很难生长，王维高就建议在路基建设的时候，把以前固有的草皮移到一边并养护好，让它继续生长，等到路基建成后，再把一直生长的草皮移植到水沟护坡和铁路护坡上来，用草皮取代浆砌片石。给人的感觉，就是列车在草原中行走，这项技术，得到了中外同行的高度评价，而且荣获了国家科技进步奖。

青藏铁路还有一个奇特的景观，就是铁路为野生动物让路。为了不蚕食珍稀动物家园，给可可西里的藏羚羊足够的活动空间，指挥部给藏羚羊让出了专门的通道，为它们修建了三十多公里的铁路桥，如今游客乘火车经过，就会看到藏羚羊在自己的乐园漫不经心地奔跑嬉戏，自得其乐。可是，有谁知道，珍稀动物和谐生息的背后，竟然是铁路建设者们如此绞尽脑汁的深思熟虑。

相比于工程建设的艰苦，工程建设者们的生命安全更是值得担忧。据了解，整个青藏铁路建设期间，有45名建设者永远长眠在了藏区的土地上，他们中没有一个人是因为工程安全事故献出生命的。复杂的地形与恶劣的天气条件导致这个地方车祸频发，而这样随时可能与死神擦肩而过的惊险故事几乎每天都在上演，没有任何征兆，但没有一个人因为面临这样的风险而选择放弃。

2004年6月，王维高与同事一起从那曲往拉萨行驶。刚出来的时候还是阳光灿烂，因高原紫外线特别强，车内很快就达到炙热状态，车内只好开着制冷空调，过了一个小时，突然又是雨夹雪，车内又开成制热空调，当车行至一座大山后，马上就是急弯，此时对面一辆大卡车迎面驶来，司机习惯性踩了一脚刹车，由于空中是雨夹雪，路面湿滑，王维高乘坐的这辆越野车失控了，先是车子左后方撞向护栏，司机尚未反应过来，车子又在惯性作用下持续360度打转，转了两圈之后，朝着右侧山体撞去。汽车的发动机被损坏，油箱里的汽油和机油哗哗喷出。王维高被撞得神志不清，头上多处部位被车顶和安全气囊撞击，动弹不得，司机更是被卡在车门和座椅之间，半天没有发出一点声响。王维高可能是车上唯一清醒一点的人，他知道这个时候最重要的就是向外界求救。这里是典型的无人区，一望无垠，空旷人稀，手机根本没有信号。好在指挥部在每台车里都配备了卫星电话，但是卫星电话也要找到信号才能拨出去。王维高拿起电话，使出全身仅有的一点力气从车内挪出，然后使劲往雪山的高处爬行，直到将电话打通。指挥部马上协调了救援事宜，王维高等人终于被成功救出。《中国青年报》的一位主编来王维高所在的铁路建设区域采访时，因为车祸事故，直接从车窗飞了出去，尽管王维高等领导第一时间就安排好了救援，并且协调西藏军区总医院给予了最好的救治，可是这位主编虽然幸运保住了生命，却永远无法回到自己热爱的采编岗位继续工作。

与王维高的见惯不惊相比，妻子廖电波的担忧却是无时不在，所以无论再忙，廖电波都要求丈夫每天必报平安。去青藏高原看望丈夫一直是廖电波的心愿，2004年夏天，廖电波在没有通知丈夫的情况下终于来到了她日夜思念的唐古拉山兵站。见到久别的丈夫，廖电波立即送上一个大大的拥抱，王维高也满是惊喜。廖电波满以为这次丈夫会好好陪她几天，没想到还没有招呼她落脚，丈夫马上就要离开她，带专家团队去沱沱河考察。沱沱河，万里长江的发源地，好熟悉的名字，多么令人向往的地方！廖电波马上来了精神，她缠住丈夫表示也要去那里看看，王维高亏欠妻子的地方太多，见车辆还有空闲的座位，就答应了妻子同往，他的真实意思是要让妻子亲自去见证一下青藏铁路建设的艰巨，今后更加理解支持他的工作。

这次的沱沱河之行，让廖电波刻骨铭心。随行两个车上坐的全是国家环保部和西藏环保厅的环保专家，他们此行目的就是要考证青藏铁路建好后到底对环境有没有破坏。8 个小时翻山越岭的爬行，几乎让她的五脏六腑重新布局。一路颠簸，一路呕吐，深夜抵达沱沱河的时候，廖电波因为高原反应引起的各种不适，几近晕厥，最后差不多是被抬下车的。她在高原的偶尔一次远行都难受成这样，丈夫每月却有 20 多天的野外奔波，艰苦程度就可想而知。

路途的不适很快被次日美景带来的愉悦感替代。第二天，当早起的廖电波看到远处的雪山冰峰，看到天际飞过的雄鹰，看到飘逸的蓝天白云在鱼翔浅底的沱沱河中摇曳漂荡，看到可可西里的藏羚羊在蓝天白云下自由撒欢，一种从未有过的圣洁之感油然而生。她终于明白，富有诗情画意的西藏为什么那么令人神往，修建一条连接高原到内陆的铁路是多么的重要。

王维高这位工程技术把关者，还长期肩负媒体发言人的职责，铁路修建过程中有各种媒体前来采访工程进度。央视对话栏目、法制栏目、凤凰卫视、新加坡《联合早报》、香港《大公报》等数十家媒体都对王维高进行过专访。2005 年 8 月 14 日，外国驻京记者又将采访王维高，这次外媒采访的地点在青藏铁路拉萨河特大桥施工现场，外交部新闻司副司长龚建忠、西藏自治区外办副主任顿珠亲自陪同采访。下午 5 时，青藏高原上的阳光依然刺眼灼热，身着各式夏装的外国记者一到工地，就迫不及待地开始拍摄。美联社记者洪晓音和星子裕一率先就青藏铁路的建设进展情况进行提问。王维高的回答游刃有余："青藏铁路格拉段建设总工期 6 年，施工组织设计方案为由北向南逐步推进，分段建设，分段铺轨。2001 年展开格尔木至望昆段施工，同时建设冻土工程试验段；2002—2003 年重点展开唐古拉山以北段冻土工程施工，2002 年铺轨至望昆，2003 年铺轨过风火山；2004 年重点展开唐古拉山以南段工程施工，累计铺轨过半，将于 2005 年年底全线铺通；2006 年进行配套，2006 年 7 月 1 日前全线建成通车。"记者们立马竖起了大拇指。

德国《明镜周刊》《莱比锡人民报》的记者李月涛（音）指着大桥问："拉萨河特大桥建在这里起什么作用？为什么要这样设计？"王维高说："青藏铁路穿过羊八井峡谷后，需要在这里跨越拉萨河，经前方的柳梧隧道，到达拉萨车站。该桥设计充分结合了藏文化内涵，三个拱形结构像飞舞缭绕的哈达，桥墩像牦牛腿和雪莲花，与雄伟的布达拉宫遥遥相望，与周围自然风光融为一体，是拉萨又一个重要的形象景观。"

法新社记者潘必德（音）指着河对岸问："拉萨火车站为什么要建在那边？"王维高说："主要是从三个方面考虑的。一是开发未来的柳梧新区，二是根据城市远景建设规划，三是充分利用对岸的空闲土地。"当新加坡《海峡时报》记者蔡振峰用中文发问"青藏铁路建设中藏族民工的使用和收入情况如何"时，王维高从容回答道："从 2002 年至今年上半年，藏族民工的使用数量累计达到 17 000 人次。我们对藏族民工与汉族民工在政治待遇、医疗卫生、劳动保护等方面一视同仁，并采取有效措施确保工资按时足额发到藏族民工手中，他们每月收入在 3000 元以上，藏族民工对生活、医疗和收入状况普遍满意。"路透社记者阿尼尔在提问青藏铁路有何意义时，王维高答道："修建青藏铁路，对改善西藏交通运输条件，提高各族人民生活水平具有重大的意义，对西藏经济社会发展将会产生深远的影响。"

图 13.4 王维高接受中外记者采访

　　就在采访快要结束时，英国《泰晤士报》的一名记者向王维高发起了挖坑式的问话。这位记者问道："我们知道青藏铁路建设进展顺利，如期通车应该在计划之中，但是我要问的是，中国铁路还会向林芝地区延伸吗？"项庄舞剑，意在沛公。王维高知道英国记者的真实目的是要试探中国对印度的军事态度，所以他在沉思了几秒钟后，马上回答道："根据我国铁路建设的中长期规划，铁路修到拉萨以南的地区是迟早的事情，这也是完善大国铁路版图的必然规律。"王维高预料的继续提问出现了，这位记者立即追问："请问你们修建这条铁路的目的是什么，会不会用于军事需要，是否以此给印度边境施加压力？"王维高想都没有细想，就回复道："我们只是负责铁路建设，至于用作什么用途，那是国家统筹考虑的事情，可以肯定的是都是用于物流运输。"王维高的回答巧妙而不失机智，在场的外媒记者露出了会心的微笑。为了完成本次采访，王维高做足了功课，准备了数十个问题的回复方案。整个采访比预期时间超过一小时，王维高回答了 40 名外国驻京记者提出的 20 多个有关问题。

2006 年 7 月 1 日，青藏铁路正式通车，藏区人民欢欣鼓舞，奔走相告。当地党委政府对王维高几年的工作给予充分肯定，他被高票推选为西藏自治区劳动模范。不仅如此，相关领导还诚挚挽留他留在当地工作，并许诺委以重任，但是王维高婉拒了，因为他更愿意从事专业工作。荆棘密布的旷野，才是他最大的舞台。

图 13.5 王维高光荣当选西藏自治区劳动模范

紧接着，王维高被任命为国家铁路集团公司兰渝铁路有限公司南充指挥部指挥长。他负责建设的兰渝铁路，2009 年开始建设，2014 年正式通车。这条线路的最大难题是浅表天然气和煤层瓦斯的威胁，为防止施工时瓦斯浓度超标，王维高对施工机械设备进行防爆改造，安装瓦斯探测仪；尾气通过水箱过滤，拒绝尾气直排，有效降低了瓦斯中毒和爆炸的风险。这条铁路的跨江大桥很多，嘉陵江、涪江、渠江都是来回几次跨越，壮观的背后是难以言说的艰巨。

多年的南征北战，让王维高落下了周身的毛病，妻子命令他休整半年好好检查治疗。可是，2014年3月，他再次被派往成贵铁路建设指挥现场。云南省昭通市的威信县，位于云、贵、川三省接合部，素有"鸡鸣三省"之称，中国工农红军长征途中曾在这里召开著名的"扎西会议"，而王维高的铁路建设部队也有幸驻扎在这里。因为这条高铁施工中出现了巨大的问题——溶洞和暗河，中铁五局在玉京山隧道施工过程中打进了一个大型溶洞，这个溶洞高110米，长100余米，并且下面有暗河通过，铁路的水平面正好位于溶洞的半空，王维高的团队不得不搁置在这里。热火朝天的施工被迫戛然而止，取而代之的是夜以继日的论证讨论，可以说全国最有名的隧道专家2016年都是在威信县"协助扶贫"，处理方案几易其稿，大家不断提出新招，不断自我否定。最终，王维高综合多方意见，决定让暗河改道、填充溶洞，将其填成一个施工平台，再在上边修桥，让桥从溶洞中央延伸出去。为了解决顶部牢固问题，指挥部在顶端安上了巨大的防护罩，确保了下方高铁的畅通无阻。尽管遭遇了如此巨大的挑战，成贵铁路依然在2019年底如期通车。

王维高担任指挥长的成渝客运专线达速提质工程开始以前，通车速度已经达到300公里，大大缩减了成渝之间的运行时间，但是2020年经过他的技术改造，时速则提升到了350公里。这不是简单的提升速度，而是一场基础设施的全新升级。从2020年2月进场到当年12月26日完成提速，王维高仅仅用10个月的时间就将川渝人民的理想变成了现实。更为奇特的是，整个改造期间，所有高铁车次正常运行，老百姓的出行丝毫不受影响。他充分利用好了"天窗点"（铁路停运时段），把晚上12点到次日4点的维护时间科学地安排得满满当当。最长的时候，他要了5个小时的夜间改造时间，接触网、动力线、路基改造，他亲力亲为，严格把关。因复杂的地质原因，再加上长期的线路运行，使得内江至隆昌段的路基出现上拱现象，地下病害治理显得特别重要。王维高决定把路基掏空，整体往下沉降，然后求得新的路基的平衡。而这样的改造是在不影响白天运营前提下完成的，安全压力和施工难度可想而知。12月初，当试验车在动态验收情况下运行时速显示 380 公里的数据时，王维高激动地在试验动车上蹦了起来。

喜欢奔跑的人，永远无法停下前行的脚步。王维高曾多次说，一定要抽空带妻儿乘车去自己建设的铁路上体验一下与世界竞跑的"中国速度"，可是变化总比计划快。来不及安顿下来，2021 年他再次被任命为"世界高铁最高速度缔造者"的成渝中线高铁总指挥。其实，成渝之间已经有了三条铁路：老成渝铁路、成遂渝铁路、成渝客专。2021 年习总书记在京张高铁启动仪式上明确提出"中国铁路必须引领世界"，加之中央成渝双城经济圈规划的出炉，更高速度的成渝中线高铁便顺应历史，应运而生。这样，成渝之间的第四条铁路就呼之欲出。

目前世界高铁的最高时速是 350 公里，中国已经实现，除此之外，日本正在建设一条时速 360 公里的铁路，但是尚未建成。而根据规划，成渝中线全长 292 公里，通行时间缩短到 50 分钟左右，比成渝客专缩减 10 分钟。其中，简阳至铜梁之间的 200 公里（除去成渝两地出城部分的剩余路段），运行速度将达到 400 公里，试验速度将会更高。目前不仅中国，就连世界也没有 400 公里有轨高铁的质量标准，成渝中线的标准，今后就是世界标准。王维高正在从事的工作，就是"给世界定标准"，这是何等神圣何等重要的职责！

"我是农民的儿子，党和国家培养了我，勤奋工作是我的本分，我愿意将自己所学所悟运用到中国铁路建设中去，勤耕不辍，为祖国的交通事业贡献自己微薄的力量。"平凡的语言，却折射出王维高内心最质朴的情感。他如此表白，更是在如此实践。

星光不问赶路人，岁月不负有心人。我们期待着王维高能够初心不改，追梦前行，带给我们更多的精彩与惊喜。

第十四章

心灵手巧飞彩翼　匠心独具闯天涯

　　人杰地灵神仙地，五湖四海皆英才。都说安仁是一块风水宝地，因为从这里走出了很多青年才俊。

　　原籍安仁的清华大学博士生导师童爱军与丈夫中国工程院院士罗毅，绝对算得上家乡走出去的优秀科技人才代表，其学术成绩有目共睹，而38岁的童平则称得上安仁新生代的优秀学子代表。

　　童平1984年出生于安仁，1997年从安仁乡中心小学毕业后考入四川省达县中学初中部，并于2003年从四川省达县中学考入北京师范大学，2007年保送进入清华大学攻读博士学位，先后在加拿大多伦多大学和美国斯坦福大学从事博士后研究。2016年加入新加坡南洋理工大学，聘为教授至今。根据QS世界大学排名，新加坡南洋理工大学世界排名12位，是一所以研究著称的综合性大学。而童平的研究组现有5名博士研究生，1名硕士研究生，以及6名博士后，其中10人来自中国大陆。他所指导的博士后里有两人回国后分别在中国地质大学和国家应急管理部担任正教授职位，还有1人在北京工商大学担任副教授职位，这对于年仅三十来岁的高学历专家来说实在是难以企及的成就。

　　在学术界可与童平比肩的还有小他三岁的安仁籍博士吴文川先生。吴文川出生于1987年8月，祖籍安仁乡斑竹沟村，曾就读于通川区第二小学、达州市第一中学和成都市第七中学。从北京师范大学本科毕业后，吴文川以优异成绩考入清华大学攻读硕士学位，然后在牛津大学获得博士学位，现为英国牛津大学高级研究员，英国皇家工程学会研究员，博士生导师。吴博士的主要研究方向为医疗仪器、医学成像和信号处理，在大脑成像方面有突出的研究成果，他堪称安仁学子的佼佼者。

安仁中心校在 20 世纪八九十年代，就以最牛学校著称。在那个以中专中师录取数排名的年代，安仁中心校每年考上中专中师的初中毕业生在全区排名前列。一段时间，周边乡镇学校的初中学生都蜂拥转学到安仁就读。像杨煜泉、郑景瑞、梁成银、吴成平、谭德高等优秀人才都是通过初中直升中专中师的途径跳出农门的。

如今安仁的户籍人口有 1.3 万，常住人口只有七八千，但就是这样一个弹丸小乡，每年都有考上清华北大的学子，多年来从事高精尖科研活动的更是不胜枚举。比如，1973 年从部队直接考入清华大学的电力工程专家谭顺春；毕业于北京师范大学、现任公安部网络安全保卫局党委副书记、副局长、一级巡视员兼纪委书记的谭权；2006 年从清华大学土木工程专业博士毕业、现在青岛市交通局担任主要领导的刘高军；2010 年从电子科大计算机应用技术专业博士毕业、现任四川文理学院党委委员、智能制造学院院长的杨成福；1977 年出生于米坊村、通过部队高校深造，然后转业到地方成长起来的云南省发改委副主任石雷；2009 年毕业于北京航空航天大学、现在中科院攻读金融 MBA 的李龙飞；毕业于华北电力大学、保送到中科院硕博连读，今在中核集团担任数据分析师的郑赛硕；2019 考入清华大学电子信息学院的杨博；2021 年考入清华大学机械、航空与动力专业的童文佳；2022 年升入北京大学的谭显翰（陈明翰）等后起之秀。

郑春雄则是从安仁走出来的优秀医学科技人才。他 1993 年出生于安仁米坊村，安仁小学毕业后，考入达州市第一中学，2010 年 7 月以优异成绩考入南开大学。在当时获得过安仁同乡会奖学金资助，郑春雄在南开大学潜心修学，顺利完成了本科、硕士、博士学位的攻读。2021 年至今，他在中山大学从事博士后研究工作，并荣誉加盟了钟南山院士团队，从事药物递送体系的开发及生物应用研究，以及可用于细胞工程化编辑的生物材料设计研究，这个领域属于国内医学的高精尖领域，十分重要，十分紧迫。目前，郑春雄已在国际高水平期刊上发表论文至少9篇，并带领团队进行技术攻关，提出了一种新的细胞编程方案，解决了细胞疗法在疾病治疗上的很多难题。

工匠文化一直是安仁的一张亮丽名片，聪颖加勤劳，成就了诸多的特色工匠。前面文中提到的引进夔橙的木匠祖师爷谭尊山，就是木匠行业中的优秀代表。

安仁的石匠非常厉害，尤其是在修建桥梁方面很有建树。据传，已有156年历史的省级重点文物大风高拱桥，修建时就有很多的安仁籍石匠参与，并把控着拱桥合龙的核心技术。该桥建于清同治年间，以糯米和石灰拌浆交错相连，至拱顶化为弧形。如今远远望去，形如弯弓，挺立苍穹；近处观之，桥水倒影，初月悬天。其结构坚不可摧，其外形雄伟壮观，百余年前即被誉为"郡诸桥之冠"。今年70岁的石庆余就是石匠出身，其石雕技术很有特色，尤其擅长修建石头台阶和堡坎，20世纪80年就开始以家乡建筑队的名义在甘肃兰州一带承包工程，积累了一定的财富。到90年代末，石庆余更是干出了一件轰动达州的事情，他组建的达州银河房产开发公司，开发建设了达州第一个电梯楼盘项目"洲河花园"，与都市花园并称为"达州双雄"。

2022年4月27日，习总书记在致首届大国工匠创新交流大会的贺信中指出："技术工人队伍是支撑中国制造、中国创造的重要力量。我国工人阶级和广大劳动群众要大力弘扬劳模精神、劳动精神、工匠精神，适应当今世界科技革命和产业变革的需要，勤学苦练、深入钻研，勇于创新、敢为人先，不断提高技术技能水平，为推动高质量发展、实施制造强国战略、全面建设社会主义现代化国家贡献智慧和力量。"可见，弘扬工匠精神，已经成为国家层面的重要战略。

安仁近些年来涌现出的优秀工匠代表足以让人震惊，堪称大国工匠、创造两个"世界第一"的高铁建设指挥长王维高已无须赘述，被称为国内一流水电工程专家的谭顺春，其人生履历同样闪耀巴渠。

1950 年 2 月出生的谭顺春，高三时与其哥哥同时入伍。入伍后被分配到水电部队，在映秀湾水电站从事砂石物料的筹备工作，并很快入党，1972 年跟随部队转入葛洲坝水电站担任班长。葛洲坝水电站是落实毛主席重要指示建设的，当时的施工力量十分庞大，周恩来总理亲自抓落实，湖北省委书记日夜坚守工地，20 万人的大会战场面震撼长江。谭顺春在部队表现相当出色，加之他的射击技术十分优秀，冲锋枪使用竞赛长期在团部名列前茅，所以多次获得嘉奖，并被评为"五好战士"。

1973 年春，部队鼓励符合条件的军人报考高等院校，报考条件非常苛刻：必须 25 岁以下、必须班长、必须党员、必须高中毕业、必须政治条件过硬。这些条件谭顺春完全符合，经过一个多月的突击补习，当年他就以优异成绩考上清华大学电力工程系，这个电力工程系的前身就是著名的电机系。离别的时候，连长魏树荣亲自带他去宜昌人民公园游玩，为他买好纪念品，将他送至北上的火车。部队领导的关怀，让谭顺春十分感动，他下定决心，学成后一定继续返回部队和战友们并肩战斗。

图 14.1 谭顺春（右一）在水电建设工地与战友合影

大学毕业后，谭顺春本来可以分到地方工作，但是他特别惦记曾经朝夕相处的战友，最终回到武警水电部队。他来到唐山的潘家口水电站电工连，参与了师政委组建的基建安装队，在这里他的专业才能得到了最大程度的发挥。潘家口水库是中央"引滦入京"工程的水源输出地，谭顺春担负着变电站八十多台变压器的运行维护重担。水电站建成后，专业知识丰富的谭顺春先是被师里选中，专门给技术人员进行电气技术培训，而后又被委以重任，到了广西天生桥水电站继续发挥其电力基建的优势。1984 年 2 月，谭顺春调回成都，隶属武警部队水电三总队，转行从事水电勘测和水电设计工作。一身戎装的他回到家，居然被自己的女儿叫着"解放军叔叔"，这一刻，谭顺春心里特别难过，那种"儿童相见不相识，笑问客从何处来"的尴尬让亏欠妻儿太多的他觉得无地自容。

这位"部队工匠"从建设水电站跨行到为新的水电站描绘蓝图，虽是不一样的工作，付出的却是一样的艰辛。短短 5 年时间，他在藏区参与设计、建设、安装、管理的电站就多达十几座，藏区群众亲切称他为"光明使者"。

农业技术国家级"瑰宝"郑林用，同样值得安仁人骄傲。1965 年4 月出生的郑林用，是安仁乡箭楼湾村人，农学博士，研究员，博士生导师，国家现代食用菌产业技术体系岗位专家，四川省学术和技术带头人，省决策咨询委员会委员，省专家评议委员会委员；享受"国务院政府特殊津贴"，荣获"第五届四川杰出创新人才奖"、"全国青年岗位能手"、"突出贡献的中国硕士学位获得者"、科技部"星火计划先进个人、"全国优秀农业科技工作者"等称号。2012 年起担任四川省农业科学院机关党委书记，四川省微生物学会常务理事，省食品发酵学会常务理事，省作物品种审定委员会委员兼食用菌专委会主任，省食用菌协会常务理事。

郑林用先生长期从事食用菌产业研发工作，研究育成毛木耳、灵芝等食药用菌新品种 20 个；研制形成食药用菌高效栽培技术 4 套。先后获得国家和部省科技成果奖 10 项，其中国家技术发明二等奖 1 项，部省科技进步一等奖 3 项；发表论文 90 余篇，其中 SCI 收录 9 篇，主编和参编专著 9 部；获授权发明专利两项，实用新型专利 1 项。尤其是他发明的食用菌细胞融合核分裂技术，突破了远缘细胞融合子难以形成子实体的难题；他首次提出的"灵芝保健功效品质特异性"科学理论在全国取得非常突出的研究进展。让人扼腕痛惜的是，正当郑林用全力冲刺攻克这个国家级难题时，长期不分昼夜的工作给他的身体造成了致命性伤害，在一次实验加班过程中，郑林用倒下后就再也没有醒来，享年 51 岁。

安仁也盛产建筑工匠，其中最杰出的代表非四川九鼎建工集团董事长谭显明莫属。1962 年出生的谭显明因为家贫，初中毕业就回家协助父母务农。之后，他在长辈的引荐下外出拜师学泥水匠手艺，因为体力好悟性高，他的手艺进步很快，几个月后就能够独立作业，砌砖抹墙样样在行。到 1988 年时，谭显明已经担任达县第二建筑工程公司的四直属处处长，独当一面开展建筑项目的承包工作。1996 年，谭显明任达州市二建司副总经理，凭着对建筑行业的满腔热爱，于 2006 年与合作伙伴一起通过企业改制接手了新达建筑公司。

经过几年时间的努力，谭显明率领团队将新达建筑公司更名为四川九鼎建工集团，并扭亏为盈，成了达州本土建筑业的标杆企业。自 2014 年企业资质提升为国家一级后，九鼎建工集团就连续多年产值超过 10 亿元，每年上缴税金均达 6000 万元以上。同时，该企业还成立了党支部和工会，团队凝聚力强，富有朝气与活力，动力满满。

四川九鼎建工集团作为一家集建筑、市政、公路、水利水电、电力施工总承包、劳务承包于一体的大型综合现代化集团企业，拥有 8 个一级资质和 7 个二级资质。之所以能有今天的成就，一切都源于企业以"质量为本，安全第一"为发展理念。正如董事长谭显明所言："质量和安全永远是我们坚持和追求的第一目标。"

要做到以质量为本，以信誉取胜，人才、技术和设备三者缺一不可，这三者也是企业实现可持续性发展的必要条件。截至目前，四川九鼎建工集团现有建筑从业人员 3000 余人，其中各类专业技术人员 1000 余人，专业技术人员具有高级职称 36 人，中级职称 385 人；共有建造师 135 人，其中一级建造师 55 人、二级建造师 80 人。在技术创新和运用方面，九鼎建工集团积极向优秀的建筑企业学习，紧盯装配式建筑、绿色建筑和数字化建筑的发展，于 2022 年成立了"四川省企业技术中心"，推动企业技术再上新台阶。

最美莫过家乡景，最深莫过乡土情。谭显明对家乡怀有深深的眷恋，也具有强烈的社会责任感。近 20 年来，谭显明带领九鼎建工集团为汶川地震、贫困学生、山区亮化、抗击洪灾、抗击新冠疫情、家乡柚子产业、家乡道路建设等捐资捐物，贡献了自己的一份力量。2015 年底，九鼎建工集团正式成为四川文理学院校外实践教育基地，吸纳了数百名学生到九鼎建工集团所建工地见习，助力解决了大量应届毕业生的就业问题。

近年来，四川九鼎建工集团以建筑、市政施工为主，以房地产、投资业务为"两翼"，多元发展公路、水利水电、电力施工的"一主两翼、多元发展"思路，做大规模总量、做强质量品牌，用实实在在的业绩争当全市建筑业新标杆。2018 年，四川九鼎建工集团被中共达州市委、达州市人民政府评为"达州市先进建筑企业"，2021 年，谭显明荣获达州市两新组织"优秀共产党员"，2022 年，四川九鼎建工集团荣获"四川省诚信企业"殊荣，谭显明被评选为"四川省诚信企业家"。

泥水匠，就是对砌砖、抹灰、地面找平等方面匠人的简称。换而言之，建筑工地上，除了木工、钢筋工、水电工承担的工作，都是由泥水匠来完成。

家境贫寒，读书不多的杨忠成，就是泥水匠出身，如今的他已是陕北一带很有名气的煤矿建设专家。出生于安仁箭楼村的杨忠成最开始的手艺并不精，砌好的砖墙长期被要求严苛的师父推倒重来，他也因此赌气离开工地，但是被生活所迫的他最终只能坚守。他知道，没有一门过硬的手艺，在农村就过不上好的生活，甚至娶不到老婆。所以，杨忠成发誓要让自己成为一名比师父还优秀的建筑师。于是，每天工友们下班了，他还提着灰刀和盛有搅拌水泥的塑料桶独自来到在建工程的顶楼空坝，捡来废弃的砖头，练习砌砖和抹灰技术。砌好又推倒，抹好再铲除，如此反复数次，直到自己满意为止。日复一日的刻苦训练，让杨忠成的施工技术飞快提升，到后来，他每天砌好的砖块数量达到一般工友的两倍以上，墙面抹灰又快又好。久而久之，甲方监理知晓了他的手艺厉害，重要的工序都吩咐他去完成，并指定他担任施工小组的组长。

不甘于永远当陪衬的杨忠成决定走出去独当一面揽活养家，于是他叫上几个年纪相仿的安仁同乡工友来到陕西安康、榆林一带干活，开启了他在陕西漫长的建筑生涯，后来又逐渐转移到陕北，重点负责国有煤矿的矿井筹建。经过多年的辛苦打拼，他们在业内建立了良好的口碑，这一干就是三十多年。

杨忠成的团队作为建筑泥水匠这行的佼佼者几乎代表了当地的最高水平。他们砌筑 20 余米的砖墙可以不用吊线锤，他们用砂浆抹平墙体时基本不用平尺辅助，平整场地的时候也无须使用水平仪，就能做得中规中矩，平直方正。正因为他们在当地口碑不错，所以不少的家乡亲戚被召唤到这里，形成了强大的富有竞争力和战斗力的团队，承揽了不少的基建活儿，他自己也挣得盆满钵满。经济富裕的杨忠成对家乡的感情特别深厚，这些年累计为家乡教育事业发展、村道建设、宗祠修建、农业产业发展共计捐款 100 余万元。

像杨忠成这样优秀的安仁泥水匠，在达州以外的很多地方都能见到，以至于只要听说是安仁的匠人，在同等条件下，业主更愿意把活儿交给他们来做，因为安仁工匠往往代表着行业的更高水平，更容易获得业主的信赖。

谭显明、杨忠成是手提砖刀的建筑工匠代表，而安仁同乡里还有一位熟练掌握柳叶刀的医疗手术工匠，他，便是今年刚满 50 岁的谭健。

谭健 1972 年出生于安仁乡乐山寺村，2008 年遵义医科大学骨科硕士研究生毕业，现为省重点专科、达州市第三人民医院（达川区人民医院）骨科副主任、脊柱外科病区主任，他尤其擅长颈胸腰前后路减压融合内固定手术，其主攻的青少年脊柱侧弯矫正、老年退变性脊柱侧后凸畸形矫正、微创椎间孔镜技术治疗腰椎间盘突出症等手术技术，在达州享有盛名。近些年来，经谭健引进，医院的 OLIF 技术、UBE 双通道技术治疗椎管狭窄症、腰椎滑脱症、骨科创伤修复手术、髋膝关节置换术，在他的亲自传授下，已经成为该院强项科目。有多例以前只能到华西医院进行，或者只能邀请华西专家来达州操刀实施的高难度手术，经谭健主刀后，取得巨大成功，多次被达州主流媒体报道。

曾经的年代，出门打工，是许多年轻人就业的不二选择。而现在，回乡创业，也不失为一条实现价值、活出精彩的生存之路。郑磊、谭江霞夫妇在达川区安仁乡米坊村成立的达州市千丛花中蜂养殖专业合作社，无疑为我们展示了另外一种"工匠文化"。

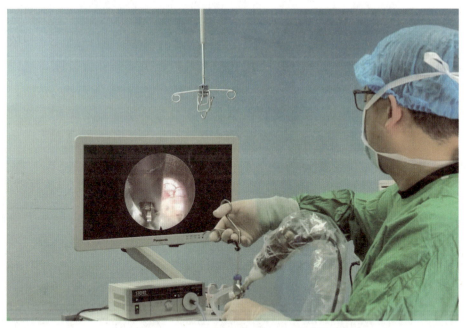

图 14.2 骨科专家谭健正在给患者做手术

来到蜂场，一眼望去，整齐干净的平台上摆放了上百个蜂箱，温暖的阳光洒在一个个蜂箱上，蜜蜂围着蜂箱飞来飞去，不停地进进出出，忙得不亦乐乎。下午时光，阳光高照，气温正好，是割蜜的最佳时机。

抖蜂、抽蜂脾、扫蜂、用割蜜刀把蜜房的蜡盖割开，将蜂巢放进摇蜜机，把蜜甩出来后过滤，无法过滤的则用榨糖机进行压榨，这套看似简单实际要求极高的割蜜流程，郑磊每天都要操练很多遍。

能够徒手抓蜜蜂的郑磊是一位标准的 90 后。在 2016 年以前，他和妻子一直在广州经营着一家大排档，从早到晚熬时间摆摊，虽然能够维持生计，但眼看孩子在一天天长大，这样漂泊在外的忙碌让他似乎看不到生活的未来。于是他便有了回家创业的想法。而以养蜂为业，则是受到了小时候家里亲人的影响。郑磊幼时体质很差，尤其不爱吃饭，外婆就给他的米饭里拌上一些蜂蜜，郑磊很快就把一碗米饭刨得精光。有了蜂蜜的滋养，郑磊的身体发育良好，不到 18 岁就长到了 1.8 米的个头。从此他就知道，蜂蜜是个好东西，未来必然大有前景。

郑磊出身于养蜂世家，91 岁的曾外祖父吴显佑是安仁第一代养蜂人，他利用三十多年的时间摸索出了一条利用山区独特的自然环境和植物为载体的养蜂技术。到了第二代养蜂人，也就是郑磊外公吴应高这代时，赶上柚子大规模发展的时代，柚子花蜜应运而生；郑磊父亲郑林印，作为安仁第三代养蜂人本想将其作为主业，但是最终抵挡不住外面世界的诱惑，舍弃了这个来钱慢而且特别辛苦的行当，远赴沿海打工，只留下第二代养蜂人在老家操持坚守。

有心栽花花不开，无心插柳柳成荫。从广东回到家乡后，郑磊短时间没有找到合适的事情，正在规划未来时，年过七旬的外婆谭显菊为他送来了两桶飞舞的蜜蜂。闲来无事的郑磊便与妻子谭江霞试着培养，没想到经过一个多月的精心养育，两桶蜜蜂又分桶变成了 4 桶，到年底时竟然达到了十多桶，而外婆送给表哥的两桶蜜蜂到了夏天则全部飞逃。外婆觉得郑磊是个养蜂的好手，便怂恿他搬到自己家里，悉心传授其养蜂技巧，谁知郑磊心领神会，不断利用新媒体加强学习，其养蜂能力和技术很快超越了外公外婆。他发现，中蜂的油菜花蜜口感细腻，葡萄糖含量高，结晶比较快，结晶后像猪油一样；柚子花蜜割出来的颜色是琥珀色，放一段时间后会结晶，结晶后是淡黄色，吃在嘴里是细腻成沙的感觉，带点酸味，口感比较好。

两桶蜜蜂很快就繁衍出了十几桶，产出的蜜蜂品质高还卖出了好价钱，郑磊于是做出了一个决定，不再外出，夫妻俩在家专心养殖蜜蜂。不过，让他没想到的是，养蜂之路，并不是那么平坦顺利。不到两年的时间，郑磊的蜜蜂就发展到了九十多桶，那个时候成就感很足。可是蜜蜂多了之后，爆发了中囊病，由于没有提前预防，也没有引起高度重视，最后大规模的传染，蜜蜂损失了 60% 以上。俗话说得好，术业有专攻，创业路上第一次遭受挫败的郑磊明白了这个道理。要想真的把蜜蜂养好，不仅要了解蜜蜂的习性，还要学习专业的养殖知识，于是郑磊在妻子的鼓励下，白天养蜂，晚上便购买网课，苦学蜜蜂养殖技术。

图 14.3 安仁乡第二代养蜂人吴应高夫妇

后面通过不断的摸索，郑磊发现只要在关键的节点，也就是每年的早春和秋天的时候，做好预防，增强蜜蜂的抵抗力，换一次蜂王，就能够很好解决蜜蜂生病的问题。除了让蜜蜂不生病，对于养殖户来说，留住蜂群并让蜜蜂好好工作也是非常重要的。郑磊随时关注着每桶蜜蜂，通过经常换蜂王，更新蜜蜂领袖。蜂王强壮，产卵就快，蜂群就会源源不断地繁殖。渐渐地，郑磊与蜜蜂产生了感情，懂得了它们的习性，摸索出蜂场一年的蜂王要更换三次。而且，蜜蜂跟人一样，有了自己的小孩之后，就有了牵挂，它就不会跑。所以，通过关键技术，随时让蜜蜂有小崽崽，这就是养蜂的关键所在。

郑磊潜心养殖蜜蜂六年多时间，不仅成了当地小有名气的养蜂专家，成立的中蜂养殖专业合作社也为当地的村民提供了致富增收的渠道。他的徒弟夏秉聪，技术方面开始也是不懂，跟着郑磊一起学习后，第一年经济收入就达到了一万多元。从事这份"甜蜜的事业"，让郑磊内心更加强大，投入也逐年递增。据他测算，自己一年可以产优质的土蜂蜜两三千公斤，尽管养殖中蜂产量不是很高，但是它的质量好，不愁销售，除去所有开支，一年能有二三十万元的纯利。

图 14.4 郑磊夫妇的"甜蜜"事业

利用网络平台开展促销活动，与妻子联动，共同网络带货，这是郑磊作为第四代养蜂人最显著的特点。如今，郑磊养殖的蜜蜂产出的蜂蜜无论在线上还是线下都很畅销，经常出现供不应求的情况，想要买到他的蜂蜜，基本需要预定。回看郑磊的回乡创业历程，他靠的并不只是一腔热情，更多的是创业者必备的那份坚守和过硬的技术本领。

去过安仁的人印象最深刻的是，安仁老乡非常擅长做饭，传统的老腊肉、豆瓣鲫鱼、爆炒鳝鱼、酸辣鸡、煎豆腐、糯米汤圆，每家的农妇都能信手拈来。所以，安仁又有"美食之乡"的称谓，从这里走出去的优秀厨师不少，而最具代表性的当数尖山坡村的谭顺明。

谭顺明受父母影响，从小就做得一手好菜。进入原达县县委招待所工作后，开始学习全国八大菜系的经典做法，他先后自费到济南、长沙、顺德、福州、南宁等地学习借鉴当地知名菜品的做法，不断实践不断创新，并把川菜的精髓融入其他菜系，形成我中有你、相互渗透的独特风味。谭顺明印象最深的是 1987 年夏天的一个晚上，单位领导非常神秘地对谭顺明说："明天早上要接待一位非常重要的领导，一定拿出最好手艺、最好菜品。"谭顺明忙乎了一个通宵，终于准备好了他最擅长的几个白案早点。等到开席的时候才知道，要招待的领导竟然是张爱萍将军。

将军是通川区罗江镇人，对家乡美食念念不忘。餐后，将军对家乡早点连连称好，夸奖厨师技术不错，尤其是对麻辣花卷赞不绝口。本来按照之前的计划，将军的午餐没有安排在这里，也许是他在这里找到了家乡的味道，所以当即对随行人员说，希望中午依然能在这里用餐，他更希望能够吃到原汁原味的家乡菜。

但当时的生活条件还不太好，能够拿得出来的就那几道菜。谭顺明抓住将军多年离家

图 14.5 安仁土特产手工制作红苕粉

希望品尝到儿时味道的心理，特意准备了案板老腊肉、萝卜干炖腊蹄、红苕粉蒸肉、灯影牛肉、酸菜米汤等。这顿餐，将军吃得喜笑颜开，直言好多年没有吃到正宗的家乡菜了。

十几年间，谭顺明先后数十次为省部级和国家领导人做过餐。记得1992年入秋时节，一位副国级领导莅临达州，下榻县委招待所，谭顺明早早为其准备好了中餐，可是坐上餐桌后，首长突然对四川火锅感兴趣，主管领导当即傻眼，不知所措。而谭顺明却是不慌不忙，沉着冷静，不到半个小时的时间，一锅滚烫的火锅就端上了桌。首长品尝后，竖起大拇指道："这比重庆当地的老火锅还要地道！"

厨艺技能全面的谭顺明，除了掌握家乡菜的要领，湘鲁粤等菜系中的很多菜都能完美呈现，红案白案中餐火锅，样样在行，被四川厨师界称为"全挎子多面手"。谭顺明的勤学苦练为自己赢得了很多的荣誉，参加省内外厨艺大赛获奖无数。1991年获得一级厨师证书，1993年获得特级厨师证书。特别值得一提的是，2002年他以自己最擅长的"巴山风味兔"参加全国餐饮大赛擂台赛，技压群雄，一战成名，并于2002年通过了中国烹饪大师名师认定，这可是厨师界的最高荣誉。

图14.6 谭顺明获得厨艺界的最高荣誉"中国烹饪大师名师"称号

达州家喻户晓的"哈笼包"，便是由安仁米坊村厨师石庆洪于1995年创建的品牌。"一生只做一件事"，这是63岁的石庆洪的座右铭，他的儿子石洪郡辞去成都的高薪工作，回到达州协助父亲拓展包子业务后，哈笼包子就一路开挂，所向披靡。哈笼包子专营社区包子专卖店，主营特色小笼包、大包、现熬粥品和豆浆，在重庆、成都、达州等地共有专营店50余家，年销售收入达到6000万元以上。哈笼包子在食材的选择上有严格的标准，猪肉只选用猪的前腿肉，三分肥七分瘦，面粉只用北方优质原麦粉，植物油只选用非转基因压榨工艺的纯菜籽油。哈笼包坚持"真馅""真鲜""真心"的产品理念，将其视为品牌的初心和核心价值所在。

经过多年的品牌耕耘和发展，目前哈笼包子已成为川东北知名的包子连锁品牌，更是获得了"达州市知名商标""达州消费者满意品牌""四川消费者点赞服务企业""四川省优质餐饮示范单位"等系列荣誉称号，深受消费者的喜爱。

哈笼包子掌门人石庆洪主抓包子核心技术，长子石洪郡负责市场拓展和营销工作，幼子石蕊荣则负责原材料选购和加工。他们提出了"只做直营、拒绝加盟"的企业全新发展理念，将"良心树品牌，匠心铸品质"作为哈笼包餐饮人坚守的企业精神，持续专注品牌发展，追求卓越，深耕川渝市场。哈笼包子，已成为川渝名副其实的社区包子连锁领导品牌！

第十四章　心灵手巧飞彩翼　匠心独具闯天涯

第十五章

抢救「张造」
——国家级非遗达州安仁板凳龙系列传统文化抢救纪实

白云放歌须纵酒　青春作伴好还乡

岁月匆匆，人海茫茫。乡情缱绻，弥久醇香。

乡村过年，大家最常见的习俗无外乎是：压岁钱、走亲戚、发红包、打麻将、睡懒觉。可是，安仁乡乐山寺村杨家宅院里的过年方式却颠覆了人们的认知，它为大家如何倡导良好家风、树立正确的价值观开启了一扇智慧之门。

宅院的主人叫杨煜泉，因为在八个兄弟姐妹中排行第四，人称"四哥"。"四哥"的父亲去世多年，操劳一生的母亲几年前罹患重病，为了让年过八旬的母亲愉快度过最后时光，"四哥"发动家人共同出资在老家修建了一栋两楼一底的乡村别墅，时尚气派，私密静谧，名曰"煜仁居"，老母亲最后两年就是在这里安然度过的。不管是新居还是旧宅，每年春节，杨家一大家子人都会回到这里相聚，四世同堂，欢声笑语，好不热闹。

又是一年春节到，杨家子孙腊月二十九就全部归巢，五十多人的庞大队伍集中归队，让平时安静的宅院一下子就热闹起来了，女同胞收拾屋子、洗衣淘菜、切肉烹饪，男同志劈柴搬物、打糍粑、杀鸡鸭、挂灯笼、贴春联，几十号人积极主动，各司其长，配合默契，犹如训练有素的餐饮运营队伍，秩序井然。经过大家的齐心协力，一顿丰盛的团圆饭很快便大功告成。

杨家人最为期待的还是除夕夜里的"庭院春晚"。这个活动从 20 世纪 90 年代在杨家兴起，30 年来，规模越来越宏大，场面越来越壮观，内容和形式也越来越丰富新颖。无论是年过七旬的大嫂，还是刚上幼儿园的小孙，大家悉数登场，精心准备，抢着表演，不甘落后。

　　丰盛的年夜饭结束后，大家就像参加重要活动一样，换上节日盛装，各就各位，等待着"庭院春晚"组织者"四哥"的号令。"四哥"在整个家族的核心地位无可替代，虽然排行老四，却扮演着家庭无可争议的老大角色。"四哥"从小读书特别用功，长得帅气又聪明可爱。80 年代初，他初中毕业考上中专，那可比现在考上 985 厉害多了。最关键的是，他 24 岁就当上了县房管所所长，工作能力出众，智商情商超群。他的级别不高，但是人品好能力强，所以在政商两界人脉资源极广。

　　"庭院春晚"于晚上 8 点准时开始，几乎和央视春晚同步，年轻的主持人介绍活动流程，按照历年的常规环节，首先是在场的每个人总结过去一年的学习、工作和生活，然后由"四哥"逐一点评。对他们总结中遗漏的内容，"四哥"还会加以补充，比如侄儿杨威说漏了自己得了奖学金、递交了入党申请书，女婿刘吉川说漏了评定职称、新添宝宝等重要的内容，就连在远洋集团退休多年的大哥都要总结自己一年来的学习情况。"四哥"的点评多是指出不足，并指明来年的奋斗方向，让家人茅塞顿开，心服口服。

　　总结完毕，就进入红包环节。按照辈分和年龄，从高到低依次派发到家庭微信群"杨家山下"，群里共有五十多号人，每轮抢得最少的连发两次红包，抢得最多的就表演节目。表演节目的形式多种多样，有的背儿歌，有的讲故事；有的说快板，有的讲笑话；有的背古诗，有的踢毽子；有的跳操，有的打太极。当然，传统的板凳龙表演是几个年轻人的"必修课"。轮到腼腆的老五表演时，他打趣地说："我的节目就是发红包。"可是，晚辈们却故意不准许。老五又说，其实我的记性很好，就背诵圆周率吧。听说五叔表演背功，侄子们猛烈鼓掌。牛皮不是吹的，火车不是推的。老五一直背了好几分钟才停下来，精明的老六全程录音并马上百度，进行数据比对，结果忍俊不禁，笑得前俯后仰，眼泪直流。原来老五完全是乱背一气，毫无章法，只因为大家都背不了才让他蒙混过关。

除了传统的节目表演，还有背诵杨氏族谱、山歌对唱和年轻晚辈喜欢的 RAP，这种边说边唱、配有街舞的表演，简直太刺激了。这般欢乐和新颖的节目，丝毫不逊于央视正在直播的春晚。与央视春晚异曲同工的是，杨氏家庭春晚也是以一首众人合唱的《难忘今宵》结束。

节目表演结束后，就是长辈给晚辈发助力红包，这红包必须是现金红包，而且当面发放，凡是没有进入社会的包括襁褓中的婴儿都有份。拿到红包的晚辈们有的行拱手礼，有的行跪拜礼，仪式感很强。紧接着，就是敬天神、敬祖先。"煜仁居"的正屋里按照老屋习俗供奉着杨氏祖先灵牌，杨家人按照辈分大小，列队祭拜。拜毕，啃完猪蹄吃过汤圆，大家就一起聚集到院坝外，举行盛大的烟花燃放仪式。

图 15.1 杨家春晚演员

漂亮的烟花，绽开又落下，杨家庭院的天空瞬间绚丽无比，光彩耀眼。仰望星空，那绽放的礼花就像多情的流星雨淅淅沥沥，似降落伞从空中降落，又似萤火虫般在夜空中翩翩起舞。红的粉的蓝的紫的，星星般的花朵向四周飞舞，绚烂夺目。美丽的烟花虽稍纵即逝，却寄托着大家来年美好的期望，以及杨氏家族无尽的甜蜜梦想……

图 15.2 杨家春晚的焰火

大年初一，亲戚、晚辈们照例去"四哥"家里拜年团聚，杨氏家族人丁兴旺，仅仅是这天中午家里来的同一个爷爷辈的族人就围坐了 9 大桌。伙房里，烈焰吐舌，热气腾腾；院坝内，熙熙攘攘，人声鼎沸。整个"煜仁居"弥漫着温馨幸福和吉祥快乐的气氛。令人意想不到的是，这么规模庞大的宴席，居然没有邀请一个外人帮忙。学校领导，当起了洗碗工；单位科长，成了坝子里的"支客士"；年入几十万元的老总，穿上围裙当起了厨师；年近七旬的大嫂，成了传菜大姐；漂亮的杨氏千金，套上围裙，忙里忙外。

大年初一下午，是杨家铁定的集体劳动时间。18 岁以上的杨氏成员全部下地松土干活，"四哥"家里平时食用的蔬菜全部自给自足，颇有南泥湾开荒的感觉，又像人民公社时期的集体劳动场面，大家有说有笑，各尽其力，其乐融融。

酒已满，夜未央，欢乐的歌声在夜空徜徉。今夜的天空，星光灿烂；杨家宅院，幸福荡漾。杨氏庭院春晚，让人感怀，让人羡慕，让人赞叹！

杨家持续数十年的庭院春晚，只是安仁乡村文化的缩影。在安仁，像这样以家庭为单位开展的春节团拜活动，比比皆是，只是杨家的活动更具规模、更上档次、更有代表性罢了。

乡村文艺看川东，川东热闹看安仁。在 20 世纪 90 年代以前，安仁的乡村文化表演基本上从大年初一延续到正月十五元宵节，乡上组织的文艺节目会演，一般集中在元宵节当晚舞龙活动之前。在元宵节前的半个月里，每个村都有自发组织的拜年表演团队，每天晚上轮流走家串户巡演，节目形态各异，有小品、相声、情歌对唱、滑稽剧、耍锣、杂技、金钱棍、划车灯等，可谓"数不尽的三教九流，看不完的五花八门"。

图 15.3 安仁板凳龙送吉祥进社区

文艺团队演员的构成，一般以在外求学的大中专生和刚参加工作的年轻新人为主，他们文化层次高，领悟能力强，创新意识足，简单排练磨合一下就可以登场。乡村义务宣传队的报酬特别微薄，主人家接待拜年队伍时一般给出的犒劳品大都是糖果、香烟、糍粑、小红包、柚子、柑橘等。这些东西并不值钱，文艺队员们收到这些礼物，却开心不已，快乐满满。

近些年的春节，很多外出打工的乡亲很少回来，大学生都玩抖音、忙考研，因此以村为单位的文艺演出基本不见了。但是，场镇入口六洞桥的板凳龙表演，以及龙头桥的"谭氏子孙龙"表演却从未间断。"谭氏子孙龙"最为壮观的表演是元宵节晚上在龙头桥上的"烧铁水"活动。火红滚烫的铁水抛向半空，然后从高处落下，洒在光着膀子、穿着裤衩的壮汉身上。他们为了不被烫着身子，需要不停地奔跑跳跃，像一群活泼可爱的猴子，不时扮鬼脸、装怪相，故意做出烫得受不了的样子，甚是好笑，又让人担心。其实，这些汉子的身上事先都被涂上了一层类似于白蜡的防护剂，铁水很难粘在他们身上，自然也就不会烫伤皮肤。

当地人一直不理解，为什么洒铁水的表演这么多年来一直固定在龙头桥上？莫非真的是为了保全这"龙头"不成？

龙头桥，是一座场镇两端互通必须经过的廊桥，修建于清康熙五十九年（1720），桥下的杠子河蜿蜒曲折，穿场而过。虽经历了几次翻新修建，但仍保留了原始古朴的风貌：木架结构，檐牙高喙，桥身横跨，缺月欲圆。龙头桥不仅仅是一座桥，它更代表一个地名。周边百姓到安仁赶集，一般不会说去安仁场，而说去赶"龙头桥"，最平常的东西比如说肉食、香烟、百货等都是摆在桥上销售，不到"龙头桥"就相当于没有去安仁场镇。

据场镇背后院子86岁的刘启科老人讲，龙头桥的诞生，还有一个古老的传说。从前，杠子河边有座龙王庙，庙里的龙王爷主管着东南西北诸龙，东西南北四条龙每年都要到龙王庙来开会，商议龙子成精归海事宜。清康熙年间的一个晚上，观音菩萨给当地一大娘托梦，告诉她一条龙子已经成精，即将归向大海。观音菩萨希望这里的人积德积福，捐钱捐物在龙王庙前修建一座宽大的风雨廊桥，并在桥上雕刻蟠龙，路过这里的龙见状就不会危害百姓伤及无辜。可是，老大娘把这个梦全盘托出后，人们却将其当作了笑谈。结果烈龙路过，兴风作浪，一路祸害百姓，毁坏庄稼，吞噬牲畜，摧毁庙宇。安仁乡亲这才明白，没有听观音菩萨的话是多么吃亏。然后，附近的一位长者立马发动大家捐资捐物，投工投劳，建成了廊桥。廊桥建在龙王庙龙头之上，并于正月初四封顶，象征四季平安。从此安仁场镇平平安安、风调雨顺，龙头桥的名字也就应运而生，人们舞龙首先就要来这里"祭拜龙头"，驱赶妖魔鬼神，祈祷一年顺利安康。

安仁走出去的很多文人墨客都曾用深情的文字和美妙的音乐赞誉久负盛名的龙头桥。著名音乐人吴飞在其创作的歌曲《安仁，我可爱的家乡》里就这样描写：

> 远去的安云古寨
> 背影背影已苍茫
> 谁在轻轻地说
> 多少往事如烟飘远方
> 传说的忠义堂
> 仁义挡风霜
> 你为子子孙孙
> 留下做人道理成绝唱
> 我的安仁哟我的家乡
> 龙头桥那风雨楼廊
> 像我妈妈编的草帽
> 永远温暖温暖我的胸膛
> ……

安仁人好龙、舞龙。安仁人把农历正月初四作为敬龙神的活动日，也作为耍龙灯的出灯之日。这天，人们来到龙头桥上，杀鸡宰羊，摆上贡品，焚烧香蜡，祭祀龙神，祈求四季平安、五谷丰登。这样的活动开启后，安仁板凳龙才在当天正式出灯，接着在正月初六谭氏子孙龙出灯，一直舞到正月十五晚上为止，然后收灯将所有的龙道具都存放在桥楼上。

图15.4 每年一度的安仁板凳龙开光仪式

对于安仁板凳龙的表演习俗，本书已经介绍太多，不再重复。但是"谭氏子孙龙"的制作和表演却蕴藏着很多不为人知的故事。即便是安仁本地人，也有把"安仁板凳龙"与"谭氏子孙龙"混为一谈的，事实上它们的制作材料和工艺差别很大，表现形式和参演的人群也大相径庭。

谭氏是安仁第一大姓，超过全乡人口的一半，当地有"谭半边、郑四川、姓张姓李一竹签"之说。作为庞大的谭氏家族，自然要在当地树立起自己的大家风范，塑造有别于其他姓氏的特色文化。起源并流传于安仁乡麻子坝一带的谭氏板凳龙，属于谭家人的原创，具有浓郁楚文化特征，在发展过程中又逐渐融入川东地区的巴人文化元素，成为楚文化和巴文化融合的样板。谭氏子孙龙既是一种民间舞蹈，也是一项民间体育活动，它集民俗民风、民间舞蹈、民间打击器乐于一体，是一项具有较高艺术价值的传统民俗文化活动，2007 年便被列入四川省非物质文化遗产保护名录。

据谭氏子孙龙传人谭显超介绍，清康熙三十六年（1697）"湖广填四川"时，湖南籍移民从湖南省安化县进川，定居达县安仁乡。初来之时，为了家族在异域他乡能够繁衍昌盛、人丁兴旺、和谐平安，入川始祖谭廷学根据湖南湘中地区的龙舞雏形，再融入川东地区特色，创制了子孙龙。300 多年来，当地谭氏移民的后裔们，一直秉持祖宗的遗训，坚持年年舞子孙龙。

谭氏子孙龙用竹篾轧制，外糊彩纸。龙头造型独特，温顺祥和，龙舌不是人们常见的可以摇动的长条形状，而是呈圆球形，被称为"宝"，也叫"龙珠"。龙身长度固定为九节，从龙头到龙尾，每一节肚内都必须点龙灯，龙头部位两灯，共十灯，俗称"九节十灯"。火捻（灯芯）的制作特别讲究，每年都要由技艺熟练的师傅特别制作，先将捶烂的嫩竹梢搓成绳状，经麻油反复浸泡，然后蘸松香晾干，最后把半成品放到盛有麻油的锅里炸，火候掌握非常重要，不然就不能顺利点燃或者长时间燃烧。

谭氏后裔、达州零野画室负责人谭顺林最近一直在配合谭显均完成谭氏子孙龙申报国家级非遗的义务性工作。据他探究，安仁谭氏子孙龙每年只制作两条，决不可多做。舞龙者都是谭姓青壮年，只要报名，便有资格参加。对技艺要求高的是舞龙头和龙尾的人，身手敏捷、身体强健、臂力特好才能胜任。除 9 人舞龙外，还需 4 名举牌的人，牌子上分别写着"风调雨顺""年年有余"等吉祥标语，再配搭一个锣鼓唢呐组成的乐队，外加一个身背火捻的跟随者随时补充火捻，以确保表演过程中子孙龙能够一直通透明亮。

每年正月初六下午，子孙龙便正式开舞，举龙宝的人会带领整个舞龙班往谭姓家挨门挨户走。瞧见队伍来了，主人便点香烛、鸣鞭炮"请龙""祭龙"，整个舞龙班踏着鞭炮声进到院子里，随着锣鼓和唢呐的伴奏，威风凛凛地展示龙抬头、龙盘旋、龙飞天、龙戏珠、龙摆尾等动作。待舞龙结束，主人还得给舞龙人喜钱，放鞭炮"送龙"。舞龙从正月初六到正月十五结束，共10天，要把每个谭姓的院子都走遍，最后在龙头桥汇聚，烧掉龙的骨架，龙头则供奉在谭氏祠堂里或者场镇中的龙头桥上。想要增添子嗣的夫妇则将龙宝拿回家中去供奉，等有喜之后，再将龙宝送回。

　　长期以来，谭氏子孙龙一直作为家族内部的舞龙习俗，世代相传，基本不对社会公开，因此没有受到应有的关注和重视，缺乏研究和创新发展。在现代社会里，受多元文化特别是时尚文化、流行文化的冲击，能扎制和表演子孙龙的人日益减少，已经到了后继无人的窘境。这一巴楚文化融合的珍贵艺术和独特风俗，濒临失传。

图 15.5 伫立在仙鹤广场的安仁板凳龙雕塑气势恢弘

　　在上级组织和安仁乡党委、政府的领导下，安仁文化研究会极其重视非遗的传承，谭氏子孙龙的制作工艺和表演技巧的文字和图片记载正在完善，并且指定了传承保护人。谭氏子孙龙神秘面纱被揭开，从家族中走出来，被列入四川非物质文化遗产第一批扩展项目保护名录，成为安仁人民年节活动中可以与板凳龙相提并论的重点保留节目。

图 15.6 安仁板凳龙团队参加全省魅力乡镇达州赛区选拔赛合影

落红不是无情物，化作春泥更护花。安仁，这方热土上的仁人志士，正竭尽所能、齐心协力挖掘和传承家乡的独特文化，彰显精神内涵和文化自信。安仁文化研究会正孕育一系列宏远的规划，让"安仁板凳龙"申报人类非物质文化遗产，让"谭氏子孙龙"申报国家级非遗，让魅力无限的安仁乡争创"全国民间文化艺术之乡"等。

2022 年 5 月 20 日上午，达州市委书记邵革军同志在市委常委、达州东部经开区党工委书记唐廷教，市委常委、政法委书记孙俊陪同下，来到"安仁三绝"展览馆视察指导工作。邵革军同志详细听取了乡党委书记鲁勇关于安仁系列非遗挖掘传承的汇报，勉励当地党委、政府和文化工作者要以饱满的激情继续抓好"安仁三绝"的创新发展，为全市乡村文化振兴贡献更大力量。

安仁这片蕴含传统文化和无限希望的热土，必将吸引更多关注的目光。因为，这里有诗和远方……

当我不再飘浮的时候

沛 霖

我深感自己是一个飘浮在宇宙半空的人。

我害怕"故乡"这个千百年来令文人墨客魂牵梦萦却又难以了却的主题。我早早意识到,古词里的辞藻堆砌,诗歌里的汹涌澎湃,那里是他们的故乡,并不属于我。

当我觉醒,试图寻找故乡含义的时候,我已离家万里,故乡离我好远,远到好像是漫天星空中的一丝幻象。我飘浮在大气层中,却无论如何也无法触碰到故乡的虚影。

我第一次看到板凳龙,是在与多年未见的好友因为预约不到网红餐厅而不知如何消磨时光的时候,偶然踏入的达州博物馆。刚刚出展于上海"首届全国工艺美术作品展"的板凳龙样品,安静地躺在橱窗玻璃层层围起的角落,龙骨斑驳却精神抖擞,龙身坚韧又栩栩如生,龙头高昂且不失气度。虽仅隔几米,它却用穿越千百年的目光凝视着我。我不由得走近它,却兴奋地发现,这是来自我父母的家乡达州东部经开区安仁乡的板凳龙，闲聊数语跟同伴炫耀一番便又转头离去。

惭愧的是，我未曾有缘见过板凳龙的现场表演，也没有深入了解过它的前世今生，仅仅听说过它背负的一些盛名。"安仁三绝"，这些市级、省级、国家级非物质文化遗产的荣誉，想来也离我很遥远。和那些冰冷墨笔书写的博物馆解说词一样，我像是飘在空中，而板凳龙像是泡沫里的光鲜幻影。

儿时的记忆里，每年陪伴父母回老家祭祖时，都会嘴馋家乡的柚子，甘甜清爽，确实与他乡的同类产品有所不同。好客的乡亲总会亲切呼唤我的乳名，溺爱地捧上满满一筐让我们带回，说城里的哪比得过家里的味道。父母小心翼翼地包裹住饱满的柚子放在后座，抢占了我玩耍的空间，我还会与柚子较劲，暗想不过是柚子，城里哪有买不到的水果。等满载柚子的小车渐渐驶离，沿池塘，沿山头，沿柏油马路的柚树静默着鞠躬送别。和晚霞边升起的炊烟聚散在风里，我像是飘在空中，而柚子像是每个春天初阳的梦境。

爸妈在家时常会说安仁长沙话，音色婉转仿佛缠绵的秘语，伴雷鸣随雨滴落在屋檐的回响，日子久了大致也能听懂部分，却无法自己表达。表哥表姐亦是如此，但仅仅听懂少许也会沾沾自喜，好像不知不觉学到了不起的本领。回到安仁，街坊邻里的爷爷奶奶也会让我来上几句，平日里熟悉的发音回忆起来却凝滞在嘴边怎么也讲不好，便羞涩地闪躲到一旁去，继续学着雪花电视里的译电员，鬼鬼祟祟偷听大人们的长短家常。和窗外的桂影一同摇曳，我像是飘在空中，而长沙话是屋内隔着一扇纱纸的呢喃呓语。

如今在外求学，时刻还会迷茫自己的所在、所求、所往。像网络上被内耗侵蚀的青年人，像身边的茫茫众生一样，我错认为自己因年轻被赋予了迷茫的权利。飘在空中的我，时常没有落脚的机会，没有具体且保持热情的兴趣，没有坚定且持之以恒的目标。社会给予了我们太多眼花缭乱的选择，反而更容易迷失方向。于是我决定让这本书，带我回安仁看看，带我寻找故乡的秘密。

我看到，为了板凳龙的传承与弘扬，尽情绽放青春年华的谭显均先生。从选料到捆扎，从编织到染色，再到组织队伍，改编曲调，排练队形，每一环都谨小慎微，丝丝入扣。如今，安仁板凳龙能以崭新而更加昂扬的姿态重新展现在世人面前，彰显安仁人奋斗不止、自强不息、顶天立地的精神面貌，的确离不开谭显均先生毕生心血的倾力融注。不如说，板凳龙亦是谭显均先生的化身。每一个矫健奔腾的舞姿，每一声激昂振奋的鼓点，气吞山河的呐喊，豪放壮阔的震响，无不是谭显均先生用生命燃烧的盛大烟火。谭显均先生亦是龙，在沉默茫然的时代里，他像板凳龙一样，在故乡用力量用热爱用激情翻飞起舞，冲破对传统民俗文化没落的漠然，用淋漓的汗水冲出安仁，冲出四川，冲向国际。他用痛快又酣畅的舞步宣告：来看吧，这就是我们安仁的板凳龙，这就是我们中国的板凳龙！

我还看到全力支持丈夫工作、同样迸发出奋斗激情，投身板凳龙振兴事业的郑娟女士；看到巾帼不让须眉，将板凳龙舞出新时代风采的周宗玉女士；看到冬夜里瑟瑟发抖、不停咳嗽的晓晓妹妹；看到意气风发，因与板凳龙的邂逅找回自信重新征帆远航的王佳同学；看到一心一意克服重重险阻，只为回报恩师、梦想铸就板凳龙新貌的谭浩强先生；看到不放弃任何一个学生前途，用生命火花点燃希望的邓胜贵老师；看到挣破重重枷锁，拼尽全力，终成中华人民共和国成立后全乡第一位大学生的邓泽功先生；看到相濡以沫，执子之手，历经万难也要阅遍浮沉风华的童高陶夫妇；看到千金一诺、万里寻亲的杨志华先生；看到故土难离，宿鸟南归，榻前难忍莼鲈之思的杨涵春爷爷；看到用激情和梦想为天路谱写奇迹的王维高先生；看到心系故土，情暖桑梓，把安仁带向丰硕未来的实业家谭显明先生；看到讲信修睦，抱诚守真，用真诚和真心拥抱故乡的杨煜泉先生；看到倦鸟归巢，落叶归根，为故乡发展添砖加瓦的安仁同乡会……

我突然变得平静下来，慢慢从天空中降落。走过那长长的回家路，躺在柚子树的怀抱中，耳边传来长沙话的风生谈笑。汽车的尘土不再飞扬，起伏的田地环绕着舒卷的山峦，山环绕着从容的水，一条巨龙向我奔来，龙腾在手中，龙腾在空中，龙腾在心中！

终于，我踩在坚实的土地上。看到那里有板凳龙，它们不再是隔着玻璃窗冰冷的表演工具，而是生气勃勃的新太阳；是向祖先宣告，如果没有龙王，就要做安仁人自己的龙王。风调雨顺不是神明的恩赐，而是握在自己手里的希望。那里有安仁柚，满山遍野的柚香不仅仅是初阳的梦境。在柚子基地，我找到心心念念的一棵，像小时候那样踮起脚尖，或矫健地爬上去，爬到树梢的最高，最高，把个大饱满最中意的柚子摘回家。那里还有安仁话，它不是"特工"的接头暗号，而使我们与涟源的同胞们纵然相隔万里江山却心心相印。当我们作为安仁的后裔从父辈口中接过安仁话的传承，学会爷爷叫"窝公"，奶奶叫"恩妈"，太阳叫"尼捏古"，月亮叫"迁谷"……哪怕从小小词汇开始，千百年的薪火相传也终于落到了我们这一代的肩上。

感谢这部跨越百年的人物群像传记。安仁的复兴，传承，与联结；乡邻的相爱，别离，与相逢。我对故乡的思考逐渐清晰，人不再是沧海一粟随世浮沉的群蚁，故乡也不再是遥不可及梦中复来的想象。

谨以一首小诗，献给安仁的父老乡亲，以及正在追逐梦想的远方游子，同时也送给我自己。希望可以放下兜兜转转的旅途，放下翻山越岭的执着，放下经年背负的行囊，待到柚香正浓时，好还乡！

当我仰望苍穹的时候
我飘浮在空中
故乡是梦里的云
投进浩瀚的天

当我俯瞰大海的时候
我飘浮在空中
故乡是海里的帆

奔向空寂的山

在一场盛大的烟火之后
我飘浮在空中
故乡不知所终
我亦不知所往

从天际滑落海里
从深海奔赴群山
龙腾飞舞
它开始敲击我的每一根骨骼

柚香正浓
它开始通达我的每一分感触
丝丝呓语
它开始呼唤我的每一寸肌肤
所有的泥土都将我紧紧裹挟
我踩在故乡的土地上

当我不再飘浮的时候
我终于可以找回自己
相念寄于山海
久别终还故乡

2022 年 8 月于东京

（作者简介：沛霖，本名申彦麟，2002 年 1 月出生，日本早稻田大学法学系大三学生，曾在国内外知名刊物发表散文、随笔 20 余篇。）

撰写指导：安仁乡党委、政府
荣誉出品：安仁文化研究会
特别鸣谢：四川九鼎建工集团有限公司
　　　　　四川哈笼餐饮管理有限公司